DER WANDEL DER ZEIT

Paula Casutt-Vincenz

Roman

Für meine Lieben

Paula Casutt-Vincenz, geb. 1968 in Breil/Brigels, lebt mit ihrer Familie in Falera.
Im Jahr 2005 erschien in Zusammenarbeit mit dem Kunstmaler Guido I. Tomaschett der Gedichtband «Muments/Augenblicke».
Lehrgang «Literarisches Schreiben» an der SAL.
«Der Wandel der Zeit/L'umbriva dil temps» ist ihr erster Roman.

Danke

Vielen, herzlichen Dank für die finanzielle Unterstützung, um dieses Buch zu realisieren:

Casutt Immobilien, Falera
SWISSLOS/Kulturförderung, Kanton Graubünden
Vischnaunca Falera
Vischnaunca burgheisa Falera
Fundaziun Anton Cadonau pil romontsch en Surselva
Quarta Lingua
Flims Laax Falera Management AG
Lia Rumantscha

Ein herzliches Dankeschön geht an Martin Weiss, Florentina Camartin und Ignaz Cathomen für die Lektüre meines Manuskriptes und die wertvollen Anregungen.

Dem Rätischen Museum für das Originalbild der Nadel, die auf der Muotta Falera gefunden wurde, um das Cover zu gestalten. Ebenso der Kommission Parc la Mutta, die mir die Bilder der Symbole zur Verfügung gestellt haben.

Lieben Dank meiner Familie und allen, die dieses Buch in irgendeiner Form unterstützt haben.

Lektorat: Martin Weiss

1. Tag
Montag

Ist die Welt bunt?
Für mich ist sie seit Wochen nur noch grau, hellgrau, dunkelgrau, grau meliert, trostlos. «Besuch mich doch mal, das bringt dich auf neue Gedanken!», hatte Anna mich aufgefordert. Seit über einem Jahr haben wir uns nicht mehr gesehen. Damals in der WG in Zürich hatten wir uns kennengelernt, die Nächte wurden zu Tagen, wenn wir über Gott, die Welt und die Jungs diskutierten. Über den hübschen, kleinen Marc. Oder über den blonden Lockenkopf, der immer zur selben Zeit ins Tram stieg. Doch am meisten Gesprächsstoff entstand, wenn wir über «Kopfkissenpost» redeten. Wir hatten es uns zur Gewohnheit gemacht, gegenseitig eine Frage, die uns beschäftigte, zu notieren und legten diese jeweils der anderen aufs Kopfkissen. Diese Fragen waren tiefsinnige Anregungen. Stundenlang konnten wir diskutieren, ob es so etwas wie eine höhere Macht gäbe, ob sich das Universum ausdehne und was in der Seele der Menschen vor sich ging. Auch über die Vorstellungen und Denkweisen in früheren Zeiten konnten wir stundenlang diskutieren. Wir verfassten Briefe über die Gedankengänge und legten sie einander aufs Kopfkissen. All diese Briefe endeten mit der Frage: Was wäre wenn … ?
Wir malten uns aus, wie wir unsere Alter Egos in die verrücktesten Abenteuer stürzen würden, wo wir hingehen würden und, vor allem, was unsere innere Bestimmung sei. Das Abenteuer Leben – wir standen mittendrin.
Eines Tages bot man Anna im Tourismusbüro in Falera eine Stelle an, und sie zögerte keinen Moment, die Stelle in ihrem Heimatdorf anzunehmen.

Ich blieb zurück, und Luk bezog Annas Zimmer.
«Ich komme und schaue, wo du Wurzeln geschlagen hast», schrieb ich eine SMS an Anna. «Prima, ich hab ein Zimmer für dich! Bis bald und Kuss.»
Meine Welt ist grau und ich sitze in einem gelben Postauto.
Dicker Nebel schleicht sich um den Wagen.
Ich habe ganz vorne Platz genommen. Der Chauffeur beugt sich näher zur Windschutzscheibe, um besser sehen zu können, auch ich versuche angestrengt, etwas draussen auszumachen. Auf einmal stehen drei Hirsche auf der Strasse, abrupt drückt der Chauffeur auf die Bremse. «Huora Saich!», flucht er. Schon ist der Spuk vorbei. Habe ich richtig gesehen? Hirsche mitten auf der Strasse? Ich schaue zum Chauffeur, doch dieser blickt ungerührt nach vorn. Ein Tütato schreckt mich auf, durchbricht die Stille und den Nebel. Auf der linken Strassenseite ist ein grosser Stein mit einer Tafel zu sehen:
Cordial beinvegni a Falera.
Anna erwartet mich bereits.
Schon von Weitem ist ihre rote Windjacke zu sehen.
«Hallo Durana, meine Liebe, wie war die Fahrt?»
«Ganz gut.»
Die innige Umarmung ist Balsam für meine Seele.
«Komm, ich wohne ganz in der Nähe.»
Anna hatte für diesen Morgen freigenommen. Sie hatte das alte Haus ihrer Grossmutter geerbt. Die Treppe, die zum Eingang führte, war aus Holz und quietschte bei jedem Tritt. Der Hausschlüssel war gross, mit einem wunderschönen Kopf und einem langen Bart.
«Das ist mein Reich», sagte Anna und stellte meine Tasche mitten in den langen Flur.
«Ich mache eine kleine Führung, damit du dich zurechtfindest.»
Ich folgte ihr und fühlte mich in eine andere Zeit versetzt.
Anna hatte vieles so belassen, wie sie es als kleines Mädchen geliebt hatte: Die alten Stühle, das Bild mit dem Schutzengel, der hinter den beiden Kindern schwebte, die Keramikvase mit dem Blumen-

muster, die griffbereit auf der Kommode stand, die schweren Kerzenständer aus Zinn. Einzig die Stoffe in der Einrichtung hatte Anna umgekrempelt. Die Vorhänge in Eierschale, den Teppich in einem schönen, warmen Rot.

«Das ist dein Zimmer», sagte Anna und trat in ein kleines Zimmerchen neben der Stube. Ein Bett, ein Stuhl, ein Tisch, dies war die ganze Ausstattung. Das Bett war mit Blumenwäsche bezogen, mit Vergissmeinnicht-Blüten, und es roch nach Frische.

«Danke, das ist ja richtig gemütlich hier. Hast du keinen Fernseher?», fragte ich.

«Doch, natürlich, auch Internetzugang, ist alles oben in einem separaten Raum, damit ich nicht ständig in Versuchung komme, nur Knöpfe zu drücken.»

Typisch Anna, dachte ich, immer in Bewegung, um ja nichts zu verpassen.

«Hast du Hunger?»

«Und wie!»

Erst jetzt merkte ich, dass mir der Magen knurrte. Seit meiner Abreise am frühen Morgen hatte ich nichts gegessen.

«Am Nachmittag kannst du unser Juwel, den Park mit dem Steinkreis, besuchen.»

«Eigentlich wollte ich ein wenig lesen», versuchte ich einzuwenden.

«Lesen kannst du später. Komm mit, ich zeig dir den Weg. Es wird dir gefallen.»

Scheue Sonnenstrahlen zeigten sich, das Blau des Himmels war kaum zu sehen. Für diese Jahreszeit war es kalt, zu kalt. Der Winter war mild gewesen, nun rächte sich der Frühling und zeigte sich von der eisigsten Seite. Anna führte mich auf einen grossen Parkplatz und zeigte mir einen sanft ansteigenden Hügel mit grossen, aufrecht stehenden Steinen und einer Kirche auf der Kuppe. «Das ist der Parc la Mutta, eine megalithische Kultstätte aus der Bronzezeit», sagte Anna und drückte mir eine Broschüre in die Hand. «Da steht alles drin. Okay? Dann bis heute Abend», und weg war sie.

Ich überquerte den Parkplatz und folgte einem schmalen Pfad. Obwohl ich den Ort nicht kannte, kam er mir so vertraut vor, dass meine Schritte den Steinreihen wie von selbst bis zur Kirchenmauer folgten. Ein wunderschöner Aussichtspunkt, der zum Verweilen einlud.
Die Bank war besetzt. Eine alte, zierliche Dame sass auf dem äussersten Rand.
«Ist hier noch ein Platz frei?» Keine Antwort. «Entschuldigen Sie, darf ich mich hinsetzen?» Keine Antwort. Ich setzte mich ans andere Ende der Bank und blickte hinunter ins Tal. Strassen durchschlängelten die Surselva, Autos folgten ihrem Weg, bunt zusammengewürfelte Häuser und Felder breiteten sich aus, deutlich waren die Grenzen von Mein und Dein auszumachen.
«Mögen sie Geschichten?», hörte ich eine sanfte Stimme.
Ich blickte zur grauhaarigen Dame auf der Bank, sie schaute mich an mit ihren tiefblauen Augen – immer tiefer zogen mich diese Augen in ihren Bann –
es war, als würde ich durch ihre Augen hineingezogen …
eine Stimme hallte in meinen Ohren …
komm Durana, komm …
komm …

7 Jahre

Von Weitem Stimmen. Ein lieblicher Duft lag in der Luft, es roch nach Blumen, nach Sommerwiesen. Jemand nahm mich an der Hand und sagte: «Komm, es wird Zeit, das Ritual beginnt.»
Es war mein Vater, der mich zum Ritualplatz mitnahm. Und nun sah ich all die Menschen, die auf dem Hügel vor einem Megalithstein standen. Sie sprachen aufgeregt miteinander. Ein alter Mann, grossgewach-

sen, in einem weiten weissen Gewand, begann nun zu sprechen: «Viele Jahre musste die Sonnengöttin auf diesen Moment warten. Doch nun hat der Gottmond ihren Hilferuf gehört. Er glaubte stets, dass er der alleinige König am Himmel sei. Doch als er den Gesang der Sonnengöttin hörte, begann er zu zweifeln. Und der Gesang klang in seinen Ohren so lieblich, dass er sich in die Stimme verliebte. Also beschloss er, sich auf die Reise zu machen, um die Sonnengöttin zu treffen. Und wir alle werden bei diesem Ereignis dabei sein.»
Es war nicht nur die Stimme des Ältesten der Alten, die alle in ihren Bann zog, es war auch das Wissen, das er in den Sternen von diesem kommenden Ereignis gelesen hatte. Er hielt die Nadel aus Bronze, die er bei jedem Ritual benutzte, hoch zum Himmel und sagte: «Macht euch bereit, der Besuch des Gottmondes steht kurz bevor!» Die Nadel zitterte, am oberen Ende befand sich eine kreisrunde Scheibe, die im Sonnenlicht funkelte.

Ich bin Durana und sieben Jahre alt.
Obwohl der Älteste prophezeit hatte, dass sich nach der Finsternis der Tag wieder erhellen würde, glaubten ihm die Muottaner nicht. Wenn am helllichten Tag plötzlich die Nacht einbricht, dann mussten die Götter zornig sein. Die Menschen fürchteten das Ende. Doch der Älteste hatte sie beruhigt: Nach der Dunkelheit würde die Sonne wieder scheinen.
Ich glaubte dem Ältesten, und ich bewunderte Ambra. Sie war seine beste Schülerin. Er hatte ihr die Deutung der Sterne in allen Facetten erklärt, hatte sie aufgefordert, ihre Augen zu schliessen, um sie danach in Richtung Sonne zu öffnen. Dunkelheit und Licht – sie gehören zusammen, hatte ihr der Älteste erklärt. Das war die Erfahrung, die Ambra machte. Wann immer

es möglich war, suchte ich ihre Nähe. Ambras Augen waren mit Weisheit erfüllt und ihre Hände mit der Güte der Liebe.

Die Menschen bildeten eine grosse Schlange, ich war mittendrin, langsam bewegten wir uns hin zum grossen Stein. Ambra begann ein Lied anzustimmen, bald stimmten alle ein. Das Singen setzte Kräfte frei. Es war der Tag des Wandels. Die Siedler bewegten sich und hoben beim Refrain die Arme zum Himmel.

Als der Gottmond die Sonnengöttin küsste, wurde es totenstill. Wind kam auf und streifte über unsere Gesichter. Die Sonnengöttin ertrank in der Liebe des Mondgottes und als Ambra ihren Blick hob, um diesem Schauspiel beizuwohnen, getrauten sich auch die anderen, ihre Köpfe zu heben.
Wie lang dauerte das Liebesspiel?
Für mich war es eine Ewigkeit, für die Erwachsenen wohl nur ein Wimpernschlag, bis wieder ein Lichtstrahl der Sonnengöttin hinter dem Mondgott hervorblitzte. Und genau in diesem Augenblick glitt dem Ältesten die Nadel aus der Hand und fiel direkt vor Ambras Füsse. Der alte Mann brach zusammen. Als die Sonnengöttin den Mondkönig verabschiedet hatte, reflektierte auf dem kreisrunden Kopf der bronzenen Nadel mein Gesicht.

Sonne Licht
Stern um Stern
hart wie Stein
Tag und Nacht
kommt und geht
geht und kommt

Am Morgen
Am Mittag
Am Abend

Die Nacht
erzählt
was ist
Am Himmelszelt

Mit dem Fallen der Nadel, beim Übergang ins Totenreich, hatte der Älteste seine Nachfolgerin bestimmt. Die Wahl war auf Ambra gefallen. Sie war bereits im Alter von sieben Jahren stets auf den Fersen des Ältesten gewesen. Was dieser zu erzählen wusste, nahm sie wie ein leeres Gefäss in sich auf. Der Älteste bemerkte bald, dass in dem kleinen Mädchen viel mehr als nur eine Schülerin steckte. Ambra war geboren, das Wissen selbst zu vermitteln. Ebenso wie sie Schülerin war, so war sie auch Meisterin. Die reife Seele, die in ihr wohnte, hatte der Älteste der Alten erkannt, und es war seine Aufgabe gewesen, dieser Seele noch sein eigenes Wissen zu vermitteln, damit Ambra in naher Zukunft dies alles weitergeben konnte.
Auch für mich begann die Wende. Von nun an war ich die Schülerin Ambras, der Druidin. Die Rollen blieben dieselben, nur die Akteure hatten sich geändert.

«Es wird Zeit für mich.»
Die Worte der Frau schreckten mich auf. War ich eingenickt? Hatte ich das alles nur geträumt? Und doch: Ambra…, die Nadel…, die Sonnenfinsternis…, ich war mir sicher, dass…, ach was! Ich schüttelte die Gedanken von mir und sah noch, wie die Frau den Weg entlang nach unten zur Strasse ging. Ich blickte ins Tal. Noch immer

schlängelten sich die Autos der Strasse entlang, die Rhätische Bahn zog auf der anderen Seite des Rheins wie in Zeitlupe dahin, Nebel verschlang nach und nach das Tal. Komische Tagträume, dachte ich. Oder hatte mir die alte Dame diese Geschichte erzählt? Da fiel mein Blick auf den Prospekt, den mir Anna in die Hand gedrückt hatte.

> *Parc la Mutta, Megalithische Kultstätte*, las ich.
> Ein lachendes Gesicht strahlte mich vom Prospekt an.
> *Mysterien, Mathematik und grossartiges Panorama.*

Als ich mich auf den Heimweg machte, stolperte ich über einen Stein. Daneben stand eine Tafel, auf der ein Zeichen abgebildet war. Es sah aus wie ein Halbmond. Ich musste Anna fragen, was das bedeutete.
«Hallo, da bin ich», hörte ich die klare Stimme Annas.
Ich hatte mich in der Küche nützlich gemacht und uns ein Essen vorbereitet.
«Mmm, hier riecht es aber fein.»
«Spaghetti, unsere WG-Spaghetti, kannst du dich noch daran erinnern?»
«Klar, die habe ich vermisst. Erzähl! Hat es dir in unserem Parc gefallen?»
«Eigentlich bin ich nur bis zur Bank gekommen, auf der eine alte Dame sass, die mir eine Geschichte erzählt hat, doch plötzlich war sie weg. Und dann bin ich beinahe über ein Zeichen gestolpert, schau mal.» Ich halte Anna den Prospekt mit dem Bild hin.
«Du meinst den Mondpfeilstein? Ein Pfeil auf einem gespannten Bogen mit einer mondförmigen Schale an der Spitze? Hier, da wirds erklärt in der Broschüre»*:*

> *Er peilt mit seinem Azimut von 157° und einem Neigungswinkel von 16° jene Stelle des Himmels über dem Piz Fess an, wo am 25. Dezember im Jahre 1089 vor Christus um 10.17 Uhr eine 96-prozentige Sonnenfinsternis stattfand.*

Anna plauderte fröhlich weiter: «Unser Parc ist voll von den Zeichen aus der Vergangenheit. Es ist ein Phänomen, und ich kann dir gerne später mehr darüber erzählen. Doch jetzt, Durana, rück mit der Sprache raus: Was ist eigentlich passiert, als ich auszog? Erzähl mal.» Ich spürte einen Stich in der Herzgegend, liess mir aber nichts anmerken.
«Ach, weisst du Anna, da gibt es nicht viel zu erzählen. Kopflos verliebt, blind vertraut, herzzerreissend enttäuscht! Und jetzt schnell vergessen.»
«Upps, das war jetzt aber kurz und bündig!»
«Was alles vorgefallen ist, ist nicht einen Gedanken wert. Und was man nicht ändern kann, soll man lassen. Zusätzlich wuchs meine Unzufriedenheit in meinem Bürojob. Die tiefe Sehnsucht, mit Menschen zu arbeiten, wurde immer stärker. Stattdessen sass ich allein an einem PC. Die Idee, in einem Krankenhaus eine neue Ausbildung anzufangen, begann immer mehr Konturen anzunehmen.»

Es war Montag, ich liebe die Montage. Montage sind Machertage. Anpacken, zupacken, erledigen, verschiebe nicht auf Morgen, was du heute kannst besorgen. Mit diesem Spruch startete ich am Montagmorgen durch. Es war wiederum ein Montag, der mich an Anna erinnerte.
«Weisst du noch unsere Reise nach London?»
«Ja, meine erste Reise, und ich genoss das Bad in der Menschenmenge. So viele Menschen hatte ich noch nie auf einmal gesehen.»
«Ja, auch ich saugte die vielen neuen Eindrücke wie ein Schwamm in mich auf.»
«Fotos haben wir gemacht an allen möglichen und unmöglichen Orten. Und als ich meine Bücher sortierte, kamen mir unsere Fotos in die Hände, dann die Briefe, unser Spiel mit den Fragen, die uns reichlich Gesprächsstoff gaben. Ich vermisse diese Zeit, die Briefe und dich, Anna!»
«Toll, hast du dich gemeldet, ich freue mich, dass du da bist. Du kannst bleiben, solange du willst, ich habe Platz genug.»

Wir tranken den letzten Schluck Wein, dann gingen wir schlafen.
Anna musste am nächsten Tag früh zur Arbeit.
Auch ich hatte meine Pläne, doch davon erzählte ich ihr nichts.

2. Tag
Dienstag

Ich schlief schlecht in dieser Nacht, starrte die ganze Zeit auf die Uhr und dachte, die Zeit stehe still. Menschen, die in der Nacht wach liegen, haben viel Zeit; diejenigen, die schlafen, haben gar keine Zeit, denn plötzlich ist es Morgen. Ich hatte eine ganze Nacht Zeit gehabt. Doch ich liess sie vorbeiziehen, ohne sie zu nutzen. Nun war es Morgen und ich hatte Hunger, so richtig Hunger und Lust auf Kaffee. Anna schlief noch, als ich den Tisch deckte.
Einmal hatte ich versucht, meinen Kaffeekonsum zu drosseln. Es war mir zwei volle Tage lang auch gelungen, doch dann verwarf ich die Idee, zur Teetrinkerin zu werden. Ich öffnete den Kehrichtsack und warf sämtliche Teebeutel hinein. Seit diesem Augenblick stehe ich zu meiner Kaffesucht. In Annas Küche schien es keinen Kaffee zu geben. Teebeutel, Kräuter, keine Kaffeebohnen, duftende Bohnen, die gemahlen zu einem wunderbaren Getränk gebraut werden konnten. «Suchst du Kaffee?» Anna stand in der Türe. «Ja, bitte sag mir, dass du irgendwo in diesen alten wunderbaren Dosen Kaffee hast.»
Anna ging zum Schrank, nahm eine eckige Dose mit einem Klappverschluss aus Metall vom Regal. Mit einem Daumenschlag öffnete sie die Dose, Kaffeeduft breitete sich aus. Der Morgen war gerettet. Anna musste lachen. «Schliess die Türe ab, wenn du das Haus verlässt und lege den Schlüssel in den alten Blumentopf auf dem Fenstersims», rief sie mir noch zu, dann fiel die Tür ins Schloss. Ich blieb noch eine Weile sitzen, bevor ich mich entschloss, in den Park zu gehen.

Es war kalt, und ich hatte meine Jacke mitgenommen. Sicher war ich heute die Erste, die im Park spazieren ging. Zielstrebig steuerte ich auf die alte Kirche zu. Der gestrige Tag war neblig, traurig und

mysteriös gewesen. Heute schien alles freundlicher zu sein. Als ich die Steinreihe erreichte, wurden meine Schritte langsamer. Ich spürte den Boden unter meinen Füssen, meine Schritte wurden schleppend, mein Atem langsamer. Das ist die frische Luft, redete ich mir ein und ging weiter. Oben an der Kirchenmauer angekommen, entschloss ich mich, links abzubiegen und dem Pfad weiter zu folgen. Zwei Tische mit einer Feuerstelle luden zum Bleiben ein, doch mich zog es weiter, am Friedhof vorbei in den Wald und die Böschung hoch. Da oben war doch was. Ich schaute nochmals hin. Nichts, ich schaute zurück. Ein Hirsch überquerte den Pfad. Als ich meinen Blick wieder nach vorne richtete, sah ich die alte Dame wieder. Sie stand mitten auf dem Weg.
Ihre blauen Augen. Sie sahen mich an, zogen mich zu sich.

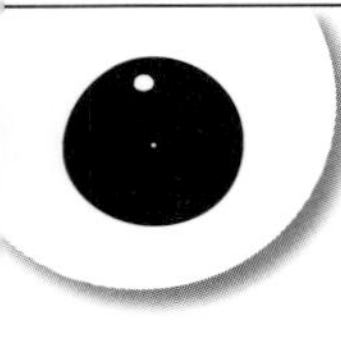

14 Jahre

«Durana! Durana!» Ich zuckte zusammen, erhob mich und blickte in die grünen Augen Ambras. Im Morgengrauen, beim Sammeln der Kräuter, befand ich mich in einer anderen Welt. Die Schwingungen der Pflanzen bedurften meiner ganzen Aufmerksamkeit, um ihre Wirkung zu spüren.
«Wo warst du? Ich habe die ganze Zeit nach dir gesucht! Komm schnell! Die Zeit drängt, die Wurzeln und Kräuter müssen noch vor Sonnenaufgang gesammelt werden!»
Ich nahm meinen Korb und folgte meiner Meisterin. Wenn es um wichtige Dinge ging, wie das Sammeln der Kräuter, war Ambra geduldig.
Immer wieder wiederholte sie die Namen der Pflanzen und sang dabei ein Lob an Mutter Erde. Dann erklärte sie mir die Wirkung jeder Pflanze und zog dabei mit ihren Fingern die Konturen nach.

Der Frühling war kälter als sonst. Auch die Ältesten konnten sich nicht erinnern, einen derart kalten Frühling erlebt zu haben. Die begehrten Kräuter waren schwieriger zu finden, zum Teil blühten sie noch gar nicht.
Es war nicht das erste Mal, dass ich die Zeit vor Sonnenaufgang im Freien verbrachte. Obwohl mich das faszinierte, hatte ich auch Angst davor. Denn vor Sonnenaufgang, so hatte ich in den Geschichten gehört, laufen die Götter herum und streuen heiliges Pulver über die Kräuter. Darum müssen sie vor Sonnenaufgang geerntet werden. Und ja, man sollte sich hüten, den Göttern in die Augen zu sehen, sonst werde man mit Haut und Haaren ins Nichts aufgesogen. Davor fürchtete ich mich. Niemand in unserem Dorf kannte jemanden, der von den Göttern im Morgengrauen verschluckt worden war. Doch der Greis, der vor drei Kreisen zu uns kam, kannte jemanden. Jedenfalls hatte er mir in den langen Nächten in der kalten Zeit davon berichtet. Der Greis war ein Meister im Geschichtenerzählen.
Ich kann mich noch gut an unsere erste Begegnung erinnern: An einem regnerischen Morgen pochte es am Aussentor. Als die Männer das Tor öffneten, stand ein Greis davor in zerlumpten, schmutzigen Kleidern. Die Tasche, die um seine Schulter hing, war abgenützt, zeugte aber noch von edlem Fell. Seine Haare waren weiss und so lang wie der Bart, der ihm bis zum Gürtel reichte. Wenn ein Bart die Jahre zählen könnte, dann war dieser Mann älter als der Älteste von uns allen. Seine Füsse waren gezeichnet von der langen Wanderung, die Nägel so schwarz wie Kohle. Er ging am Stock und schaute zu Boden.

Die Worte Ambras kamen mir in den Sinn: Die Augen sind der Spiegel der Seele, so klang es noch in meinen Ohren. Ich musste seine Augen sehen. Unbedingt! Ein alter, kranker Mann! Die Menschen werden sich von ihm entfernen und ihn im Schatten stehen lassen.
«Bring ihm Wasser!», befahl mir der Jäger, der dem Alten das Tor geöffnet hatte. Als ich mich mit dem Wasserkrug dem Greis näherte, hob er seinen Kopf und schaute mich mit seinen blaugrünen Augen an. Sie waren klarer als das Wasser, reiner als das Morgenblau am Himmel und tiefer als das saftige Grün im Frühling. Meine Angst verflog in diesem Augenblick.
«Magst du Geschichten?», fragte er mich und sagte, ich solle näher kommen. Kaum war ich bei ihm, begann er mir eine Geschichte zu erzählen, von einem Land, in dem Frauen edlen Schmuck trugen. Ich wusste nicht, was er damit meinte, doch er erzählte mir von Ketten, die sie um den Hals trugen. Von Armbändern, die sie um die Handgelenke legten. Von Reifen auf dem Kopf. Nur um schöner und begehrter zu sein, taten dies die Frauen.» So etwas hatte ich noch nie gehört. Dieser alte Mann musste verrückt sein. Doch unbeirrt erzählte er weiter.

«Sie hiess Sanima und war die Tochter eines Jägers, der immer mit viel Beute nach Hause kam. Dadurch genoss er grosse Anerkennung bei unseren Siedlern.
Ihr Vater hatte beschlossen, dass die Zeit der Vereinigung für Sanima reif war und hatte bereits einen Auserwählten bestimmt. Doch Sanima wollte die Vereinigung nicht, denn sie wollte lieber im Dienst des Druiden sein. So kam es, dass der Vater zum Druiden ging und um ein Orakel bat. Die Sonne ging bald

unter und Sanima kam mit ihrem Vater zum Druiden. Dieser hatte bereits ein Feuer entfacht und begann nun, mit schwarzer Kohle die Zeichen der Zeit auf das Gesicht Sanimas zu malen. Am Himmel war nur noch das Abendrot zu sehen und der Druide stimmte leise in einem monotonen Gesang ein. Er bat Sanima, die Augen zu schliessen. Als das Feuer fast abgebrannt war, und die ersten Sterne am Himmel standen und Sanima immer noch die Augen geschlossen hatte, stiess der Druide einen lauten Schrei aus. Der Jäger, der eingenickt war, erschrak so sehr, dass er mit einem Satz aufsprang, den Pfeil und den Bogen in der Hand.

Sanima öffnete langsam die Augen, und als der Druide in ihre Augen blickte, erkannte er in ihr seine neue Schülerin. Ihre innere Ruhe und Gelassenheit hatte sie dazu gemacht. Die Entscheidung war gefallen, Sanima blieb beim Druiden und die Vereinigung, die der Vater für seine Tochter erhofft hatte, zerplatzte. Als Zeichen der Aufnahme in die Druidenausbildung schenkte der Druide ihr eine Bernsteinkette. Erst viele Monde später vereinigte sich Sanima doch noch mit einem Mann. Doch dies ist eine andere Geschichte.»

Mit diesen Worten beendete der Greis seine Erzählung und zog etwas Schimmerndes, das aussah wie Harz, aus seiner Tasche. Wie es im Sonnenlicht schimmerte!

«Das ist Bernstein, ich schenke es dir. Bewahre den Stein gut auf, er soll dir allein gehören. Da, wo ich herkomme, schmücken sich die schönsten Frauen damit. Dieser Stein ist kostbar und hat heilende Wirkung. Es ist ein Stein, der dir die Angst nimmt und dir bei wichtigen Entscheidungen hilft. Du bist ein Mädchen des Wissens.»

«Warum weisst du so viel über diesen Stein?»

«Alles hat seine eigene Sprache, alles, auch die Steine.» So kam es, dass ich immer öfter die Nähe des Greises suchte und seinen Geschichten lauschte.

«Durana, bitte.» Abermals schreckte Ambras Stimme mich auf. «Wir müssen uns beeilen.» Mittlerweile erkannte ich die Gräser an ihrem Aussehen und wusste, wo die Wurzeln zu finden waren. Da war die Pflanze, die Ambra Thymian nannte und die aussergewöhnlich intensiv roch. Ihre Blüten strahlten von rosa bis dunkelviolett. Sie wuchs auf trockenen, sonnigen Plätzen und war eine der wichtigsten Pflanzen, um Hals und Stimme zu stärken. Auch La urtgica kannte ich. Ich hatte gelernt, beim Pflücken dieser Pflanze den Atem anzuhalten, dann brannte sie nicht. Ambra nannte sie Brennnessel. Bevorzugt legte sie diese in kochendes Wasser und liess sie eine ganze Weile ziehen. Danach verabreichte sie diesen Sud den Frauen.
Vor der Ernte stimmten wir uns mit einem Ritual auf die Pflanzenwelt ein. Dazu benötigten wir einen Teil der Wurzeln vom Vorjahr, die wir in einer Feuerzeremonie den Göttern opferten. Beim Einschwingen auf ihr Wesen sahen wir an den Formen der Blätter und an den Farben der Blüten, bei welchen Leiden die Pflanzen bereit waren, uns zu helfen. In der Zeit, die ich mit Ambra draussen verbrachte, hatte ich meine Augen geschult. Ich sah immer deutlicher die feinen, luftigen Umrisse, die jede Pflanze um sich hatte.

Ambra wusste immer, wie viel wir benötigten, nie pflückte sie zu viel, immer sagte sie: «Nimm, was du brauchst und lass wachsen und gedeihen, was du nicht brauchst! Gib der Erde deinen Dank zurück.» Dabei

legten wir immer einen Holunderzweig an die Stelle, an der wir geerntet hatten.
Ich war ständig in Bewegung. Nur nicht stillsitzen, davor graute mir. Doch an diesem Tag hatte Ambra noch andere Pläne. «Komm, Durana, ich zeige dir, wie man die Kräuter verarbeitet. Dafür musst du dich hinsetzen, es ist eine Arbeit, die viel Geduld erfordert.»
Im Schutz des Holunders, der bei Ambras Haus wuchs, setzten wir uns auf den Boden.
Ambra zeigte mir, wie man die Quendel zubereitet. Sie nahm die ganze Pflanze und drückte sie zwischen zwei Steinen, dann goss sie einige Tropfen Wasser dazu und legte die Schale in die Sonne. Die andere Hälfte breitete sie sorgfältig auf ein Tuch aus und legte es in die Sonne, damit die Kräuter trocknen konnten. «Bevor die Sonne untergeht, nimmst du die Kräuter und füllst sie in dieses Gefäss.» Dabei deutete Ambra auf ein dunkles Gefäss, das in der Ecke stand. Dann nahm Ambra einen Korb voller getrockneter Blüten. Auch diese mussten sorgfältig in ein Gefäss abgefüllt werden. Den Rest von den frischen Quendeln streute Ambra in den Kessel mit Wasser, der über der Feuerstelle hing. Kurze Zeit später breitete sich der Duft in der ganzen Hütte aus. Dann nahm sie einen Stock, rührte das Wasser und begann zu singen:

Heilende Kraft
Dank der Sonne
bist du gewachsen
Dank der Erde
trägst du Früchte
Heiliges Wasser
Quelle des Lebens
nimm auf in dir
die Seele der Pflanze

Das Feuer loderte. Das Wasser dampfte. Die singende Ambra atmete die Seelen der Pflanzen ein. Ihr Gesicht nahm die Farbe der Blüten an, und ihre Stimme erhellte sich. Jede Bewegung war die einer Frau, die genau wusste, was zu tun ist. Das Ritual dauerte nur kurz. Als das Wasser kochte, schob Ambra den Kessel zur Seite, nahm einen tiefen Atemzug und erklärte mir alles. Dann verliess sie die Feuerstelle.
Im Sitzen passieren viele Dinge, diese Erfahrung machte ich an diesem Tag. Obwohl ich mich ganz auf die Pflanzen konzentrierte, spielte sich in meinem Kopf Aufregendes ab. Gerade heute Morgen war es wieder passiert. Ich wusste nicht, woher sie kamen. Als Ambra nach mir rief, waren sie ebenso schnell wieder verschwunden. Sie redeten mit mir, nicht in der Sprache, die Ambra und die Siedler mit mir sprachen, dennoch verstand ich sie. Fröhlich waren sie und sie kannten sich aus mit den Kräutern. Sie führten mich und brachten die Blüten zum Strahlen. Obwohl sie klein waren, waren sie so schnell wie ein Augenschlag. Sie schienen so zerbrechlich, dennoch verfügten sie über eine enorme Kraft, denn es gelang ihnen, die Pflanzen samt Wurzel einfach so aus dem Boden zu ziehen. Eine Sache, die Ambra und mir nie gelang. Wollten wir die Pflanze samt Wurzel ernten, so mussten wir dazu einen spitzen Stein benützen.
Wer waren sie?
Woher kamen sie?
Eines wusste ich: Ambra kannte sie nicht, denn sie hatte nie von ihnen erzählt. Oder Ambras Augen waren zu alt, um sie zu sehen. Ich beschloss, ihnen an diesem Tag einen Namen zu geben:
Diallinas.
So nannte ich sie von nun an.

«In zwei Monden werden sie kommen.»
Ambra deutete auf den grossen Stein, der zur Mittagssonne gerichtet war und kreiste zwei Mal mit dem Stock über die Fuge, die tief in den Stein eingekerbt war. Dieser Stein war eine grosse Hilfe, um die Tage einzuteilen. Ambra hatte von den Kreisen erzählt, vom Himmel und den Gestirnen, vom Lauf der Sonne und des Mondes. Als Schülerin des Druiden hatte sie viele Nächte mit dem Ältesten draussen verbracht, dieser hatte ihr die Geschichte der Sterne, die in Verbindung mit den Menschen standen, erzählt. Ambra hatte versucht, auch uns zu erklären, dass die Menschen Energien hätten, die einem regelmässigen Rhythmus unterlagen, und dass ein Leben mit dem Einklang der Zeit eng verbunden sei.
Doch nur das Erzählen allein reichte nicht aus. Nicht alle Muottaner verstanden, was Ambra meinte. Denn sie hatte in den klaren Nächten oft und lange den Himmel beobachtet. Hatte ihre Beobachtungen mit den Geschichten der Ältesten verglichen und war in tiefere Schichten der Deutungen gelangt. Sie musste ihr Wissen der Gemeinschaft mitteilen. Vor allem aber musste sie mir, ihrer Schülerin, ihr Wissen so vermitteln, dass ich diese Zeichen in naher Zukunft selbst deuten konnte. Darum hatte Ambra damit begonnen, die Zeichen der Zeit im Stein zu meisseln. Im grossen Stein waren nun ein Kreis, ein Loch, sowie zwei Kerben und eine kleine Schale eingemeisselt. Immer wieder rief die Druidin die Siedler zusammen und erklärte ihnen anhand dieser Zeichen den Lauf der Zeit:
«Wenn ein Stab, dessen Länge vom tiefsten bis zum höchsten Punkt des Kreises reicht und lotrecht, direkt vor dem Stein aufgestellt wird, so fällt das obere Ende seines Schattenbandes zur Zeit der höchsten Sonne am Mittag

in das Loch. Zur Zeit der Wintersonnenwende trifft der Schatten des Stabs in die kleine Schale.» Immer, wenn Ambra neue Beobachtungen machte, suchte sie den Stein auf und meisselte die Zeit hinein, um sie sichtbar zu machen. Jetzt, da der Kreis für alle sichtbar geworden war, begannen die Muottaner den Rhythmus des Zeitkreises zu verstehen. Ich aber hatte noch viel zu lernen. Auch über die Pflanzenwelt und deren Heilkräfte. Und vor allem über die Bäume, denn in ihnen lebten die Seelen des Waldes. Noch war meine Zeit der Bäume nicht gekommen, denn Ambra achtete darauf, dass ich eins nach dem anderen begriff, bis es mir ins Blut geschrieben war. Erst dann vertraute sie mir Neues an.
Erschöpft kamen Ambra und ich zurück zur Hütte.
Der Greis wartete schon.
Obwohl er fast blind war, erkannte er uns an unseren Schritten. Müde legten wir uns aufs Lager und die Traumwelt nahm uns auf.

Die Sonne stand hoch am Himmel, die Menschen hatten bereits mit der Kornernte begonnen. Unten, am anderen Ufer des Sees, erstreckte sich eine grosse Fläche mit goldenen Ähren, die leise im Wind hin und her schaukelten. Das Korn war reif, das Wetter ideal für die Ernte. Ambra hatte den Zeitpunkt der Ernte in den Sternen gelesen. Alle halfen mit. So gut wie Ambra die Sterne deuten konnte, das Wetter konnte umschlagen und man musste an Tagen wie diesen von Sonnenaufgang bis Sonnenuntergang arbeiten. Es bedeutete Nahrung für die karge Zeit im Jahr. Korn liess sich gut lagern, es sättigte die Muottaner in der unfruchtbaren Zeit des Jahres. Der Weg vom Hang hinunter zum See, am Ufer entlang und auf der andern Seite wieder hinauf bis zur Siedlung war übersichtlich und vom vie-

len Gehen geebnet. Es war ein Kommen und Gehen an diesem Tag. Jeder kam mit Korn beladen. Und auf der anderen Seite warteten die Frauen, die das Korn von der Spreu trennten. Es war eine strenge und mühsame Arbeit. Stets wurde gesungen, um so den Göttern eine Lobpreisung zu senden.

Meine Hand ist glühend heiss! Aber warum? Meine Handfläche lag auf einem mit Moos besetzten Stein. Er war gross, fast rund. In der Mitte hatte er ein Loch und eine tiefe Fuge zog einen grossen Kreis am Steinrand entlang. Unten war eine Markierung angebracht mit dem Vermerk: *Sonnenstein.*
Die Hitze zog weiter meinen Arm hoch und breitete sich in meinem ganzen Körper aus. Eine unermessliche Ruhe umhüllte mich.
Auf dem Weg zurück zu Annas Haus begegnete ich einer alten Frau mit einer Giesskanne. Die Kanne war schwer, und die Alte machte nur kleine Schritte und murmelte vor sich hin.
«Kann ich Ihnen helfen?», fragte ich.
Die Frau hob den Kopf und sah mich an. «Bis dass der Tod uns scheidet, Amen.»
Sie musste mein verstörtes Gesicht bemerkt haben, denn ein Lächeln huschte ihr über die Lippen. «Man muss etwas für die Toten tun!»
«Ich wollte Sie nur fragen, ob Sie mit der Giesskanne Hilfe brauchen.»
«Ach, ja wenn Sie so nett sind, gerne. Wissen Sie, man muss etwas für die Toten tun.»
«Wie meinen Sie das?»
«Als meine Toten noch lebten, da kochte ich für sie, ich umsorgte sie, lebte mit ihnen und arbeitete mit ihnen. Jetzt bin ich allein, und meine Zeit ist immer noch dieselbe, seit Langem schon koche ich nur noch für mich und besorge meinen Haushalt nur für mich allein. Darum bete ich für meine Toten und ich giesse die Blumen auf ihren Gräbern.»

Ich nahm die rote Giesskanne aus ihrer runzligen Hand und ging im Schneckentempo neben ihr den Weg hinauf. Erst jetzt, als ich auf den Boden blickte, bemerkte ich, dass die Oma noch ihre Hausschuhe anhatte. Finken, sicher für den Winter gedacht, hoch geschnitten mit einem Reissverschluss in der Mitte. Ich musste lächeln. Auch ihre Kleidung war nicht die modernste. Eine Schürze mit Kragen und Knöpfen, von oben bis unten blau. Als ich näher hinsah, konnte ich deutlich Vergissmeinnicht ausmachen.
«Hat es kein Wasser auf dem Friedhof?», fragte ich.
«Doch, ein Brunnen. Und Giesskannen hat es auch.»
«Warum schleppen Sie dann die volle Giesskanne von zu Hause zum Friedhof?», wollte ich wissen.
«Man muss etwas für die Toten tun.»
Ich liess es dabei bewenden, gemeinsam gingen wir mit voller Giesskanne Richtung Friedhof.
Etliche Schritte später erreichten wir die Steintreppe mit dem Eisentor.
«Danke, und Gott mit dir», sagte die Alte.
Ich stelle die Giesskanne auf die Steinstufen und verabschiedete mich von der Frau mit der Vergissmeinnichtschürze. Sie drehte sich um, stieg die Stufen zum Friedhof hoch und ging zu ihren Toten. Mein Weg führte zurück zu den Lebenden.
Ein kräftiger Wind begann zu blasen.
Rechts und links vom Weg ragten Ahorn und Lindenbäume in die Höhe. Das Rascheln der Blätter, die Bewegung der Äste, in diesem Moment war ich mir ganz sicher, dass der Wind die Bäume als Instrument benutzte. Lautes Kinderlachen übertönte die Windmelodie. Die spielenden Kinder auf dem Spielplatz wollten bleiben, die Mütter wollten gehen. Noch war ich selber nicht so lange erwachsen. Ich war gern Kind gewesen, vermisste manchmal die Unbeschwertheit, die ich als kleines Mädchen hatte. Das Erwachsensein brachte mir neue Eindrücke, neue Freiheiten, aber auch Verantwortung für meine Handlungen. Verantwortung zu übernehmen, fiel mir leicht. Schon als Mädchen ging ich gerne babysitten. Die

Kinder liebten mich, und die Eltern hatten Vertrauen in meine Fähigkeiten. Noch immer grübelte ich über meinen weiteren Berufsweg nach. Gab es einen Beruf, der meinen Vorstellungen und Wünschen entsprach? Ich musste mit Anna darüber reden.

Obwohl es noch ein wenig kalt war, kuschelten Anna und ich uns auf das Sofa auf der Veranda. Von hier aus blickten wir direkt zum Park.
«Gehst du manchmal zu den Steinen?», fragte ich Anna.
«Als Mädchen bin ich ständig im Parc gewesen. Ich habe mich dort stundenlang allein beschäftigen können. Im Parc hatte ich nie das Gefühl, alleine zu sein und habe Selbstgespräche geführt. Aber, ich denke, das ist normal bei Kindern, ich war voller Fantasie.»
«Anna, heute hatte ich bei der Berührung eines Steines eine richtige Hitzewelle. Ich weiss nicht, ob ich geträumt habe, jedenfalls habe ich Dinge erlebt, die eigentlich gar nicht möglich sind.»

«Das ist normal, Durana. Du bist jetzt noch ein wenig durcheinander, und der Stein ist der Sonnenstein, klar, dass dieser Wärme speichert. Schau, hier steht, wozu dieser Stein früher gedient hat.»
Anna nahm die Mappe zur Hand und las mir laut vor:

Sonnenstein mit einer kreisrunden Ritzung von 120 cm Durchmesser. Die Lage und die Bearbeitung des Steins weisen ihn als Kalenderstein aus. Um den 11. November herum (St. Martin) und um den 2. Februar (Maria Lichtmess) scheint die Sonne mittags Ortszeit senkrecht auf die Steinplatte (Bauernwinter). Zudem können die Daten der Sommer- und Wintersonnenwende mit einfachen Mitteln bestimmt werden.

Diesmal fror ich. Die Decke, unter der wir kuschelten, konnte meine innere Kälte nicht verhindern. Vielleicht hatte ich mir wirklich alles nur eingebildet. «Beim Verlassen des Parcs bin ich einer alten Frau mit Giesskanne begegnet.»

«Die alte Luisa? Sie geht jeden Tag zum Friedhof, bei jedem Wetter zu jeder Jahreszeit.» Ein Stein fiel mir vom Herzen; also war die Alte echt.
«Die Luisa ist wirklich ein Original, schon seit Langem lebt sie allein. Sie verlor ihren Mann und ihren Sohn. Seitdem geht sie Tag für Tag den Weg zum Friedhof. Ich weiss noch, als ich ein Mädchen war, da war die Luisa eine schöne Frau mit langen schwarzen Haaren. Meistens trug sie ihre Haare offen, ausser wenn sie mit dem Koffer unterwegs war, dann waren ihre Haare zu einem Zopf zusammengebunden.»
«Ist die Luisa viel gereist?»
«Nein, nein, sie ist nie verreist, der Koffer war kein Reisegepäck, der Koffer war ein Hebammenkoffer. Sie hat vielen Frauen bei der Geburt beigestanden. Meine Grossmutter hat mir immer gesagt: Die Luisa kennt den Weg des Lebens und den Grad des Todes. Ich weiss immer noch nicht so recht, was sie damit gemeint hat. Als ich meine Grossmutter danach fragte, hat sie mir nur gesagt: Mit dem Leben wirst du auch das verstehen lernen.»
Luisa hiess also die Frau.
«Ich habe ihr mit der Giesskanne geholfen, schon komisch, dass die mit der vollen Giesskanne zum Friedhof geht, obwohl ein Brunnen auf dem Friedhof ist.»
«Ja, das denken alle, und einige haben versucht, sie dazu zu bewegen, das Wasser beim Friedhof zu nehmen, doch sie will davon nichts wissen.»
Langsam wurde es dunkel. Und als die Dunkelheit fast alles verschluckt hatte, schalteten die Scheinwerfer im Park ihr Licht ein und beleuchteten die alte Kirche. Märchenhaft lag sie da. Schweigend sahen wir sie an, jede von uns in ihre eigenen Gedanken versunken.

3. Tag
Mittwoch

9.00 Uhr. Als ich die Küche betrete, liegt ein Brief von Anna auf dem Tisch.

Liebe Durana,
habe heute eine Weiterbildung und bin erst spätabends zurück.
Geniesse den Tag.
Gruss und Kuss
Anna

Es gibt Tage, die füllen sich von selbst, andere müssen wir selbst füllen. Für heute hatte ich mir vorgenommen, meinen Tag selbst zu füllen. Nach dem Frühstück setzte ich mich auf die Veranda und blätterte interesselos Zeitschriften durch. Am Montag, als ich am Bahnhof auf den Zug wartete, stöberte ich noch am Kiosk und liess mich durch den Titel eines Heftes inspirieren. **Alle sieben Jahre ändert sich das Leben** stand da. Als ich den Titel nochmals las, wusste ich nicht wirklich, warum ich nach diesem Heft gegriffen hatte.
Ich begann zu lesen:

Am Anfang war der Rhythmus. Rhythmen begleiten uns durch unser ganzes Leben. Wir erfahren ihn im Ein- und Ausatmen, im Schlagen unseres Herzens, im Wechsel von Schlafen und Wachen oder der Jahreszeiten. Rhythmus ist der ursprünglichste Ausdruck und die universelle Sprache des Lebens. Unser ganzes Leben kann als Zyklus betrachtet werden, der bestimmten Rhythmen unterliegt. Dazu gehört auch der 7-Jahres-Zyklus der

Chakren, der nicht erst mit der Geburt beginnt, sondern schon die Entwicklung des Ungeborenen im Mutterleib mitbestimmt.

Vor ein paar Wochen war ich 21 Jahre alt geworden. Falls das mit dem 7-Jahres-Zyklus der Chakren stimmen sollte, war ich am Anfang eines neuen Zyklus. Das Leben hatte also Pläne mit mir. Neue Verantwortung wartete auf mich. Ich spürte das deutlich. Verantwortung gegenüber mir, aber auch Verantwortung gegenüber anderen. Ich las weiter und fühlte mich nach jeder Zeile befreiter.
Ich schaute zum Park und sah Luisa.
Die rote Giesskanne, die ruhige Art, wie sie zum Friedhof ging, es war das gleiche Bild wie gestern. Ich schlüpfte in meine Schuhe und mit einem Krachen nach dem anderen verriet die alte Holztreppe mein Verlassen. Ich wollte die alte Luisa nochmals treffen.
An der Steintreppe angekommen, kam sie mir entgegen. «Möchten Sie auch rauf?», fragte sie und nahm auf der Mauer vor dem Friedhofeingang platz. «Setzen Sie sich zu mir.» Sie zeigte mit ihrer Hand auf den Platz neben ihr.
«Gerne, ich bin Durana.»
«Ich bin die Luisa», sagte sie und ignorierte meine Hand, die ich ihr zum Gruss entgegengestreckt hatte.
«Viele Menschen glauben, dass wir nach dem Tod für immer verschwinden. Ich nicht. Man kann doch nicht einfach verschwinden.»
«Darüber habe ich mir noch nie Gedanken gemacht», antwortete ich.
«Ich habe Menschen in der Stunde des Todes und in der Stunde der Geburt begleitet. Etwas erscheint, etwas anderes wird unsichtbar. Aber es ist immer noch da, wir haben nur vergessen, es zu sehen. Als ich noch ein Mädchen war, da bin ich mit meinem Grossvater oft auf die Alp gegangen. Es war etwas ganz Besonderes, dass er mich auf die Alp nahm. Ich war ein Mädchen, und Mädchen bleiben normalerweise bei der Grossmutter oder der Mutter zu Hause. Mich aber zog es immer auf die Felder, in die Wälder und auf die Alpen. Mein Grossvater entdeckte meine Neugierde und nahm mich mit. So habe ich die Sommertage auf der Alp erlebt, die

schönsten Blumen gesehen und war, so sagte mein Grossvater immer, IHM ein bisschen näher. Dabei zeigte er mit dem Zeigefinger nach oben. Seitdem weiss ich, dass eine Kindheit mit viel Freiraum in der Natur eine der wichtigsten Voraussetzungen ist für das Leben und das Wachstum. Es gab die Tage, mit dichtem Nebel im Tal, an denen wir vom Gipfel aus das Nebelmeer bewunderten. Ich wusste ganz genau, wo unser Dorf lag, wo die Strasse hinführte, nur sah man davon nichts, weil die Nebeldecke alles verhüllte. Dann sagte der Grossvater: «Siehst du Luisa, du siehst nichts, und doch siehst du alles!» Mein Grossvater war ein kluger Mann! Siehst du die Bäume, die den Weg säumen? Sie können nur wachsen, wenn sie genug Freiraum haben. Und mit diesem Freiraum, dieser Distanz entsteht eine wunderbare Einheit, sodass sich jeder Baum entfalten kann.
Mein Grossvater wurde hier in Falera auf diesem Friedhof beerdigt, genau wie mein Vater, mein Mann, mein Sohn, meine ganze Familie. Man muss etwas für die Toten tun,» sagte Luisa und strich sich eine graue Haarsträhne aus ihrem Gesicht. Dann faltete sie ihre Hände und ihr Blick versank in der Ferne.
Schweigend sassen wir nebeneinander.
Zuerst hören wir Stimmen, die vom Wind hochgetragen wurden, dann das Knirschen des Kieses, dann konnten wir sie sehen: drei Männer, die den Weg hoch kamen. Einer trug ein blaues Jackett und hatte in der rechten Hand einen Spazierstock. Der Zweite war grösser und hielt beide Arme am Rücken, seine Haltung verriet eine elegante Erscheinung. Der Dritte hatte kurze Beine und musste sich anstrengen, um mit den anderen Schritt zu halten.
Luisa stand auf. «Auf Wiedersehen cara, und vergiss nicht: Der Schutz der Stille kann die Menschen berühren.» Luisa griff nach ihrer Giesskanne und liess mich allein zurück.
Die Herren blieben stehen, wollten noch etwas sagen zu Luisa, doch Luisa ging wortlos mit gesenktem Kopf an ihnen vorbei die Strasse hinunter.
«Sie redet schon lange nicht mehr», sagte der Elegante und machte eine Kopfbewegung Richtung Luisa, ohne seine Hände vom Rü-

cken zu nehmen. «Schmerz kann die Menschen brechen», sagte der mit dem Spazierstock. Der Dritte nickte.
«Luisa ist ein wenig verwirrt, aber sie schadet niemandem und hat auch mit niemandem etwas zu tun. In einem Dorf entscheidet man sich für die Einsamkeit, oder man entscheidet sich für die Gemeinschaft, jawohl», sagt der mit den kurzen Beinen.
«Sie hat sich für die Einsamkeit entschieden?», fragte ich nach.
«Ja genau», sagte der mit dem Spazierstock und wirbelte ihn durch die Luft. «Auch ich habe meine Marlis verloren. Marlis war eine gute Frau, und unseren Kindern eine gute Mutter. Sie liebte Margriten. Und einen Gemüsegarten hatte sie, so einen Gemüsegarten gibt es im ganzen Dorf keinen. Fleissig war sie, wie eine Biene, und hat Früchte und Gemüse, alles in Gläser sterilisiert und auf dem Specksteinofen gedörrt. Unsere Vorratskammer war im Herbst voller Köstlichkeiten. Jetzt ist die Speisekammer leer. Auf den Regalen stehen nur noch die leeren Gläser. Die Kinder sind ausgezogen, weggezogen, haben ihre eigene Familie. Ich bin allein, die Marlis fehlt mir, dennoch rede ich noch, gehe dennoch unter die Menschen, ich lebe ja noch. Wem nützt es etwas, wenn ich mich verkrieche.»
Nun meldete sich der Elegante der drei Herren:
«Ich kenne sie alle, die da oben auf dem Friedhof. Manche mochte ich lieber, andere weniger. Jetzt liegen sie in Reihen und keiner von ihnen hat seinen Platz gewählt.» Ich werde auch mal da oben liegen, dann werden sie mich hochtragen müssen. Das müssen sie mit jedem.»
«Fertig mit dem Gerede», sagte der Kleine, «sind Sie hier in den Ferien?»
«Ja, ich bleibe diese Woche hier», antwortete ich. «Schön, schön», sagte der mit den kurzen Beinen. «Einen schönen Tag noch», sagte ich und verabschiedete mich von den drei Herren.

Sie redet nicht? Mit mir hat sie doch geredet, die Luisa!
Die Steine sind so aufgestellt, dass es eine schöne Reihe ergibt. Die Steine erinnern mich an Obelix, der stets mit so einem Stein umherspazierte. Ich beginne zu zählen: eins, zwei, drei, vier, fünf, sechs …

und da ist sie wieder! Exakt bei der Position des siebten Steins steht sie mit dem Rücken zu mir, dreht sich langsam um und schaut mich an, ihr Blick ist unausweichlich und ich …

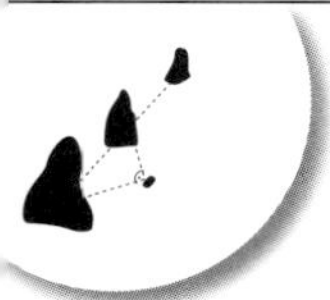

21. Jahre

Ich war eben dabei, die letzten Bärlauchblätter in die Tonschale zu füllen, als ich ein lautes Rufen hörte. Es war Slania, der Mann der schwangeren Frau. Er suchte die Druidin. «Sie ist nicht hier, sie ist noch in den Bergen», antwortete ich ihm. «Dann musst du kommen, Durana, meine Frau liegt seit Stunden in den Wehen und das Kind kommt und kommt nicht.»
Schnell packte ich das Tuch, das die Druidin immer zu Geburten mitnahm und verliess meine Hütte. Die Druidin hatte mich schon einige Male zu Geburten mitgenommen. Ich selbst hatte bereits zwei Kinder zur Welt gebracht, beim ersten war mir Ambra beigestanden. Es war eine schwere Geburt, ich lag zwei Tage in den Wehen, hatte das Gefühl, alle Kraft sei aus meinem Körper gewichen. Ambra begann zu singen und legte wärmende Kräuterwickel auf meinen Bauch, um die Schmerzen erträglicher zu machen. Dann endlich, nach etlichen Stunden, erblickte mein Sohn das Licht der Welt. Klein war er, viel zu klein. Und es war die kalte Zeit des Jahres. All unsere Mühe, ihm die nötige Wärme zu spenden, scheiterte und er verliess uns leise und trat seine Reise in das Land unserer Ahnen an.

Tisios, mein Mann, war auf der Reise des Tauschens. Er hatte die Sachen gepackt, die wir zur Genüge hatten, und sich auf die Reise gemacht. Die Siedlungen,

die weiter weg lagen und sich in den tieferen Gegenden ausbreiteten, hatten nicht die gleichen zarten Kräuter. Mutig überwand er die gefährlichen Wege, die von Siedlung zu Siedlung führten.
Tisios kam einst von weit her. Ich kann mich noch gut an diesen Tag erinnern, als er begleitet von zwei anderen Händlern zu uns kam. Es war nicht seine Kleidung, nicht seine stattliche Statur und auch nicht seine langen blonden Haare, die mich in den Bann zogen, es waren seine dunkelbraunen Augen, die mir den Kopf verdrehten. Er war anders als die Männer in unserer Siedlung. Er trug keinen Bart und besass ein Werkzeug, um sich zu rasieren. Unsere Männer hatten alle Bärte. Tisios hatte viel zu erzählen, und unsere jungen Männer suchten seine Nähe. Ich war damals im Alter, um versprochen zu werden. Insgeheim hoffte ich jedoch, man würde mich immer noch als Mädchen ansehen. Doch an diesem Tag regten sich in mir zum ersten Mal die Gefühle einer Frau. Ambra veranstaltete ein Fest für Tisios und seine Begleiter. Es wurde viel gelacht und gesungen an diesem Abend. Doch am meisten interessierte die Leute in unserem Dorf, was die Händler zu erzählen hatten. Und sie erzählten viel:
«Stellt euch vor: Es gibt einen Ort, an dem leben viel mehr Menschen als hier, mehr noch als in allen Tälern zusammen. Dort tragen die Menschen Kleider aus feinen Stoffen. Die Frauen tragen Ringe an den Handgelenken, manche stechen auch die Ohren, um Ringe zu tragen. Die Mutigsten ihrer Männer machen sich auf die Suche nach dem Unbekannten. Sie sind so mutig, dass sie nicht einmal den Gott des Echos in den steilen Felswänden fürchten. Fuss um Fuss setzen sie ihre Reise fort ins Ungewisse. Nicht alle

kamen zurück, einige erst nach endlosen Monden, dafür brachten sie neue, unbekannte Materialien mit. Glänzende, durchsichtige Steine. Um diese zu bearbeiten, kamen fremde Männer von weit her in die Siedlungen.
Ich hing an den Lippen Tisios.
Am anderen Morgen war Aufbruchsstimmung. Tisios und seine Männer wollten weiterziehen. Kurz bevor sie sich von der Druidin verabschiedeten, kam Tisios auf mich zu und überreichte mir ein Amulett, einen Halbmond aus Bronze. «Er soll dich gegen Unheil, Krankheit und den Tod schützen, bis ich wiederkomme. Sag mir, Frau des Mondes, willst du mit mir durch die Zeit schreiten?»
«Ich werde auf dich warten und meine Zeit mit deiner teilen», antwortete ich und schmiegte mich in seine Arme.
«Mein Herz ist bei dir», sagte Tisios und ging.
Seitdem trage ich den Halbmond.
Tisios hat sein Versprechen gehalten.
Schon nach drei kleinen Rundungen kam er zu unserer Siedlung zurück. Alle Bewohner begleiteten uns zur Quelle, denn das Ritual der Vereinigung findet immer am Wasser statt, der Quelle des Lebens, das der Mutter Erde entquillt. Das Wasser, das sämtliche Informationen des Lebens birgt, müssen wir schützen. Am gefährlichsten ist die Verunreinigung der Quelle durch negative Energie in der Zeit des Löwenzahns. An diesem Tag wird rund um die Uhr Wache gehalten und ununterbrochen gesungen, um die Geister fernzuhalten.
Wir tauchten beide unsere Hände in das lauwarme Quellenwasser und hielten uns fest. Die Druidin sprach zu uns:

Quelle des Lebens
Ursprung des Seins
vereinige
diesen Mann
und
diese Frau
Möge der Gott des Wassers eure Quelle sein für das Wissen der Erde!
Möge der Gott des Windes die Weisheit der Lüfte in euren Ohren klingen lassen!
Möge der Gott der Unterwelt Fruchtbarkeit über euch giessen!
Möge der Gott der Zwischenwelt euch ewige Gesundheit schenken!
Möge euch der Gott der Sonne nie blenden!
Möge euch der Gott des Mondes in der Dunkelheit den Weg weisen!
Möge euch der Gott der Sterne klare Zeichen setzen!
Die Götter sollen euch heute begleiten, durch alle Rundungen, bis das Leben das seine getan hat.

Danach nahmen wir unsere Hände aus dem Wasser. Tisios blieb eine kleine Rundung bei mir. Danach zog er weiter, um in fernen Siedlungen zu handeln. In seinem Gepäck waren kostbare Hörner und Kräuter, die für die Wundheilung hilfreich sind.
Als Tisios seine Reise antrat, begann ein neuer Zyklus in meiner Ausbildung zur Druidin.

Die ersten grauen Strähnen zeigten sich schon in Ambras vollem Haar. Ein Zeichen der Zeit. Meine mädchenhafte Erscheinung nahm durch die Frucht in meinem Bauch immer mehr frauliche Züge an. In dieser Zeit begleitete ich die Druidin bei einer Geburt.

Die Wehen kurz und kräftig. Die Frau befolgte die Anweisungen genau, die Ambra ihr gab. Es war die zweite Geburt der Frau. Das erste Kind hatte bereits zu laufen begonnen. Ein Segen lag über diesem Dach. Denn längst nicht alle Kinder, die das Licht der Welt erblickten, überlebten und waren so kräftig wie der Erstgeborene dieser Frau.
Ambra ermunterte sie immer wieder, tief einzuatmen und ganz auszuatmen. In ihrem Gesang ging es um die Sonne. Sie sang von ihren Strahlen, die weit über sie hinaus strahlten. Die tiefe und beruhigende Stimme drang in die Zwischenwelt der Gebärenden. Ambras Hände waren flink. Ein lautes Stöhnen der Frau, und das helle Schreien des Neugeborenen kündigte das neue Leben an.
Ich strich mir über meinem Bauch, spürte eine Bewegung, dann bückte ich mich und nahm den neugeborenen Jungen in meine Arme.
«Er wird dein Schüler werden», sagte die Mutter und zeichnete auf die Stirn des Kindes einen Kreis. Auch ich zeichnete einen Kreis auf seine Stirn. Ambra wickelte den Jungen in ein Tuch und überreichte ihn seinem Vater. «Maanut, so wird man dich rufen!» Mit diesen Worten trat der stolze Vater aus der Hütte und hielt seinen Sohn der Sonne entgegen. Ein Neugeborener, das musste gefeiert werden! In der Nacht nahm mich Ambra mit zum Opferstein, und als die Sterne hoch am Himmel standen, strahlte ein Stern klarer als alle anderen. Ich hatte dieses Phänomen bis jetzt noch nie bemerkt, doch die Druidin wusste davon und erzählte mir alles über diesen Stern, den sie Venus nannte.
«Es ist der Stern der Liebe. Maanut ist der Liebe geweiht, dies kann man deutlich an der Peilung auf dem Stein sehen. Das Erscheinen des Sternes am Abend-

himmel stimmt genau mit der Peilung der Schale überein.» Nun kniete Ambra nieder, nahm die Bronzenadel und hämmerte mit einem Stein die bereits vorhandene Wölbung noch ein Stück tiefer. «Durana, das Leben ist kostbar, und jedes Leben ist einem Stern unterstellt. Jeder dieser Sterne hat seine eigene Bedeutung und leuchtet den Weg des Lebens eines Menschen in der Dunkelheit aus. Darum opfern wir als Dank für das uns geschenkte Leben den Göttern die noch warme Milch der fruchtbarsten unserer Kühe.»
Ambra goss die Milch in die oberste Schale, die im Stein eingemeisselt war. Die Schale nahm die Milch auf, und als sie voll war, floss sie der Rille nach unten in eine kleinere Schale. Ich hatte dies schon oft beobachten können. Nie hatte ich danach gefragt, warum die Druidin, als die Schale voll war, noch weiter goss, damit sie überfloss. Diesmal war es anders: «Warum giesst du so viel Milch in die Schale, dass sie überfliesst?» Strahlend schaute mich Ambra an. «Man kann nie genug danken, Durana. Das Überfliessen zeigt den Göttern, dass wir unermesslich dankbar sind.» Genau das war es: grenzenlose, unendliche Dankbarkeit für das Leben! Mir fiel es wie Schuppen von den Augen.
Die Gegenwart holte mich wieder ein, als ich Wochen später wieder zu einer Geburt gerufen wurde.
Die Frau in den Wehen wurde von einer anderen Frau gestützt und war kaum ansprechbar. Dicke Schweisstropfen perlten unaufhörlich über ihre Stirn. Ihr Mann stand am Kopfende ihres Lagers und sein flehender Blick traf mich mit voller Wucht.
«Entzünde vor der Hütte ein Feuer, sammle den Rauch und lass ihn im Rhythmus der Wehen vom Tannenzweig entweichen», befahl ich ihm. «Und besorge hei-

liges Wasser von der Quelle.» Das blasse Gesicht verschwand, und ich konnte nur noch den Rücken des Mannes ausmachen. Flink packte ich das Tuch auseinander. Ich tropfte etwas Öl auf den Rücken der Frau und massierte damit kreisend ihr Kreuz.
Eine neue Wehe kündigte sich an. «Schöpfe jetzt all deine Kraft, sammle dich, atme tief, und sobald ich ‹jetzt› rufe, atmest du mit voller Kraft das Kind aus deinem Körper aus.»
«Jetzt!», schrie ich, und der Kopf des Kindes war zu sehen. «Jetzt!», schrie ich wieder und das Mädchen lag in meinen Händen. Schweissperlen glänzten auf dem bleichen Gesicht der Mutter. Das Mädchen begann zu schreien. Es war der erste Lebensschrei und zugleich ein Klageschrei über seine Mutter, die reglos dalag. Das Feuer, der Rauch, der in Schüben zum Himmel zog, sie kamen zu spät. Das Quellenwasser diente nur noch, um der Frau die letzte Ehrung zu erweisen.
Vorwurfsvolle Augen trafen mich, und wieder war nur der Rücken des Mannes auszumachen, der blitzartig in den Wald verschwand.
Noch mit dem Mädchen in meinem Arm spürte ich, dass das Leben in meinem Leib nach Freiheit verlangte.

Ich verlasse die Hütte, das kostbare Leben auf meinem Arm. Mit dem immer stärkeren Verlangen nach Atemzügen in mir erreiche ich meine Unterkunft.
Zum Glück liegt in meiner Feuerstelle noch Glut, ich lege zwei Scheite Holz in die Glut und schiebe den Kessel mit Wasser darüber.
Noch immer schreit das Mädchen, zur Beruhigung lege ich es an meine Brust. Es saugt, noch fliesst keine Milch, dennoch beruhigt sich die Kleine.

Immer stärker werden meine Wehen. Von draussen höre ich aufgeregte Frauenstimmen, dann die Stimme Ambras.
«Durana?» Ambra bedarf nur eines Blickes, um zu wissen was mit mir los ist.
Sie nimmt mir das Mädchen aus dem Arm und übergibt es den wartenden Frauen. Dann wendet sie sich zu mir und beginnt mit ihrem Gesang.
Sie tastet meinen Bauch ab, legt das runde Amulett an meine Brust.
«Wenn neues Leben ins Licht der Welt treten will, dann gibt es kein Halten.» Dies hatte mir Ambra einmal gesagt, und nun spürte ich dies ganz deutlich.
Die Sonne verabschiedete sich im gleichen Moment, als mein kleines Geschöpf das Licht der Welt erblickte. Dicke Tränen rollten mir über die Wange und alte Gefühle kehrten zu mir zurück.
Tisios war nicht da. Darum nahm Ambra das kleine Mädchen auf ihre Arme, trat vor die Tür und hob das Neugeborene zum Abendhimmel. «Kind des Abends, die Sterne mögen dir deinen Weg zeigen.» So war mein Mädchen ein Sternenkind.
Ich hatte die Geburt gut überstanden, und nun hatte ich zwei Mädchen an meiner Brust.
In der Dunkelheit der Nacht verliess Ambra die Hütte und ging zum Opferstein.
Dort fand sie ihn, traurig in sich gekehrt sass er da und hatte den Göttern von seinem Blut geopfert. Ambra fügte Milch zum Blut und sprach das Gebet der Toten. Als der Mann sah, wie sich das Blut verfärbte und immer heller wurde besann er sich. Trotz des Todes hatte ihm seine geliebte Frau einen Knaben geschenkt. Dafür dankte er und nahm vom nahen Baum einen Zweig und opferte ihn dem Quellengott.

Nicht alle Kinder, die bei uns geboren werden, überleben. Alle wussten das.
Über den Häusern, über den Bewohnern blieben die stillen Geister.
Auch Gebärende traf bisweilen das Schicksal. Ihnen zu Ehren wird eine grosse Zeremonie abgehalten. Alle Siedler begleiten die Verstorbene auf ihre letzte Reise, in einer Prozession tragen die Männer sie zum Friedhof. Drei Frauen legen Gerste, Hirse und Milch ins Grab. Ambra bückt sich, verabschiedet sich von der Toten und legt ihr ein rundes Amulett auf die Brust, dazu noch eine Rassel, zur Erinnerung an ihr Kind.
Ganz am Ende der Prozession laufe ich mit den beiden Mädchen im Arm.

«Sind Sie für die Führung gekommen?» Ich muss diesen Herrn angestarrt haben, denn er stellt mir die Frage erneut: «Sind Sie angemeldet? Sprechen Sie Deutsch?»
«Eine Führung? Was für eine Führung?»
«Entschuldigen Sie, ich dachte Sie seien für die Führung durch den Parc la Mutta angemeldet. Ich wartete unten an der Strasse, dann habe ich Sie hier gesehen und gedacht, Sie seien die Person, die sich für diese Führung angemeldet hat.»
«Nein, ich bin nicht angemeldet, ich gehe nur ein wenig spazieren.»
«Na gut, dann kommt heute wohl niemand.»
«Was für eine Führung machen Sie denn genau?», wollte ich wissen.
«Mein Name ist Cathomen, ich erkläre den Leuten die Setzung der Steine hier. Da, wo Sie gerade stehen, sind die Eckpunkte. Schauen Sie:

Es sind die Eckpunkte eines pythagoreischen Dreiecks mit den Seitenverhältnissen 8:15:17. Es handelt sich um das dritte Dreieck in der pythagoreischen Zahlenreihe. Die Katheten liegen Nord-Süd und Ost-West, die Hypothenuse folgt der Ausrich-

tung der Steinsetzung. Möglicherweise bildete dieses Dreieck die Ausgangsbasis für die astronomische Ausrichtung der gesamten Megalithanlage.»

Nach dieser Erläuterung muss ich den Mann noch fassungsloser angeschaut haben. Kein einziges Wort hatte ich verstanden. Mathematische Formeln? Astronomie, Nord, Süd, West, Ost? Für mich geschahen ganz andere Dinge im Parc, die mathematisch nicht zu erklären waren. Mit Pythagoras hatten sie nichts zu tun, so viel wusste ich.

«Ach, da unten ist doch noch jemand gekommen, der sich für die Führung interessiert. Entschuldigen Sie.» Mit diesen Worten marschierte Herr Cathomen den Pfad hinunter zur Strasse.

Auf einmal spürte ich eine tiefe Müdigkeit und meine Beine waren im Begriff, ihren Dienst zu versagen. Also setzte ich mich auf die Bank und schaute zu den terrassierten Hängen der Maiensässe hoch. Der Hang erstrahlte in einem wunderschönen Gelb. Taraxacum Leontodon. Warum mir gerade jetzt dieser Ausdruck in den Sinn kommt? Jedenfalls kennt jeder diese gelbe Blume. In der Schule hatten wir uns gerade deshalb mit dem Löwenzahn auseinandergesetzt. «Jeder kennt ihn, aber keiner kennt ihn wirklich», hatte die Lehrerin gesagt und uns verschiedene Löwenzahnbilder gezeigt. Ein Bild zeigte die Knospe und die grünen gezackten Blätter. Das zweite zeigte die Blume in voller Pracht, gelb und strahlend. Auf dem dritten Bild konnte man die Pusteblume sehen. Beim vierten erkannte man nur noch den Stiel mit dem Kopf.

Die Veränderung, die die Blume durchlebte, war für die Lehrerin der Ausgangspunkt, um uns Kindern unser eigenes Leben als etwas Veränderliches bewusst zu machen. Auch praktische Dinge vermittelte sie uns. So sei der Löwenzahn gut für die Augen, gegen Durchfall und Magenbeschwerden. Salate, Sirups, Gelees, Brotaufstrich und ein himmlischer Honig liessen sich aus Löwenzahn herstellen. Und nicht zuletzt sei diese Blume sehr wichtig für die Bienen.

Ich möchte nicht wissen, wie viele Blumen die Bienen besuchen müssen, bevor Honig entsteht. Was mich aber noch mehr interes-

sierte, waren die Wurzeln. Wenn man sie trocknet, konnte man sie als Ersatzkaffee verwenden! Ob der gut schmeckt? Ich, die Kaffee so sehr liebt.
Als Hausaufgabe mussten wir Löwenzahn sammeln. Am nächsten Tag bereiteten wir im Unterricht Löwenzahnkonfitüre zu. Seitdem gehört diese Konfitüre zu meinen Lieblingskonfitüren.

Ich lege meine Hand auf meinem Bauch. Kann es sein, dass ich schon einmal Mutter war? Ist mein jetziges Leben nur ein Bruchteil des Lebens an sich?
Wind kommt auf, liebkost mein Gesicht, ich schliesse kurz die Augen, spüre das Spiel der Sonne an meinen Liedern, öffne meine Augen wieder: Löwenzahn, so weit ich sehen kann. Beruhigt stehe ich auf und gehe Richtung Parkplatz.

Ein Blick auf meine Uhr verrät, dass noch genügend Zeit bleibt. So entschliesse ich mich, im nahen Restaurant La Siala einzukehren. Ich setzte mich auf die Terrasse und bestelle einen grossen Eisbecher. Genüsslich löffle ich mein Eis, als am Nebentisch eine Frau und drei Männer Platz nehmen. Die angespannte Atmosphäre ist deutlich zu spüren.

«Wir müssen nächsten Monat fünf Familienvätern kündigen. Ich kann kaum noch schlafen», platzt es aus dem Herrn mit dem blauen Hemd heraus. «Nicht überreagieren, es kommt sicher noch Arbeit rein», antwortet der Kleine mit der Brille. «Die Planung der Alternativunterkünfte in alten Ställen läuft auf vollen Touren», sagt die Frau. «So ein Blödsinn, Bewirtschaftung der alten Ställe. Schlafen im Stroh mit Plumpsklos! Ist das unsere Zukunft?», entgegnet der Herr im blauen Hemd. «Sie müssen das differenzierter sehen», sagt der mit der Brille. «Es ist nämlich so: Die Leute suchen das Einfache. Stellt euch vor, wie romantisch das ist, ein Feuer zu entfachen, Polenta zu kochen, im einfachen Strohbett zu schlafen, das ist Musik, das ist die Zukunft!»

«Wie können Sie nur so denken? Die Leute schlafen auf Stroh, kochen Polenta auf dem selbstgemachten Feuer, haben keine Gelegenheit, zu duschen, und machen ihr Geschäft auf dem Plumpsklo? Ja, und danach ziehen sie die topmodernen Skischuhe an, schnallen sich die neusten Ski an ihre Füsse, fahren mit den Skiliften den Berg hoch, geniessen die wunderbare Aussicht, kehren in gut bewirtschaftete Gaststätten ein, lassen sich einen Glühwein servieren, donnern zu Tal, lassen sich nochmals zu Berg transportieren und kehren müde und erschöpft in ihre alternativ bewirtschaftete Unterkunft zurück, um erst einmal zu heizen, dann nicht zu duschen, keine elektrischen Geräte zu benutzen, und das Plumpsklo vor dem romantischen Strohbett zu benutzen? Das soll unsere Zukunft sein?»
«Sie müssen das positiv sehen», entgegnet der mit der Brille.
«Ich habe auch meine Bedenken. Wir von der Verwaltung sind der Meinung, ein Miniprojekt würde genügen», meldet sich die Frau zu Wort. «Ein Miniprojekt!», schreit der Mann mit dem blauen Hemd, steht auf und verlässt ohne Gruss die Runde. Zurück bleiben ratlose Gesichter. Die Serviceangestellte kommt an den Tisch. Es wird Kaffee bestellt, und als die Angestellte zum Buffet geht, meldet sich der Mann mit der Glatze zu Wort. «Es bleibt uns keine andere Wahl, wir müssen es versuchen. Seit der Abstimmungsinitiative sind uns auf allen Ebenen die Hände gebunden!»
«Das Schuljahr ist bald zu Ende, keiner der sieben Schüler hat eine Ausbildungsstelle in der Region bekommen, immer nur Absagen, keine Arbeit, die Familien leiden. Letzte Woche haben sich schon zwei Familien abgemeldet! Stellen Sie sich vor, wenn das so weitergeht», gibt die Frau zu bedenken. «Ach, Sie malen den Teufel an die Wand», sagt der mit der Brille.
«Sie haben gut reden, Sie nehmen Ihr Auto, fahren in die Stadt wo Sie Ihre Familie und Ihre Arbeit haben. Wir bleiben. Wir möchten bleiben, können aber bald nicht mehr bleiben, weil wir keine Arbeit haben», sagt der mit Glatze.
So ist das also.

Die Menschen hier haben bald keine Arbeit mehr. Warum? Die Welt wird immer kleiner. Bald fokussiert sich alles auf die grossen Städte und was passiert mit diesen Dörfern? Ich schaute mich um. Es waren wenige Touristen hier und dies mitten an einem schönen Nachmittag. Ich muss Anna fragen, wie sie es mit der Arbeit hat.
Beim Mithören des Gesprächs habe ich vergessen, mein Eis zu essen, nun ist es geschmolzen. Ich löffle die Sauce und bestelle noch einen Kaffee.
In der Zwischenzeit ist ein eisiger Wind aufgezogen und ich gehe zurück zu Annas Haus.
Heute würde sie später kommen, hatte sie mir gesagt. Anna fehlt mir. Ich fühle mich verlassen.
Die Südostzeitung lag noch unberührt auf dem Tisch.
Jeden Tag füllt sich das Blatt von Neuem, berichtet von Schicksalen irgendwelcher Menschen auf dieser Welt, von Entscheidungen irgendwelcher Politiker, von den immer gleichen Kriegen und Wirtschaftssanktionen, von Flüchtlingen, von geschlossenen Grenzen … Das Neuste ist immer wieder anders und doch immer gleich. Seitenweise füllen sich die Zeitungen auch mit den fast übermenschlichen Anstrengungen, die Menschen unternehmen, um sich eine Goldmedaille um den Hals hängen zu lassen, angespornt, immer noch mehr Leistungen zu erbringen. Beim Umblättern sehe ich zwei Seiten voller Todesanzeigen. Letzte Ehre, Danksagung, Traurigkeit, Abschied. Könnte es nicht möglich sein, zwischendurch auch das Glück festzuhalten? Eine Seite mit Geburten und Willkommensanzeigen? Gerade als ich die Zeitung weglegen möchte, sticht mir ein Artikel ins Auge:
Von der Bronzenadel von Falera ist die Rede. Was hat es auf sich mit dieser Nadel? Wie ist sie entstanden? Wer hat sie angefertigt? Diesen Fragen gehe die Ausstellung im Rätischen Museum in Chur nach. Und dass nebst der Nadel noch andere Fundstücke aus der Bronzezeit zwischen 2200–800 v. Chr. zu bewundern seien.
Dass sollte ich mir ansehen, denke ich.
«Hallo Durana, ich bin daaa!»

«Bin ich froh», sage ich und umarme Anna. «Na, was hast du den lieben langen Tag so getrieben?», fragt mich Anna.
«Ich war wieder im Parc und stell dir vor: Ich habe Luisa getroffen! Weisst du, dass die Luisa keineswegs stumm ist, sie spricht!»
«Ich kann mich kaum mehr daran erinnern, wie die Luisa redet. Es ist fast so, als hätte man ihre Sprache am Tag der Beerdigung ihres Sohnes mitbegraben.»
«Das haben auch die Männer behauptet, die ich traf. Mit mir aber hat sie gesprochen.»
«Dann musst du sie beeindruckt haben. Über was habt ihr denn gesprochen?»
«Über das Leben.» «Na, darüber kann sie sicher am meisten erzählen, kennt sie doch den Beginn des Lebens am besten.»
«Anna, ich glaube im Parc passieren ungewöhnliche Dinge», versuchte ich das Gespräch auf meine Erlebnisse zu lenken. «Es passiert immer und überall Ungewöhnliches, Durana, man sieht es nur nicht immer.» «Nein, ich meine, mir passieren so komische Dinge im Parc.»
«Ich glaube, du solltest ein wenig unter die Leute kommen, sonst wirst du noch zur zweiten Luisa», scherzte Anna, und mir war klar: Es hatte im Moment keinen Sinn, Anna von meinen Erlebnissen zu erzählen, also beschloss ich, sie für mich zu behalten.
«Morgen Abend habe ich Musikprobe, da kommst du mit, und danach gehen wir noch aus, dann kannst du meine Kollegen kennenlernen», sagte Anna.

«Wie geht es mit deiner Arbeit?», fragte ich.
«Im Moment ist alles unsicher, wir dachten im Winter, dass wir zusätzlich noch weitere Stellen schaffen könnten. Doch heute hat es sich herausgestellt, dass wir wahrscheinlich sogar Stellen streichen müssen. Eliminieren, abbauen, verstehst du! Ich arbeite zum Glück im Tourismus. Weniger gut sieht es für diejenigen aus, die im Gewerbe arbeiten. Die angenommene Zweitwohnungs-Initiative lässt uns im Regen stehen, niemand weiss, was die Zukunft bringt.

Wenn bei uns das Gewerbe nicht läuft, ist automatisch auch unsere Tourismusbrache in einer Krise.» «Ich war nach dem Spazierengehen noch im Hotel La Siala auf der Terrasse und habe ein Eis gegessen. Zufälligerweise habe ich da ein Gespräch mitbekommen. Es war die Rede von einer alternativen Bewirtschaftung der Maiensässe. Weisst du davon, Anna?»
«Ja, ich habe davon gehört, die Idee finde ich gar nicht so schlecht, doch ohne die nötige Infrastruktur glaube ich nicht daran.» «Hat die Initiative wirklich so einen grossen Einfluss auf das Leben hier im Dorf?», frage ich nach. «Noch ist alles ungewiss, doch es stehen grosse Veränderungen bevor, wegen der fehlenden Arbeit. Viele müssen wegziehen, oder der Familienvater muss die Woche über in die Stadt und kommt nur am Wochenende nach Hause. Es ist nur eine Frage der Zeit, bis die Familie auch wegzieht und wir bleiben isoliert in einem Feriendorf, aus dem die Einheimischen wegziehen. Am Schluss bleiben nur noch Gäste und Betreuer.» «Ich glaube, ich würde gerne hier leben, Anna», platzte es aus mir heraus. «Dann musst du einen Beruf wählen, der hierher passt. Apropos, hast du dir bereits Gedanken über deinen weiteren Berufsweg gemacht?»
«Ich habe da so eine Ahnung, Anna, vielleicht weiss ich am Ende der Woche mehr.»
Wir machten es uns in der Stube auf dem Sofa gemütlich und schauten fern. Irgendwann bin ich im Halbschlaf in mein Zimmer gegangen.

Ein Traum hat mich in dieser Nacht entführt.

Ich war in der Mitte eines Kreises und begann zu laufen. Ich musste einen steilen Weg hinauf. Als ich oben war, sah ich verschiedene Wege. Ich musste mich für einen entscheiden. Es war eine schwierige Entscheidung, da ich nicht wusste, wohin sie führten. Die Entscheidung drängte, ich musste weiter. So entschloss ich aus dem Bauchgefühl heraus, den Weg einzuschlagen, der noch höher hinauf führte. Höher, immer höher führte er mich, und als ich endlich oben angekommen war und dachte, am Ziel zu sein, war da nichts anderes als ein Weg, der nach unten führte. Mir blieb keine Wahl. Auf dem Weg lagen unzählige Steine, und der Weg war so schmal, dass ich bei einem falschen Tritt über die Klippen gefallen wäre. So konzentrierte ich mich auf meine Schritte. Plötzlich stolperte ich, doch ich fiel nicht in die Tiefe. Erst jetzt bemerkte ich das Lichtspiel der Farben, Farben, die ich zuvor noch nie gesehen hatte. Sie spiegelten sich im glasklaren Wasser eines wunderbaren Sees …

4. Tag
Donnerstag

«Bist du wach, Durana? Frühstück!»
Annas Stimme löst Wellen im See aus, die Farben verschwinden, ich schlage meine Augen auf. «Was, wie.» plappere ich.
«Guten Morgen, liebe Durana, ein neuer Tag ist angebrochen, und ich möchte mit dir frühstücken!»
Ich schliesse nochmals die Augen, will sie noch einmal sehen, die Farben, doch da ist nur noch das Morgenlicht auf meinen Augenlidern. Ich ziehe die Hose an, streife mir ein Paar Socken über meine Füsse und gehe in die Küche.
«Am besten ist ein Morgen, wenn man ihn mit jemandem beginnen kann», sagt Anna und strahlt mich an. «Donnerstag, Durana, heute ist Donnerstag!» «Donnerstag, ja und?» «Heute Abend ist Musikprobe, ich wollte dir schon die ganze Zeit davon erzählen, getraute mich aber nicht, da du, na ja, wegen deinem Liebeskummer und so.» «Nun raus mit der Sprache, was ist heute Abend bei der Musikprobe?» «Ich glaube, ich habe mich verliebt, Durana.» «Wer ist der Glückliche?» «Er heisst Giusep. Ich kenne ihn schon lange. Aber erst als ich zurückkehrte in mein Dorf, regten sich in mir Gefühle für ihn.» «Und weiss der Giusep von deinen Gefühlen?» Wie ich Anna kannte, war sie zu schüchtern, um ihre Gefühle zu zeigen.
«Wir sehen uns, und verstehen uns gut», antwortet Anna und schaut zu Boden. «Also doch! Du schwärmst für ihn, aber ganz für dich allein; Anna du musst es ihm sagen.» «Ich kann nicht, wir kennen uns doch schon immer, was soll ich sagen? He, Giusep! Seit ich wieder da bin, finde ich dich klasse?» «Nein, Anna, nicht so! Aber schau, dass du mit ihm mal alleine ausgehen kannst», sage ich.

«Heute Abend kommst du mit, Durana, dann kannst du mir ja sagen, was du von ihm hältst.»
«So, meine Liebe, jetzt muss ich zur Arbeit.» Und weg war sie.
Anna ist verliebt und sagt es dem Glücklichen nicht. Sie ist ein offener Mensch, knüpft schnell Kontakte und arbeitet gern mit Menschen. Doch was die Liebe betrifft, da ist sie schüchtern und würde nie den ersten Schritt tun. Mich nimmt Wunder, wer dieser Giusep ist! Heute Abend werde ich mehr erfahren.
Der Tag ist noch jung. Anna hat das Haus verlassen, und ich?
Wo ist der Artikel über die Bronzenadel von Falera? Ich packe die Zeitung in meine Tasche und kurze Zeit später sitze ich bereits im Postauto Richtung Chur. In meinen Gedanken versunken höre ich den Postautochauffeur Ortsnamen nennen, die ich zuvor noch nicht kannte. Dann höre ich «Endstation Chur, bitte alle aussteigen.»
Ich verlasse den Bahnhof und gehe geradeaus Richtung Martinsplatz. Die grosse St. Martinskirche thront ein wenig erhöht über der Altstadt, von ihr gehen Gassen in alle Richtungen. Ich biege rechts ab, folge der Strasse mit den Pflastersteinen, und sehe das Museum:
Ein schönes Gebäude, umrahmt mit einem Eisenzaun.
Gläserne Türen öffnen sich, als ich näher komme.
Meine Augen müssen sich zuerst an das Dunkel gewöhnen.
Hinter der Theke sitzt eine Frau als ich näher komme, begrüsst sie mich freundlich.
«Ich möchte gerne die Sonderausstellung besuchen und die Scheibenkopf-Nadel von Falera-Muotta besichtigen.» Frau Bundi, so heisst die Dame, erklärt mir den Weg zur Ausstellung und wünscht mir viel Vergnügen.
Die Ausstellung befindet sich im Keller. Eine schwere Holztür mit Eisenbeschlägen trennt den Flur von den schweren Steinstufen, die hinunterführen. Das Licht ist gedämpft. Die Wände schwarz. Gehe ich in einen Kerker?
Zur Beruhigung zähle ich die Stufen:

Fünf.
Dann Pflastersteine.
Neue Stufen.
Ich beginne von Neuem zu zählen.
Eins, zwei … 17 Stufen, dann bin ich unten. Ich habe ein unangenehmes Gefühl, dennoch, es zieht mich weiter, den Flur entlang, dann biege ich an dessen Ende links ab, nochmals links, rechts, rechts, geradeaus, halt! Fast unscheinbar, ja, schüchtern, als wäre sie sich ihrer Schönheit nicht bewusst, hängt sie in einem Glaskubus. Unter der Nadel ist ein Schild mit dem Vermerk:
Sie könnte als Kult- oder Prestigeobjekt Verwendung gefunden haben …
Ich strecke meine Hand aus, und im Moment, als meine Finger das Glas berühren, beginnen sie zu altern. Erschrocken ziehe ich meine Hand zurück, schaue sie an, strecke meine Finger, balle sie zur Faust – nichts passiert! Ich probiere es nochmals, und wieder wird meine Hand runzelig und grau. Sobald ich sie zurückziehe, ist der Spuk vorbei. Die Nadel leuchtet im Licht der Lampe, ein feiner, türkisfarbener Schimmer geht von ihr aus, sie wirkt filigran, fast zerbrechlich, doch deutlich sind noch Kerben zu sehen.
Glocken.
Glockengeläute.
Ein Blick auf meine Uhr. 11 Uhr mittags.
Die Kirchenglocken der nahen St. Martinskirche.
Ich halte inne, schliesse die Augen, dann vernehme ich zwischen dem Geläute ein anderes mir vertrautes Geräusch.
Es hämmert, tac, tac, tac.
Pause.
Die Glocke holt zum letzten Ruf aus.
Tac, tac, tac.
Pause.
Die Glocke schweigt.
Tac, tac, tac.
Das Hämmern wiederholt sich.

Ob hier jemand am Arbeiten ist? Ich hatte niemand gesehen, dachte, alleine zu sein.
Tac, tac, tac.
Im Takt hämmerte ich nun in der Luft den Rhythmus nach. Meine Muskeln ziehen sich zusammen, das Ausklopfen der Nadel, die eingemeisselten Zeichen, Vertrautes macht sich breit. Ich lausche, starre die Nadel an, die nun zu glühen scheint. Schritte, Stimmen, husten, andere Besucher kündigen sich an, steigen die Treppe zur längst vergangenen Zeit hinunter. Langsam wende ich mich weg von der Nadel, balle meine Hände zu Fäusten, strecke meine Finger und verlasse den Raum.
Licht.
Oben ist Licht.
Die fensterlosen, schwarzen Mauern mit dem schwachen künstlichen Licht breiten ein Gefühl des Gefangenseins aus. Ich sehe die grüne Fluchttafel mit Pfeil und dem Männchen. Fast wäre ich über den Schalenstein aus Granit gestolpert, der links im Flur ausgestellt ist. Sechs Vertiefungen hat er, grössere und kleinere, keine ist wie die andere.
Doch hier hat er seine Bestimmung verloren.
Das diffuse Licht wird heller. Oben scheint Sonnenlicht durch ein hohes Fenster und verleiht der Steintreppe einen silbernen Glanz. Bei jedem Tritt lasse ich die Schatten hinter mir.
Die Glastüren öffnen sich. Vögel singen. Noch trennt mich das Eisentor von der nahen Gasse. Noch warte ich und setze mich unter den grossen Ahorn. Tief vergraben sich die Wurzeln, hoch strecken sich die Äste.
Drei Frauen laufen die Gasse entlang.
Nur einige Fetzen ihres Gespräches höre ich, dann sind sie hinter den dichten Kirchenmauern verschwunden.
Ich stehe auf, berühre den Ahorn, gehe durch das Eisentor, steige die zwei Stufen die Treppe hinunter und bin mitten in der Stadt.
Als ich im Postauto Richtung Falera fahre, ziehe ich das Buch aus der Tasche und beginne zu lesen:

Ausschnitt aus dem Buch Falera, Seite 52/53

Die Vorfahren, die vor mehr als 3000 Jahren auf der Mutta lebten, waren keineswegs primitiv. Sie wohnten in Holzhäusern mit Herd- und Feuerstellen, bebauten den Acker, hielten Vieh und waren künstlerisch begabte Handwerker. Der Fund einer Herdstelle mit Fehlbrandkeramik im östlichen Teil der Siedlung beweist, dass hier getöpfert wurde. Die mit Verzierungen versehene Keramik ist mit der Crestaulta-Kultur verwandt.

Die astronomisch ausgerichteten Steinsetzungen belegen, dass den Menschen jener Zeit die Beobachtung der Gestirne vertraut war und sie deren Lauf exakt zu interpretieren verstanden. Dadurch waren sie in der Lage, das Jahr kalendarisch einzuteilen. Die Kenntnis der Himmelsrichtungen erschloss ihnen den Raum. Weite Handelsbeziehungen in ganz Europa und rund ums Mittelmeer sind durch Funde belegt. So wurde das für die Bronzelegierungen erforderliche Zinn aus Südengland oder von der iberischen Halbinsel bezogen, und die in der Siedlung Mutta gefundene kleine Bernsteinperle weist auf Handelsbeziehungen zur Nord- oder Ostsee hin.

In der Bronzezeit liess es sich auf der Höhe von Falera gut leben. Das Klima war wärmer als heute und die Winter entsprechend kürzer. Erst in der folgenden Eisenzeit brach eine empfindliche Kälteperiode ein und die meisten Höhensiedlungen wurden verlassen. Die Kantonsarchäologie GR veröffentlichte 1992 eindrückliche Karten mit Einträgen der bis dahin bekannt gewordenen Höhen- und Talsiedlungen im Vergleich von Bronzezeit zu Eisenzeit. Waren in der Bronzezeit mehr Höhensiedlungen als Talsiedlungen anzutreffen, standen in der Eisenzeit nur noch wenige Höhensiedlungen den zahlreichen Talsiedlungen gegenüber. Der Klimawechsel war neben anderen Faktoren mit ein Grund, dass die Siedlung auf der Mutta Falera um 400 v. Chr. aufgegeben wurde.

In weniger als einer halben Stunde würde ich aus dem Postauto steigen und direkt zum Parc gehen. Luisa hat recht. Ich muss mit ihr sprechen. Ob sie schon oben ist?
Ich mache mich auf den Weg. Wie einsam es hier ist, niemand ist zu sehen. Das Knistern des Kieses unter meinen Füssen stört mich. Zum ersten Mal nehme ich das Geräusch wirklich wahr. Ich mache zwei Schritte zur Seite und gehe am Rand des Weges nach oben. Das Lied der Bäume. Wunderbar, wie sie hier aus dem Boden in die Höhe wachsen, sich auf alle Seiten ausbreiten, jeder Baum für sich. Ich geniesse ihren Schatten, lasse mich von ihren Melodien treiben.
Wie viele Schritte geht ein Mensch? Meine habe ich noch nicht gezählt, ich werde sie auch nicht zählen, denn Schritte dienen nur der Fortbewegung des Körpers. Der Geist macht auch Schritte. Ob er mit meinen Füssen mithält oder schon längst woanders ist? Ich bin da, und im nächsten Moment kann ich in Gedanken ganz woanders sein. Man sagt doch:» Ich war in Gedanken ganz woanders.»
Die Baumallee ist bereits hinter mir. Keine Luisa zu sehen. Ich biege rechts ab und gehe an der Feuerstelle vorbei. Diesmal nehme ich den anderen Pfad, der ist ein wenig steiler. Ob hier auch wilde Tiere lebten? Vielleicht leben hier noch immer welche, von Wölfen ist die Rede. Mein Blick zurück verrät mir, dass ich alleine bin. Mutig schaue ich nach vorne. Kündigen sich Wölfe an? Oder stehen sie unvermittelt einfach da? Weiter, ich beschleunige meine Schritte. Ich komme auf eine Lichtung. Wunderschöne Aussicht. Zwei Bänke laden zum Verweilen ein. Irgendetwas treibt mich weiter. Ich verlasse die Lichtung und gehe weiter, ein kleiner Pfad geht rechts vom grösseren Weg ab. Intuitiv folge ich ihm. Kaum bin ich ein Stück gegangen, sehe ich einen Schatten zwischen den Sträuchern. Ich kehre um, will zurück, doch ein mächtiger Hirsch versperrt mir den Weg. Mein Blick geht nach vorne, und die wunderbarsten Augen treffen mich, augenblicklich haben sie mich in ihren Bann gezogen und ich …

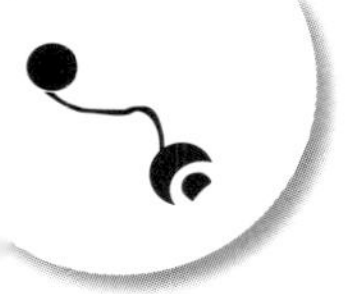

28 Jahre

Die Zeit des toten Mondes, das ist die Zeit, in der die Erde einatmet. Ambra hatte sich diesen Zeitpunkt ausgesucht, um meine Ausbildung zur Druidin zu beenden. Mir zu Ehren wurde ein Fest vorbereitet. Bei einem Neuanfang ist es günstig, dass die Energie des Mondes nicht so kräftig wirkt. Somit haben die neuen Kräfte, die sich im Laufe der Zeit gesammelt haben, Zeit, sich zu entfalten. Ambra schenkte mir diese Zeit.
Das Feuer wurde entfacht, denn bald schon kehrte Dunkelheit ein und das Himmelszelt schenkte uns in dieser Nacht kein Licht. Ich setzte mich auf der rechten Seite Ambras hin und senkte meinen Kopf. Ambra begann, den Göttern ein Loblied zu singen.

Ich verneige mich vor dem Tage
im Schliessen meiner Augen
Erleuchtet das Licht der Sterne

Es ist die Stille
der Gesang der Sterne
Es ist das Licht
Wegweisend der Erde

Ich verabschiede mich vor dem Tage
kehre dem Lärm den Rücken zu
schaue hoffend in die Nacht

Es ist die Stille
der Gesang der Sterne
Es ist das Licht
wegweisend der Erde

Ich bedanke mich bei der Sonne
nehme auf ihre Wärme in mir
erfüllt empfange ich die Nacht

Es ist die Stille
der Gesang der Sterne
Es ist das Licht
wegweisend der Erde.

Das Aufstehen bereitet Ambra zusehends Mühe. Das einst volle blonde Haar hatte ihre Farbe den Göttern geschenkt und nun war ihr Kopf von weissen Strähnen umrahmt. Wie ich diese Frau verehre! Ambra bückt sich zu mir, reicht mir die Hand, gibt mir ein Zeichen aufzustehen und weist mir den Weg zu ihrem Platz. Ich setze mich hin, wo gerade noch Ambra gesessen hatte, und Ambra geht mit erhobener Nadel durch die versammelten Muottaner.
Innig und leise murmelt sie etwas vor sich hin, ich kann die Worte nicht verstehen. Dann schliesst sie ihre Augen und zieht mit der Nadel Kreise in die Luft. Sieben Mal lässt sie die Nadel kreisen, beim siebten Mal richtet sie den Kopf der Nadel auf Maanut.
Alle erkennen in diesem Augenblick, dass Ambra den siebenjährigen Jungen als neuen Schüler für die Druidenausbildung auserkoren hat. Wortlos kommt Maanut auf mich zu, reicht mir die Hand und setzt sich rechts an meine Seite. Ambra nimmt hinter uns Platz. Schalen mit einem Eintopfgericht werden herumgereicht. Das Essen schmeckt gut; nur habe ich keinen Hunger. Ich blicke zu Maanut, betrachte sein junges Gesicht, seine Augen, die erfüllt sind von Neugierde. Sie erinnern mich an mich selbst, als ich zum ersten Mal mein Spiegelbild in der Quelle wahrnahm. Ge-

sichter sind Merkmale der Menschen. Das Leben zeichnet seine Spuren in die Züge und Mimik des Lebenden, man schaut mit offenen Augen in das Leben und betrachtet sein Inneres mit geschlossenen Lidern. Ich habe Ehrfurcht vor meiner Aufgabe, den jungen Maanut zum Druiden auszubilden.
Auch Aliets und Ares, mein anvertrautes Mädchen, sitzen bei mir. Sie tanzen, spielen verstecken und zeichnen mit einem Stock die Sternbilder in die Erde. Gerade jetzt wünschte ich mir diese Unbeschwertheit zurück, die mir ein wenig abhanden gekommen war, seit das Leben seine Spuren in mein Gesicht zu zeichnen begann.
Es sind diese Feste, diese aussergewöhnlichen Tage, die mich an den Greis erinnern, der auf die grosse Reise gegangen war. Vor fünf Rundungen hatten wir ihn in einer einfachen Zeremonie den Göttern übergeben. Seine Weisheit, seine Einfühlsamkeit und seine unerschütterliche Kraft, das Wesentliche zu sehen und über den Nichtigkeiten zu stehen, haben mich geprägt. Seine Erfahrungen hat er mir in immer wiederkehrenden Erzählungen vermittelt, so wurden diese in mir verankert und sein Wissen floss in meine Seele ein.
Das Leben beginnt auch in meinem Gesicht zu schreiben. Ganz deutlich kann ich es spüren, wie Kerben sich in meinem Fleisch verewigen.
Tisios fehlt mir, immer länger dauern seine Reisen. Seine Neugierde versiegt nie, ist unersättlich. Unbekanntes zu entdecken, in immer entferntere Täler zu ziehen, treibt ihn immer wieder fort.
Als er das letzte Mal auf die Reise ging, hat er Ambra gebeten, ihm noch zwei junge Männer als Begleiter auf den Weg zu geben. Alle wollten mitziehen. Junge Männer lieben das Abenteuer und jeder wollte die Welt ent-

decken. Darum versammelten sich alle und die Ältesten hielten mit Ambra zusammen Rat, wer Tisios begleiten soll.
Die Entscheidung fiel auf Ares Vater, er sollte auf seiner Reise eine neue Frau finden. Der Zweite, der Tisios begleitete, war der ungeduldige und mutige Ascharuc. Die Wanderung von Siedlung zu Siedlung braucht Mut, Klugheit, Kraft und Geduld. Mit diesen Tugenden und das Gepäck voll mit Tauschware verliessen die drei Männer unsere Siedlung bei Vollmond.
Am Tor verabschiedete ich Tisios. Es war mein Schicksal, jedesmal aufs Neue loszulassen.

Im Morgengrauen schleiche ich mich zur Quelle. Ich habe von den Kerben in meinem Gesicht geträumt. Ich muss mich vergewissern, wie viele es sind.
Der Tau haftet noch an den Blättern. Der Horizont lässt die Sonne erahnen. Vorbei an den Hütten, weiter den Pfad hinunter, rechts abbiegen und dann sehe ich die Quelle. Das heilige Wasser reflektiert mein Gesicht. Einige sind da – an den Augen, an der Stirn, aber nicht die, die ich geträumt habe. Ich bin erleichtert. Das Leben zeichnet nicht alles auf einmal, mein Gesicht hatte noch Raum für weitere Kapitel, die das Leben schreiben durfte. Ich blicke zum Himmel, die Morgensonne zeigt sich und innerlich schicke ich der Sonnengöttin mein Morgengebet. In diesem Moment kommt Ambra auf mich zu. Sie muss meine Zwiespältigkeit gespürt haben.
«Durana, du bist nun so weit. Du bist in die Zeit der Bäume eingetreten.» Mit diesen Worten reicht Ambra mir einen Holunderzweig. «Du meisterst deine Aufgabe, Durana. Du bist wie der Holunder, reich an Energie und bereit, diese zu teilen.»

Den Holunderzweig in meiner Hand, besinne ich mich auf die Schätze, die der Strauch in sich birgt.
Es ist der Baum der Göttin Holla. Holla ist unser Grusswort, deshalb steht dieser Baum auch in der Nähe unserer Hütten.
Zusammen mit Ambra, Maanut und den Mädchen suchen wir uns den prächtigsten aus. Ich zeichne mit der Nadelspitze einen Kreis um den Baum, lege die Nadel Richtung Osten. Mit dem Lobgesang an die Göttin Holla stimme ich mich auf die Energie des Holunders ein. Ich spüre meine Füsse, wie sie Teil der Wurzeln werden, die mir in meiner Arbeit die nötige Sicherheit und Festigkeit geben, ich spüre, wie meine Arme zu Ästen werden und sich mit ihnen vereinigen, damit meine Taten Früchte bringen, ich spüre, wie meine Haare sich zu Blättern formen und die Leichtigkeit des Windes sich in meinen Taten widerspiegelt. Holla wird mir helfen, meinen Rhythmus zu finden. Die Natur lässt sich nicht beschleunigen. Ich werde mich gedulden müssen. Im Einklang des Kreises und des Holunders wird mir bewusst, dass ich nicht ändern kann, was war, doch dass ich formen kann, was kommt.
Die Ausdehnung meiner Füsse, meiner Arme, meiner Haare hat mich ermüden lassen. Im Schatten der Göttin schlafe ich ein.

Aliets und Ares sind unzertrennlich.
Ambra hat die Rolle des Greises übernommen, die Mädchen hängen an ihren Lippen. Ambra kennt all die Geschichten des Greises, kennt die Geschichten, die ihr eigenes Leben schrieb und die Geschichten, die in den Nächten der Begegnungen die Wanderer erzählt haben.

Aliets gleicht von Tag zu Tag mehr ihrem Vater. Die langen hellen Haare glänzen in der Sonne und im Mondschein leuchten sie wie Glühwürmchen. Sie ist ständig unterwegs, lässt die aufgetragenen Arbeiten liegen und vergisst sich auf ihren Streifzügen ausserhalb der Siedlung. Jedesmal wenn Tisios sich für die Wanderung rüstet, möchte sie mit ihm ziehen. In ihrem kleinen Körper verbirgt sich ein Geist, der nach Weite strebt. Ares ist anders. Sie ist stets besorgt, es allen recht zu machen. Sie bevorzugt es, im Hintergrund zu sein und Aliets die Entscheidungen treffen zu lassen. Deshalb haben die beiden kaum Streit.

Meine Lebensstruktur zeichnet sich in den beiden Mädchen ab. Mal offensichtlich, mal versteckt und unscheinbar. Unmissverständlich aber war die Tatsache, dass die Monde eine Schnittfläche zwischen meiner inneren Welt und meiner Aussenwelt zog. Auch mit meinen 28 Jahren hatte ich noch immer viele Träume und suchte diese zu verwirklichen.

Nun war ich diejenige, die aufgesucht wurde, um Rat zu geben.

Ich verbrachte die klaren Nächte unter freiem Himmel und beobachtete die Sterne.

So verglich ich meine Beobachtungen mit denjenigen von Ambra und suchte im Morgengrauen die Stellen auf, die mir deutliche Zeichen gegeben hatten.

Der Greis hatte von mannshohen Steinbrocken gesprochen. Ambra hatte dies umgesetzt und ringsum Steinreihen errichten lassen. Der Greis hatte uns erzählt, dass die Suche nach geeigneten Steinen nicht einfach war und lange dauerte. Wurde ein Stein als geeignet empfunden, wurde er mit zwei Stöcken markiert.

Die Frauen waren geübt im Flechten von langen seilartigen Gebinden. Diese wurden dem Steinbrocken umgebunden und kräftige Männerarme zogen die Steine auf Baumstämmen den Hang hoch.
Es war Ambra, die bestimmte, wo die Steine hochgestellt wurden.
In all den Jahren, in denen Ambra die klaren Nächte draussen verbrachte und die Sterne las, hatte sie etliche Steine setzen lassen. Nun lag es an mir, ihr Werk fortzusetzen. Noch war der Steinkreis nicht vollendet, die Entscheidung, die weiteren Steine in die richtige Position zu setzen, lastete nun auf mir.
Wie sollte ich das schaffen? Eine tiefe Unsicherheit packte mich und die Angst zu versagen, schlich sich in mich ein.
Die Nächte waren klar, mein Geist umnebelt.
Ich wachte in der Nacht und verschlief den Tag.
Die Sonne stand hoch am Himmel. Die Frauen legten die geformten Tonschalen an die Sonne zum Trocknen. Die Männer waren damit beschäftigt, die Ruten für die Körbe vorzubereiten.
Alles ging seinen Gang, als am Aussentor Rufe zu hören waren.
Diese Stimme! Tisios! Es war Tisios Stimme, die ich im Schlaf erkannte. Meine Müdigkeit war wie weggeblasen und ich hörte bereits die nahen Schritte.
Ein grosser Schatten lag im Raum, dann trat Tisios in die Hütte.
Ich konnte nur seinen Umriss sehen, seine Haare, die anders als sonst streng nach hinten gekämmt waren. Beim nächsten Schritt konnte ich sein Gesicht deutlicher wahrnehmen, in seiner Hand trug er einen Lederbeutel, der schwer zu sein schien. Noch einen Schritt, dann konnte ich in seine Augen blicken.

Es war nicht das, was ich erhofft hatte zu sehen. Seine Augen waren dieselben. Doch sein Blick verriet mir eine unnahbare Distanz, die mich schaudern liess.
«Durana, ich komme, um Aliets zu hohlen.»
«Tisios, warum, wohin? Was ist passiert?»
«Ich bin viele Monde gewandert, dem Fluss entlang, hab gesehen, wo das Wasser hinfliesst, in einen grossen See, viel grösser als der See, der das Quellenwasser fängt. Dann bin ich dem Ufer gefolgt und habe gesehen, dass das Wasser noch weiterfliesst. Ich muss weiter, muss sehen, wohin das Wasser zieht. Doch die Wege des Gehens und der Weg des Zurückkehrens werden immer schwieriger. Noch habe ich Kraft genug, noch tragen mich meine Füsse, Durana. Aber Alies soll mich begleiten, ich möchte, dass meine Tochter die Welt sieht. Aliets ist wie ich, ich spüre dies. Sie muss die Welt erkunden, sonst wird ihr Geist in das schwarze Nichts versenkt.»
Ich schaute Tisios an, wissend, dass seine Worte die Wahrheit waren. Mein Herz schien in diesem Augenblick zu zerreissen.
«Nein!», kam es über meine Lippen. «Aliets kann nicht mit, sie ist auch meine Tochter.»
«Sie ist kein Besitz, sie ist ein Geist, der Weite braucht, so wie ich! Und nur so wird sie die Erfüllung des Herzschlages finden. Ich habe es probiert, Durana, immer wieder habe ich versucht, bei dir im Dorf zu bleiben. Am Anfang konnte ich es, doch dann musste ich wieder fortziehen. Es ist mein Los. Etwas Unbeschreibliches zieht mich an immer fernere Ufer. Ich kann nicht bleiben. Ich will nicht bleiben. Meine Jahre sind nicht mehr die beider Hände. In dieser Zeit werde ich Aliets das zeigen, was ich sehe. Es ist die Entscheidung von unserer Tochter, ob und wann sie wiederkommt.»

Die Heftigkeit, mit der mich diese Worte trafen, schien mir den Boden unter den Füssen wegzureissen.
Tisios drehte sich um. Sein Schatten wurde immer schmaler, bis er nur noch ein Strich war, bevor auch dieser verschwand.
Ambra, die hinten in der Hütte die ganze Zeit auf ihrem Lager lag, setzte sich auf und winkte mich zu ihr. «Das Leben ist ein ständiges Loslassen. Du kannst Tisios nicht halten, er ist, wie er ist. Er wird sein Leben für Aliets geben, wenn es denn sein soll.» Dabei nahm sie meine Hand und streichelte sie mit ihren langen, hageren Fingern.
Ein Keim Hoffnung machte sich in mir breit. Was, wenn Aliets nicht mitgehen wollte? Ich kannte meine Tochter gut genug, um zu wissen, dass diese Hoffnung nur ein Schimmer war.
Draussen hörte ich Männerstimmen und Gekicher von Mädchen.
Ich löste meine Hand von Ambra, stand auf und fuhr mit beiden Hände durch mein volles Haar, wie wenn ich all meine Sorgen so hinter mich bringen könnte, und ging hinaus.
Im Kreis standen die Leute und redeten wild durcheinander.
«Was ist das?» Wozu braucht man das?» «Woher kommt das?»
Als die Versammelten merkten, dass ich mich näherte, öffnete sich der Menschenkreis und ein Korridor entstand. In ihrer Mitte sass Tisios am Boden, sein schwerer Lederbeutel war geöffnet. Schon lagen einige Teile ausgebreitet auf dem Boden und Tisios griff ein weiteres Mal in seinen Beutel und nahm nun ein rundes Etwas hinaus, das er zu den anderen Sachen legte.

«Ich war lange weg», begann Tisios, «meine Reise hat mich zum unteren Fluss geführt. Das Wasser hat mich gerufen, ihm zu folgen. Nach zwei Monden habe ich gesehen, dass der Fluss in einen grossen See mündet. Doch das Wasser ruft mich noch immer und in meinen Träumen sehe ich noch grössere Seen, die so gross sind, dass man ihre Ufer nicht ausmachen kann. Ich habe beschlossen, mich auf eine Reise zu machen, die keine Rückkehr mehr ermöglicht, da meine Jahre zur Neige gehen.»

Wenn Gedachtes beschlossen und dann ausgesprochen ist, gibt es kein Zurück. Worte sind wie das Vorahnen der Taten, fallen diese über die Lippen, ist ein Handeln unausweichlich.

Aliets war wieder einmal auf Streifzügen und hatte das Geschehen noch nicht mitbekommen. Ich hoffte inständig, dass ihre Entscheidung zu meinen Gunsten ausfallen würde. Doch was mein Herz sich wünschte und was sich in ihrem Herzen regte, das waren zwei verschiedene Dinge.

Kinderlachen, das sich näherte, löste die beklemmende Stille: Da kamen diejenigen, die unsere Zukunft waren! Unbeschwert rannten sie auf uns zu.

«Vater, Vater, du bist wieder da!», jubelte Aliets. Keine Frage, meine Tochter war durch und durch die Tochter ihres Vaters. Tisios, der immer noch am Boden kniete, öffnete seine Arme und umschlang sie innig und fest.

«Was ist das? Was hast du uns diesmal mitgebracht?», fragte Aliets und löste sich aus der Umarmung. Tisios begann zu erzählen. «Auf meiner Reise, die mich dem Wasser entlang geführt hat, habe ich eines Abends einen anderen Wanderer getroffen. Er war von seinem Stamm ausgeschlossen worden und, getrieben von der Angst, immer weiter in der Gegenrichtung des Wassers

gewandert, um so, dachte er sich, am Ort, wo das Wasser entspringt, Heilung zu finden. Bei unserer Begegnung waren wir beide misstrauisch. Doch die Sonne verabschiedete sich und so entschlossen wir uns, gemeinsam ein Feuer zu entfachen. In dieser Nacht erzählte mir der Mann von seiner Herkunft. Er lebte in einer Siedlung an einem See, der so gross war, dass seine Ufer nicht mehr sichtbar waren. Doch damit nicht genug. Er wusste von einem See, der alles fliessende Wasser in sich aufnimmt und die Reinheit der Quellen für immer verrinnen lässt. Hatte das Wasser diesen See erreicht, dann würde es ungeniessbar und man würde beim Trinken ins Totenreich einkehren.
Aliets hörte ihm gebannt zu, ihre Augen leuchteten.
«Er erzählte mir, dass er, unter der Erde tagelang eingesperrt, nach Salz gegraben habe, und dass er nach vielen Tagen in dieser stickigen Finsternis fast erblindet wäre. Albträume hätten ihn heimgesucht, danach habe er sich geweigert, nochmals durch das Loch in die Erde zu steigen. Darauf habe man ihn als Unwürdigen verstossen und er habe, eines Nachts, als der Mond erst halb voll war, seiner Siedlung den Rücken gekehrt. Nie würde er zurückkehren, selbst wenn er es wollte, denn einmal gegangen, für immer gegangen.
Der Mann war weder jung noch alt. Und als der Morgen kam und jeder von uns sich in die entgegengesetzte Richtung auf den Weg machte, schenkte er mir zum Abschied die Scheibe hier. Alle Blicke richteten sich auf das am Boden liegende handgrosse Teil.
Es war rund und hatte unzählige Zeichen darauf. In der Mitte befanden sich ein Loch und am Rand eine Kerbe, die einem Halbmond glich. Nie hatten wir etwas Vergleichbares gesehen und kannten auch den Nutzen nicht.

«Der Fremde hat mir berichtet», begann Tisios unsere Neugier zu stillen, «dass in einem noch fremderen Land ein Stamm lebt, der die Sprache in solchen Zeichen auf Scheiben schreibt. Diese hier hat er von einem Wanderer, der auf der Durchreise in seiner Siedlung war. Zum Tausch gab er ihm vom Weissen Gold im Berg. Auf der Scheibe steht das Gebet des Wassergottes, der alle Quellen zu sich ruft, um sich mit ihnen zu vereinigen. Und da will ich hin!»
«Ich komme mit!», durchbrach Aliets Stimme die Spannung.
«Ja, diesmal kommst du mit, Aliets! Zudem suche ich noch einen mutigen Mann, der uns begleitet.» Von hinten trat ein hagerer Jüngling namens Sanos vor. «Ich möchte euch zu Diensten sein.»
Tisios sah Sanos an. Seine kleine und hagere Statur war keine grosse Hilfe. Doch als er in Sanos Augen blickte, entdeckte er darin eine Schlauheit, die für die Reise wichtiger war als die Kraft des Körpers.
Tisios reichte den Versammelten die anderen Sachen, die er in seinem Lederbeutel mitgebracht hatte. Da waren Fibeln, die in der Sonne glänzten, das Los entschied über deren neue Besitzer; da war ein Beutel gefüllt mit Saatkörnern, den er behutsam dem Ältesten der Alten überliess. Als Letztes nahm er die mitgebrachten Pfeilspitzen und gab diese dem Schmied. Als Dank verneigte sich dieser, denn solche hatte er noch nie zu Gesicht bekommen.
Es dunkelte schon, als Aleits sich bei mir in der Hütte einfand.
Ich hatte gewartet und gewusst, dass Aliets dies alles als ein Abenteuer und nicht als einen Abschied für immer empfand. Meine innere Leere, die Machtlosigkeit, das Wissen, dass man den Dingen manchmal

einfach ausgeliefert ist, trafen mich. Ich hatte die Quelle aufgesucht, meine Tränen der Quellengöttin geopfert. Geduldig nahm sie meine Trauer auf, nahm sie mit auf ihre Reise zum Gott, der alle Wasser vereint.

Ich war gerade dabei, das Feuer neu zu entfachen, um den Brei zu wärmen, als Aliets kam. «Mutter, ich bin alt genug, um zu wandern, aber ich bin auch noch jung genug, um wiederzukommen.»

Als Aliets dies sagte, wusste ich: Sie verstand mehr, als ich wahrhaben wollte. Innig umarmten wir uns, ohne Worte legten wir uns auf das Lager und ein unruhiger Schlaf zog uns in die Traumwelt. Es war die Zeit, in der der Mond nur noch halb zu sehen war und mit jeder Nacht an Fülle verlor. Und so verlor auch ich mit jedem Atemzug meine Tochter.

Noch war Glut in der Feuerstelle, noch sangen die Vögel nicht, als ich ein Flüstern vor dem Eingang der Hütte vernahm. Es war Tisios, der Sanos etwas zuflüsterte, augenblicklich war ich wach.

Aliets schlief noch, ich löste mich aus ihrer Umarmung und ging auf Zehenspitzen zum Ausgang. Tissios sah mich an. Er hatte damit gerechnet, dass ich mich weigern würde, ihm Aliets zu überlassen. Darum schaute er mich grimmig an. «Versprich mir, dass du das Leben unserer Tochter schützen wirst, wenn es sein soll mit deinem eigenen Leben! Versprich mir, dass du in all deinen Handlungen auch die Wünsche von Aliets berücksichtigst! Ich segne euch auf all euren Wegen zu allen Monden und Sonnenzeiten und lasse euch ziehen, wie das Wasser der heiligen Quelle, das unermüdlich seines Weges zieht.

Gejaule? Gebell? Wölfe? Ich zucke zusammen, ein weisser Pudel flitzt an mir vorbei.»
«Strupi, Strupi!», höre ich eine Frau rufen. «Haben Sie meinen Hund gesehen?», fragt mich eine aufgebrachte rothaarige Frau.
«Ja, soeben ist hier ein weisser Pudel vorbeigerauscht.» «Das ist mir noch nie passiert, irgendwas muss meinen Hund erschreckt haben, sonst geht er immer brav an der Leine! Mein Hund ist eine liebe Seele, doch gerade hat er sich losgerissen und wie ein wildgewordenes Tier gebellt. Haben sie eine Ahnung, was da los ist?»
«Was los ist? Ich habe nur ihren weissen Pudel in diese Richtung rennen sehen, sonst ...» «Strupi, Strupi!» Die rothaarige Frau verschwindet im Dickicht und ihre Rufe hallen in meinen Ohren.
Ich setze mich auf der Lichtung auf einen grossen Stein. Meine Hand berührt das Moos. Es fühlt sich an, als ob meine Hand meine Handlinien hineinziehen würde und mein Innerstes dem Moos preisgibt.
Ich lege mich auf den Stein, schaue in den Himmel, die Äste der Bäume spenden Schatten und ihre Blätter tanzen den Tango der Windmelodie. Was bleibt vom Menschen? Bäume werden älter als Menschen. Es sind nicht die unendlich grossen, dicken Bäume, die am ältesten sind. Es sind die hageren, die ihre Wurzeln tief schlagen mussten, um überleben zu können. Manchmal ist das Leben in der Tiefe verborgen und nicht für jeden ersichtlich.
Beinahe wäre ich eingeschlafen, doch dann begannen die Blätter vor mir zu tanzen und ich höre Rascheln im Dickicht. Beim Aufstehen rutscht mir eine Hand in ein Loch im von Moos bewachsenen Stein. Ich stulpe das Moos auf die Seite, in der Mitte des schalenartigen Gewölbes kommt eine Fuge zum Vorschein. Ich entferne das Moos weiter und entdecke eine zweite Schale. So etwas habe ich schon einmal gesehen ... aber wo und was bedeutet es?

Seit meinem letzten Besuch im Parc trage ich die Liste mit den Symbolen in meiner Jackentasche. Ich ziehe das Blatt aus meiner Tasche, falte es auseinander und lese beim abgebildeten Symbol:

Felskopf im Südosten der Mutta. Von einer grossen runden Schale führt eine Rinne zu einer mondsichelförmigen Schale und weiter zu einer halbmondförmigen, kleineren Schale. Die Tangente zur Kreisschale mitten durch die anderen zwei Schalen ergibt eine Peilung für den Monduntergang im südlichen Extrem alle 18 ⅔ Jahre. Von hier weist das Azimut 62°/63°, gleiches Azimut wie die Hauptsteinreihe auf Planezzas, zur bronzezeitlichen Grabstätte an der Strasse von Laax nach Salums.

Schon beim ersten Betreten des Parks hatte ich ein sonderbares Gefühl. Nun machte sich dieses Gefühl in mir wieder bemerkbar, es war etwas Vertrautes, das eine grosse Sicherheit ausstrahlte. Mir kam meine Tante Sonja in den Sinn. Noch immer höre ich sie sagen: «Ich habe Urvertrauen und damit bin ich noch immer gut gefahren!» Mir war schleierhaft gewesen, was sie damit meinte und dachte, dass dies einfach eine Redewendung war. Heute, zum ersten Mal, verstand ich, was sie mit Ur-Vertrauen meinte.
Dieses Gefühl strahlt eine innere Ruhe, eine Zuversicht und Unerschrockenheit aus und lässt einen am Ort wachsen, wo man gerade ist.
Ur- ver- trauen.
Gestärkt drehte ich mich um und verliess den Opferstein. Ich bog rechts ab und ging zurück zum grösseren Pfad, der Richtung Parkplatz führt. Diesmal waren meine Schritte zielorientiert und ich steuerte geradewegs das Haus von Anna an. Ich konnte die Vorfreude Annas schon an ihren Schritten erkennen, als sie wenig später nach Hause kam.
«Heute ist Donnerstag – Musikprobe ...», hörte ich sie sagen, als sie strahlend vor mir stand.
Vor Aufregung bekam Anna kaum etwas von den Älplermaccaroni runter, die ich ihr servierte.
Pünktlich um 20.00 Uhr machten wir uns auf den Weg. Anna mit ihrer Trompete im Koffer. Im Saal angekommen, empfing uns ein wildes Stimmengewirr. Stühle wurden zurechtgerückt, Notenstän-

der auseinandergeklappt. Hie und da wurde ein fröhlicher Spruch gemacht, worauf Gelächter zu vernehmen war. Ich schaute Anna von der Seite fragend an. «Na?» «Hallo Anna», sagte da eine Männerstimme im Vorbeigehen und Annas Gesicht färbte sich rot. Aha, das war er also, der Umschwärmte, der noch nichts von seinem Glück wusste. Anna nickte, zeigte mir einen Stuhl, der im hinteren Teil des Saales stand und ging mit ihrem Instrument der «Stimme» nach zur Bühne.
Kurze Zeit später kehrte Ruhe ein, und als der Dirigent vortrat und seinen Dirigentenstab in die Hand nahm, waren alle konzentriert.
Einige Melodien, die gespielt wurden, kamen mir bekannt vor, andere hatte ich noch nie gehört. Es faszinierte mich zu sehen, wie Atem, Fingerfertigkeit und Notenlesen verschmelzen und dabei Wundersames für das Ohr entstehen kann. Zugegeben, ab und zu schlüpfte ein schiefer Ton durch die Trompete. Der Dirigent meisterte die Situation jedoch mit Humor und bat die Musikanten, diese Stelle zu wiederholen. Offenbar wurden aber noch immer Töne, die nicht auf dem Notenblatt zu finden waren, gespielt. Der Dirigent tippte mit seinem Dirigentenstab erneut auf den Notenständer und forderte die Musikanten auf, die Passage noch einmal zu spielen, aber diesmal richtig.
Einer Musikprobe beizuwohnen, ist amüsant, dies stellte ich an diesem Abend fest. Es ist nicht wie sonst, wenn man ein Konzert besucht und das fertige Produkt zu hören bekommt. Bevor es so weit ist, bedarf es ständiger Wiederholungen einzelner Passagen, bis diese blind gespielt werden können.
Meine besondere Aufmerksamkeit galt jedoch Annas Schwarm, der neben ihr sass und mit Leib und Seele bei der Sache war.
Es waren die kleinen Pausen, in denen Anna und Giusep das Blasinstrument auf ihre Knie legten, während die anderen weiterspielten. Diese kleinen, scheinbar unbedeutenden Pausen, in denen die Knie der beiden sich wie zufällig berührten. Und der verstohlene, auf die Seite gerichtete Blick der beiden. Eigentlich hätten sie nur

ihre Köpfe heben müssen, um zu sehen, was mir klar vor Augen lag: Da, in der ersten Reihe, hatte Amors Pfeil zwei mitten in die Herzen getroffen!
Bald schon war die Musikprobe zu Ende und wir kehrten im nahen Restaurant ein. Wir nahmen an einem runden Tisch Platz und lachten viel an diesem Abend. Nach und nach verliessen die anderen Gäste das Restaurant und am Ende hockten nur noch wir drei am Tisch. «Weisst du Giusep, dass Anna die besten Omeletts der Welt macht?» «Omeletts? Sprich jetzt nicht vom Essen, sonst kriege ich Hunger.» «Na dann, komm morgen Abend vorbei und überzeug dich selbst.» Anna wurde rot. «Okay, gerne, dann komme ich morgen Abend.» «Super, dann sehen wir uns», sagte ich und hatte bereits ein Stück meines Plans umsetzen können. Es war stockdunkel, als wir das Restaurant verliessen. Die Strassenlampe hatte ihren Geist aufgegeben und dichter Nebel verdeckte die Sicht zum Sternenhimmel.
Unten an der Kreuzung fiel der Abschiedsgruss kurz und bündig aus.
«Tschüss und bis morgen.»
«Tschüss und schlaft gut.»
Giusep lief in die entgegengesetzte Richtung.
«Sag, Durana, was meinst du?»
«Anna, es sieht doch ein Blinder, dass ihr beide verliebt seid!»
«Meinst du?» «Oh ja, ganz sicher. Warte bis Morgen Anna, es wird schon gut.»
Anna hängte sich bei mir ein und wir spazierten wortlos in die Nacht hinein.
Beide mit ihren eigenen Gedanken beschäftigt.
Ich wünschte mir für Anna alles Glück der Welt, und dazu würde ich ein wenig nachhelfen.
In dieser Nacht holte mich ein Traum in ein Universum voller Klänge und beim Erwachen am nächsten Morgen hatte ich das Gefühl, mein Kopf sei randvoll mit Klängen, die von unbekannten Instrumenten gespielt wurden.

Im Haus war es still, Anna war schon weg. Eigentlich mochte ich die Stille. Doch die heutige Stille war eine erdrückende. Ich schaltete das Radio ein, ich musste Stimmen hören. Eine Frauenstimme sprach vom ewigen Krieg…
Im Radio liefen gerade die Morgennachrichten, das monotone Zitieren von Menschentaten, Entscheidungen, Überlegungen und und und. So gravierend, banal das Gesprochene auch war, auf mich hatte es in diesem Moment eine beruhigende Wirkung. Als die Wetterprognose zu hören war, verschwand der letzte Schluck Kaffee in meiner Kehle.
Lesen, lesen, das war jetzt sicher eine gute Ablenkung.
In Annas Bücherregal fand ich ein Buch mit einem blauen Umschlag, auf dem ein Baum und ein Vollmond abgebildet waren. In grossen gelben Buchstaben stand da:

Vom richtigen Zeitpunkt:
Die Anwendung des Mondkalenders im täglichen Leben.

In eine Decke gehüllt, setzte ich mich auf das breite Sofa auf der Veranda und begann zu lesen:

(Ausschnitt Buch: Vom richtigen Zeitpunkt von Jahanna Paungger / Thomas Poppe, Die sieben Impulse des Mondes

Es ist so angenehm, zugleich die Natur und sich selbst zu erforschen,
weder ihr noch dem eigenen Geist Gewalt anzutun,

sondern beide in sanfter Wechselwirkung
miteinander ins Gleichgewicht zu bringen.
(Goethe)

Vergangenheit und Gegenwart

Jahrtausendelang lebte der Mensch weitgehend in Harmonie mit den vielfältigen Rhythmen der Natur, um sein Überleben zu sichern. Er beobachtete mit wachen Augen und gehorchte Notwendigkeiten, anfangs noch ohne nach ihren Ursachen zu fragen. Eskimos etwa lebten unter den härtesten nur denkbaren Umweltbedingungen, mitten im ewigen Eis. Ihre Sprache kennt vierzig verschiedene Worte für «Schnee».
Vierzig verschiedene Worte? Unfassbar, wie sollte Schnee bloss anders heissen als Schnee? Ich hatte keine Ahnung … **weil sie vierzig verschiedene Zustände gefrorenen Wassers zu unterscheiden lernten. Die unwirtlichen Klimaverhältnisse zwangen sie dazu. Nur zwei dieser vierzig Eis- und Schneearten sind zum Bau von Iglus geeignet.**
Dies würde mir gefallen, mit meinen Händen ein Iglu zu bauen. Ich müsste einmal im Winter hierherkommen, dann könnte ich es ja einmal versuchen, mit Anna ein Iglu zu bauen.
Nicht allein den Zustand der Dinge beobachtete der Mensch genau, sondern auch, welche Wechselwirkung zwischen dem Zustand und dem jeweiligen Zeitpunkt des Beobachtens bestand – die Tages-, Monats- und Jahreszeit, der Stand von Sonne, Mond und Sternen. Viele archäologisch bedeutende Gebäude aus alter Zeit bezeugen, welch hohen Stellenwert unsere Vorfahren der genauen Beobachtung der Gestirne und der Berechnung ihres Laufs beimassen. Nicht nur aus «wertfreiem» Forschungsdrang, sondern weil sie so den grösstmöglichen Nutzen aus der Kenntnis der Einfassung zur Zeit der jeweiligen Sternenkonstellation ziehen konnten. Der von ihnen nach dem Lauf des Mondes und der Sonne errechnete Kalender diente

der Vorausschau auf bestimmte Kräfte – auf Impulse, die nur zu bestimmten Zeiten auf die Natur, auf Mensch und Tier wirken und in regelmässigen Abständen wiederkehren. Also sind wir doch eng mit dem Einfluss des Mondes, der Sonne und der Sterne verknüpft, als ich dachte... **Besonders auf jene Kräfte, die im Gleichtakt mit dem Lauf des Mondes alles Leben beeinflussen, die über Erfolg und Misserfolg von Jagd und Ernte, von Lagern und Heilen mitentscheiden.**

Versunken in meine Lektüre, verging die Zeit. Ich hatte den Aufgang der Sonne verpasst. Jetzt, da sie mich blendete, nahm ich sie wahr. Ich schloss die Augen, klappte das Buch zusammen und meine Haut nahm ihren warmen Gruss dankend auf.
Licht, lebenspendende Energie. Ich hatte wenig Zeit damit verbracht, mich zu fragen, was die verschiedenen Schattierungen des Wetters, der Sonne, des Mondes in sich trugen. Sie waren da, schon seit Ewigkeiten. Doch das war keine Erklärung. Es musste eine tiefere Bedeutung haben. Ich wusste im Moment aber nicht welche. Im Parc hatten sich Dinge zugetragen, die ich mir nicht erklären konnte. Jetzt forderten die Gefühle ihre Aufmerksamkeit. Es müsste doch eine simple Erklärung geben.
Ich machte mich auf den Weg. Erneut führte mich dieser in den Parc. Hoch stand die Mittagssonne und ich genoss ihre Strahlen wie schon lange nicht mehr.
Diesmal wählte ich den Weg vom Parkplatz nach oben. Ich wollte den gestern verlassenen Weg in der entgegengesetzten Richtung noch einmal gehen.
Meine Sinne waren alle in Alarmbereitschaft, um das Erlebte auch wirklich zu erleben.
Das Gefühl beim Betreten des Parks war mir nun schon vertraut. Der Boden unter meinen Füssen gab mir einen sicheren Halt und ich marschierte zielstrebig den Pfad entlang. Ein Sturm muss vor einiger Zeit hier oben gewütet haben. Links und rechts liegen umgekippte Baumstämme, sogar ganze Bäume sind entwurzelt.

Bald schon erreicht ich die Lichtung, und diesmal entschied ich mich, auf der obersten Bank eine Pause einzulegen.
Die Sicht war klar. Wie weit ich sehen kann! Von hier aus hat man bestimmt auch in der Nacht einen wunderbaren Blick zum Himmel, denke ich mir. Plötzlich entdecke ich eine Tafel, ich stehe auf, gehe zur Tafel und lese Folgendes:

Steinreihe (3 Menhire und 4 liegende Steine). Diese Linie weist zum Sonnenaufgang zur Zeit der beiden Tagundnachtgleichen. Nördlich vom vordersten Stein befindet sich ein anstehender Felsrücken mit mehreren Schalen.

Wölfe.
Früher waren Wölfe überall in den Wäldern, dann waren keine mehr da, heute kommen sie wieder. Tagelang haben sich die Zeitungen mit der Rückkehr dieser schönen Tiere befasst. Ob sie dem Weg ihrer Ahnen bis hierher gefolgt sind? Bei diesem Gedanken konnte die schönste Parkbank mich nicht zum Verweilen bewegen. Mit einem mulmigen Gefühl verliess ich «Il plaun dil luv» und schlug den Weg zur nahen Kirche ein.

Ob ich Luisa wieder treffen werde?
Ich schaute zum Friedhof. Er war menschenleer.
Unweit der Strasse hatte es noch eine Bank und diesmal setzte ich mich darauf, in der Hoffnung, nicht so seelenallein zu bleiben, und tatsächlich:
«Dir gefällt es hier.»
Es war Luisa, die mich ansprach.
«Ja, irgendwie zieht er mich magisch an, dieser Ort.»
«Ich verstehe dich.» Luisa setzte sich ohne eine weitere Erklärung zu mir. Ihre Vergissmeinnichtschürze, ihr rotes Kopftuch, ihre runzligen Hände, all das Vertraute tat mir gut. «Hier passieren komische Dinge!», platzte es aus mir heraus. «Immer wieder, immer wieder», antwortete Luisa und nickte.

«Haben Sie auch Tagträume, Luisa, wenn Sie hier sind?»
«Träume oder Wirklichkeit, wer weiss das schon, alles ist doch verschleiert. Als die Uhr am Handgelenk noch nicht tickte und die Zeit doch ihre Bahnen zog, da lebte ich schon. Als das Korn noch kein Brot formte und ich trotzdem von ihm ass, da lebte ich schon. Es ist die Zeit, die zeitlos ist. Nur unsere eigene Erfahrung ist begrenzt. Doch es gibt Dinge, die sind einfach. Man kann sie weder sehen, noch kann man sie berühren – und dennoch existieren sie.»
«Mir scheint hier alles so vertraut, Luisa.»
«Alles hat seinen Rhythmus, das Geborenwerden, das Leben, das Sterben, die Unendlichkeit. Und alles wiederholt sich, Kind.
Der Mensch hat vergessen, durch den Schleier zu sehen.»
«Was für ein Schleier Luisa?»
«Der Schleier der Zeit, er vernebelt die Sicht, und vor allem lässt er vieles vergessen. Manchmal gibt es Öffnungen, durch die man einen Blick erhaschen kann. Für mich waren diese Öffnungen, in denen sich der Schleier der Zeit lichtete, real. Erfüllt mit Freude, wollte ich mein Erlebtes kundtun, doch man hat mich zum Schweigen gebracht. Nicht der Schmerz über den Verlust meiner Lieben hat mir die Sprache verschlagen. Die Ungläubigkeit, das unverfrorene Urteil über mich, als ich berichtete, was hier passierte, verschlug mir die Sprache. Denn wenn Worte nur abprallen und Blicke urteilen, ist es besser zu schweigen.»
«Aber mit mir reden Sie, warum?»
«Es ist wichtig für dich zu wissen, dass ich weiss, was passiert ist. Vergiss es nicht, es ist wichtig für dein weiteres Leben. Alles ist schon gespeichert, du wirst in naher Zukunft darauf zurückgreifen können. Bald schon, sehr bald.»
Mit diesen Worten erhob sich Luisa, strich sich die Schürze zurecht, fasste hinten an den Knopf ihres roten Kopftuches, zog auch diesen zurecht nahm ihre rote Giesskanne, drehte sich um und ging. Ich schaute ihr nach, wie sie mit ihren Finken den Weg entlanglief, sah das Flattern des roten Kopftuches im Wind und

musste an die unzähligen Vergissmeinnicht auf ihrer Schürze denken.
Es waren unscheinbare Blumen. Ihr scheues Blau liess das innere Gelb fast verblassen. Ihre Schönheit war zart und verborgen. Wie die Luisa.
Ich weiss nicht, wie lange ich da sass und die vorüberziehenden Wolken betrachtete, das Wasser unten am Rhein und dabei an die Quelle, die Heilige, dachte. Ich kann nicht sagen, wie lange mein Blick auf den Gräsern haften blieb, und ich mich fragte, wozu jeder einzelne Halm, so verschieden auf seine Art, nützlich war. Ich schloss meine Augen, um jedes noch so kleine Detail meines Erlebten vor meinem inneren Auge abzurufen. Ich betrachtete meine Hände, die auf meinem Schoss lagen, offen, um Taten folgen zu lassen, sah die unzähligen Linien kreuz und quer, die wie eine unlesbare Karte waren. In diesem Augenblick falteten sich meine Hände, so wie Hände sich zum Gebet falten, als mir schlagartig bewusst wurde, wohin mein weiterer Weg gehen würde. Es war so offensichtlich, dass ich die richtige Entscheidung getroffen hatte.
Ich stand auf, meine Hände bändigten mein Haar, und ich lief nach Hause.

Anna war nervös, lief von der Küche ins Wohnzimmer und zurück, betrachtete sich im Spiegel, ging nochmals in ihr Zimmer, zog sich um, betrachtete sich erneut im Spiegel, bis ich ihr verbot, sich noch einmal im Spiegel anzusehen.
Ich deckte den Tisch für zwei. «Da fehlt ein Gedeck!» «Nein, Anna, da fehlt kein Gedeck, ich werde heute nicht beim Essen hier sein. Ich gehe heute Abend in den Parc, ich muss wissen, wie es sich anfühlt, auch nachts spazieren zu gehen, heute ist Vollmond, eine gute Gelegenheit, dies auszuprobieren.»
«Hast du keine Angst, so allein?»
«Nein, ich habe eine grosse Taschenlampe, und so alleine bin ich nicht, der Mond, es ist Vollmond, Anna!» Anna musste lachen. «Du und deine komischen Ideen.»

«Tschüss, ich gehe jetzt.»
«Bist du sicher, dass du ganz allein im Dunkeln spaziergengehen willst?»
«Ganz sicher, und du, schau, dass du dein Herz öffnest, ich möchte, wenn ich zurückkehre, die glücklichste Anna der Welt sehen, verstanden?»
Wir lachten beide, dann verliess ich das Haus.

Nachts spazieren zu gehen, ist anders als am Tag. Am Tag übernimmt das Auge die Führung, in der Nacht das Ohr.
Ich weiss nicht so recht, ob am Tag auch so viele Geräusche hörbar sind, jedenfalls ist es mir erst in dieser Nacht bewusst geworden, dass eine Nacht draussen keine stille Nacht ist. Ich hatte das Gefühl, mein Gehör sei verschärft und meine Schritte um einiges langsamer als bei Tageslicht.
Der Mond leuchtete, die Hälfte seiner Reise um die Erde hatte er bereits vollendet. Die Kraft dieser kreisrunden Scheibe am Himmel machte sich bei mir bemerkbar. Es gibt Menschen, die sind «mondsüchtig», sie wandern im Schlaf, ohne zu wissen, dass sie dies tun. Ich wanderte auch im Mondschein, doch ich hatte mich ganz bewusst dafür entschieden.
Ich war mir sicher, heute ganz allein im Parc zu sein. Denn wer ist schon so verrückt und wandert im Mondschein durch eine Parkanlage? Dieser Gedanke gab mir eine Sicherheit. Meine Augen gewöhnten sich an das fahle Licht. Ich verliess den Parkplatz auf der linken Seite und ging den Pfad hinauf. Ich musste mich auf den Weg konzentrieren und blickte immerzu zu Boden. Plötzlich vernahm ich ein Geräusch und ich hielt inne: Da war etwas! Umrisse konnte ich sehen, doch nicht deuten, also zückte ich meine Taschenlampe und warf das helle, grelle Licht auf das mir unbekannte Wesen.
Sie war es, die Frau in Schwarz, ihre spiegelartigen Augen trafen die meinen. Die Taschenlampe fiel mir aus der Hand und ich …

35 Jahre

Der runde Mond stand hoch am Himmel. Ambra und ich lagen auf dem Rücken und schauten zu ihm hoch. Die Erzählungen von Ambra hatten mit den Jahren an Weisheit gewonnen und berührten mich tief im Herzen. Es war ihre Zeit des Erzählens. Die Aussenwelt zog sich zurück und eine wundersame Innenwelt tat sich auf. «Es war, was ist, und es war, was bleibt», hörte ich Ambra sagen. Manches im Leben scheint unmöglich, es sind Facetten des Lebendigen, die wie Wellen schlagen. Es war die Erde, die mich hielt, diese wunderbar riechende, fruchtige Erde. Es war die Erde, die mir die Nahrung brachte, und als ich in der Nacht zum Himmel schaute, erlebte ich das Geheimnis des Sehens. Alles steht geschrieben am Himmelszelt. Nur die Schrift muss entziffert werden. Es waren die Nächte, die ich nun damit verbrachte, die Schrift zu deuten. Mit Hilfe Ambras markierte ich meine Erläuterungen im trockenen Boden und am darauffolgenden Tag ritzte ich das Wissen in die Tonschalen.
Ich rief alle Siedler zusammen. Auf dem Hügel der Siedlung formte sich ein Kreis von Menschen, ich begann von den Sternen zu erzählen. Bald würde Erntezeit sein, der Zeitpunkt, um das Korn zu ernten. Dies hatte ich in der vergangenen Nacht erkennen können. Seit Tisios gekommen war, um Aliets mit sich zu nehmen, hatte ich mich ganz den Rhythmen verschrieben. Ich sah die Sonne aufgehen, jeden Tag, sah, wie sie ihren Weg am Himmel zog und wie sie im Abendrot verschwand. Und nach ihrem Verschwinden, scheinbar im Nichts, folgte der Mond. Auch er kam immer wieder, zog seine Bahn und im Morgengrauen ver-

schwand auch er. Es waren die gleichen Abläufe, Tag und Nacht. Mit dieser Erkenntnis verband ich das Gehen und Wiederkehren, und mein Vertrauen wuchs in eine Sicherheit, die es mir erlaubte, ganz im Jetzt zu leben.

Die letzten Monde waren schwer gewesen, wir hatten viele Tote zu beklagen. Hinter jeder Tür war Wehklagen, Traurigkeit lag über den Dächern. Da war der Mann, der sich beim Holzen verletzt hatte. Ich hatte vergeblich versucht, seine Wunde zu säubern. Doch immer wieder eiterte sie, er bekam Fieber, bis er vor Schmerz verzerrt von uns ging. Dann war da das junge Mädchen, das ihr erstes Kind zur Welt bringen sollte. Sie war selbst noch fast ein Kind, starb, und mit ihr auch ihr Ungeborenes. Da war die Mutter, die vor Kraft strahlte, die eines Tages unbekannte Früchte probierte, sie waren giftig und meine Hilfe kam zu spät.
Die vergangene Nacht zeigte Hoffnung am Himmelszelt. Die Sterne standen gut für einen Aufbruch. Ein Aufbruch bedeutet immer Neubeginn.
Die Menschen lauschten meinen Deutungen und langsam kam Aufbruchsstimmung auf.
Es gibt eine Zeit, um zu trauern, es gibt eine Zeit, um zu wachsen, es gibt eine Zeit, um neu anzufangen.
Jetzt war die Zeit, neu anzufangen, und zu diesem Anlass würden wir den Göttern beim Abendrot ein Opfer bringen.

Gelöst und voller Vorfreude gingen die Muottaner auseinander, jeder damit beschäftigt, das Seine zum Opferfest beizutragen. Wenn die Götter verstimmt sind, fordern sie Opfer. Unmissverständlich! Wir würden ihnen folgen. Die gedrückte Stimmung wich einer

Aufbruchsstimmung und übertrug sich auf Gross und Klein. Auch ich bereitete mich auf das Ritual vor.
Dazu nahm ich die getrockneten Samen des Mohns, des Leins und des Holunders, zerdrückte sie und mischte sie zusammen. Diese würde ich mit meinem, zu Worten geflochtenen Gebet dem Feuergott opfern.
Ambra wurde zusehends schwächer. Als ich die Hütte betrat, dachte ich, sie schlafe. Auf Zehenspitzen versuchte ich, mich ihr lautlos zu nähern. Doch alte Menschen haben einen Schlummerschlaf. So konnte ich mir alle Mühe geben, so leise wie möglich zu sein, sie hörte mich trotzdem. Es mochte daran liegen, dass sie schon lange alleine dalag oder dass sie nicht müde genug war. Oder dass sie sich nur schlafend gab. Auf jeden Fall hörte sie mich.
Ich setzte mich zu ihr, nahm ihre Hand und schwieg. Wir wussten, dass sie ihre grosse Reise bald antreten würde.
Das Leben ist ein ständiges Abschiednehmen.
«Durana, Durana.» Es war Maanuts Stimme, die unsere unausgesprochenen Worte in Luft auflöste.
Maanut war ein guter Zuhörer, wich aber gerne der Verantwortung aus und zog sich am liebsten in seine Traumwelt zurück. Der kleine Junge von einst war gross und kräftig geworden. Auch Ares war gross geworden. Sie sträubte sich dagegen, Frau zu werden, sie wollte Kind sein. Behütet in der Gemeinschaft fühlte sie sich am wohlsten. Frau zu werden, bedeutete für sie, versprochen zu werden, und dies bedeutete, uns verlassen zu müssen. Davor hatte sie Angst. Ich liebte sie wie meine eigene Tochter. Behütete sie unter meinem Dach. Doch bald würde sich ihr Leben von Grund auf ändern, dies spürte ich ganz deutlich.
Die Sonne neigte sich zum Abendhimmel.

Alle Muottaner waren so weit, um den Göttern das Opfer zu bringen.
Die jungen Männer versammelten sich in der Mitte der Siedlung. Dann öffneten sich die Türen der Hütten und alle traten hinaus und versammelten sich auf dem Dorfplatz.
Der Abendgesang wurde eingestimmt, mit den Holzstäben gaben die jungen Männer den Rhythmus an. Auch ich trat vor meine Tür, Ambra folgte mir, doch sie setzte sich an die Hauswand, da ihre Beine zu schwach waren für den Weg zum Opferfeuer. Maanut stand gross und kräftig hinter mir. Ich trug das Gewand, das nur bei Zeremonien getragen wurde. In der rechten Hand hielt ich die Nadel, die der Lehrer Ambras hatte anfertigen lassen. Die Nadel stand bei jeder Zeremonie im Mittelpunkt. Es war Ambra, die damit begonnen hatte, den Weg des Venussterns in die Nadel zu formen. Aber ich war es, die den Weg des Sterns der Liebe in feinen Linien in die Bronzenadel ritzte.
Die Nadel begleitete schon den Ältesten, danach Ambra und jetzt mich, und auch ich würde sie eines Tages weiterreichen. Nicht wir waren es, die die Wahl trafen, es war die Nadel selbst, die entschied.
Das wussten hier alle.
Mit der Nadel in der Hand begann ich die Prozession. Ich sah, dass weiter unten, im Schutz des Windes, das Feuer entfacht worden war. Die Frauen begannen zu singen. Die Männer wiederholten ihren Gesang, wie ein Echo. Da das Unglück fast alle Familien der Siedlung getroffen hatte, brachten alle ihr Opfer, um die Götter milde zu stimmen.
Da war der Mann, der seinen Bogen dem Feuergott darbot, da war die alte Frau, die Getreide ins Feuer legte, da waren die Kinder, die dem Feuergott seltene

Wurzeln und Tannzapfen opferten. Als alle ihre Opfer dargeboten hatten, trat ich zum Feuer, bückte mich, nahm mein Tuch, öffnete es und streute die Körnermischung ins Feuer. Dann erhob ich mich, umklammerte die Nadel mit beiden Händen und begann den Feuertanz.

Siebenmal kreiste ich mit der erhobenen Nadel um das Feuer. Begleitet vom Gesang der Frauen und dem Echo der Männer. Dann senkte ich die Nadel zu Boden, ging auf die Knie, verband mich mit der Erde, sprach das Gebet des Baumes, der mir die Wurzeln schenkte und die Äste und Blätter. Das Feuer loderte, nahm alle Opfer in sich auf. Ich erhob mich, senkte die Nadel. Dies war das Zeichen, auf das alle gewartet hatten. Zuerst begannen die Männer, nach ihnen die Frauen und am Schluss die Kinder zu tanzen.

Das Feuer hatte vermocht, Licht in die gedrückte Stimmung zu bringen. Die Opfer mussten dem Feuergott gefallen haben, denn auf den Gesichtern der Muottaner war das verlorene Lachen wieder zurückgekehrt.

Es war eine lange Nacht, die vom Licht durchströmt war, und das Lachen der Menschen wurde zusammen mit dem Rauch des Feuers in den Himmel getragen.

Als sich der Mond verabschiedete, kehrte Stille ein, müde vom Tanz verliessen wir den Opferplatz. Asche war alles, was von den Opfern übrig geblieben war. Wir Menschen sind nur kurz sichtbare Schatten, dann gehen wir, wo der Mond geht, und kehren zurück, wo die Sonne erwacht.

Als ich mich der Hütte näherte, spürte ich es, dann sah ich es. Ambra sass noch immer vor der Hütte, so wie am Abend zuvor. Ich stockte, dann rannte ich zu ihr hin und schloss ihren leblosen Körper in meine Arme.

Die Götter hatten ihr grösstes Opfer gefordert. Sie hatten ihre eigenen Gesetze.
Obwohl ich Maanut in die Lehre einführte, neigte er immer dazu, Ambra als seine Meisterin zu sehen. Mit einem Schlag verschwand nun diese Bezugsperson und sein jugendlicher Trotz wurde stärker.
Es war der Tag, an dem das Quellenwasser besonderen Schutzes bedurfte, an dem wir Ambra zu Grabe trugen. Ihr zu Ehren hatten die Männer eine Grube mit Schutzsteinen ausgehoben.
Die Frauen kamen, jede mit einer Beigabe für Ambras Reise in die Anderswelt.
Ich begann, die Nadel Richtung Himmel gerichtet, mit dem Klagegesang.

Wo bist du
wenn der Tag zur Nacht wird

Wo bist du
wenn Wolken die Sonne verdecken
nur Geschichten und Formen
den Menschen bleiben

Wo bist Du
wenn Blätter sich färben, fallen
und Bäume nackt
der Kälte harren

Wo bist du
wenn Leben sich zurückzieht
schläft, um Kraft zu schöpfen

Wo bist du
wann immer ich gehe

wann immer ich ruhe
wann immer ich bin
frage ich mich

wo bist du

Dann verliessen wir das Feld der Toten. Maanut hatte sich dazu bereit erklärt, bei der Quelle Wache zu halten. Er nahm Abschied von seiner Meisterin, allein.
Zorn machte sich im jungen Mann breit. Immer öfters wiedersetzte er sich meinen Anweisungen und suchte stattdessen den Rat der Ältesten. Noch war er nicht so weit, er hatte die Zeit der Bäume noch vor sich, das wusste er, und nur ich konnte ihn in diese einweihen.
Ares dagegen sog alles in sich auf. Sie war eine gute Beobachterin und konnte das Gesehene flink umsetzen. Ich weihte sie in das Frauwerden ein, nahm sie mit zu den Geburten und stellte sie als Hilfe bei der Versorgung der Kranken ein.
Die Zeit, um versprochen zu werden, zeichnete sich in ihrem Körper immer deutlicher ab. Bei ihrem Anblick musste ich an Aliets denken: Ob sie bereits versprochen war? Und wem? Ob sie glücklich war? Vielleicht schon Mutter? Ob sie an mich dachte, sich nach mir sehnte? Ob Tisios noch bei ihr war? Oder ob er sie zurückgelassen hatte?…

Ich lag am Boden, tastete nach meiner Taschenlampe und versuchte, sie wieder einzuschalten. Vergebens. Zum ersten Mal in meinem Leben lag ich in einer Nacht draussen auf dem Rücken. Der Himmel war voller Sterne. Nicht alle leuchteten gleich stark, manche schienen mir zuzuzwinkern. Ob sie mich auslachten? Mit Sternen hatte ich bis jetzt nichts am Hut. Doch irgendwie schien mir dies

alles ganz vertraut zu sein. Mein Gefühl und mein Verstand waren jedoch uneins, und ich mittendrin.
Ob mich die Sterne auch nur so winzig sehen, wie ich sie?
Ich schloss kurz meine Augen, meinte Stimmen zu hören und sah zwei Frauen bei Vollmond im Kornfeld liegen. Die Ältere der beiden erzählte von der Venus, von anderen Sternen und ihrer Bedeutung, während die jüngere Frau die Hand nach den Sternen ausstreckte und die Linien in der Luft nachzeichnete.
Ich öffnete die Augen.
Keine vertrauten Stimmen, nur meine Hand, die nach den Sternen griff. Ein Schauer durchfuhr meinen ganzen Körper. Es war also doch nicht das erste Mal, dass ich in der Nacht so dalag und in den Sternenhimmel schaute. Ich musste meine Augen sofort wieder schliessen. Diesmal sah ich eine Frau, die sich im Quellenwasser spiegelte und mit ihrer Hand die Kerben in ihrem Gesicht nachzog. Es waren mehr geworden, das Leben hatte seine Spuren gezeichnet.
Als ich meine Augen wieder öffnete, bemerkte ich, dass ich nun diejenige war, die in meinem Gesicht nach Kerben suchte. Ich fuhr über mein Gesicht, nichts Aussergewöhnliches war zu spüren. Auf einmal wurde mir bewusst, dass das Erlebte der vergangenen Tage keine Träume waren.
Ich neigte meinen Kopf zur Seite, wollte aufstehen, da sah ich ihn. Die Leuchte am Himmel, den Venusstern. Das war er, der Ausgangspunkt aller Deutungen.
Manchmal kommt man erst durchs Stolpern in die Lage, die Dinge richtig zu sehen.

42 Jahre

Ich war damit beschäftigt, die letzten Beobachtungen des Venussterns in die Nadel zu gravieren. Jetzt war es vollbracht. Der Älteste, Ambra und ich, wir alle hat-

ten lange Nächte damit verbracht, seinen Weg zu zeichnen. Die Nadel lag vor mir, glänzend, wunderschön. Alles lag gut sichtbar: die vollen Kreise, die halbrunden, der grosse und der kleine Kreis, der Weg, unendlich offenbart.
Nun war die Umlaufzeit der Venus verewigt.

Unter meinem Dach war es einsam geworden. Ares war versprochen worden und hatte bereits einen Sohn, der ihr auf Schritt und Tritt folgte. Ihr Mann Era war in unsere Siedlung gezogen. Ich kann mich noch gut daran erinnern, es war an einem regnerischen Tag. Nicht allzu weit lag seine Siedlung, sein Vater hatte ihn zu uns geschickt, weil dieser vor vielen Jahren unsere Siedlung verliess, um eine Frau zu suchen. Nun war sein Sohn im Alter, um selbst eine Familie zu gründen. Und der Vater fand, er müsse seiner Heimat das zurückgeben, was ihr genommen wurde. Der junge Mann war grossgewachsen und trug seine Haare lang. Noch war sein Bart nur Flaum in seinem kantigen Gesicht. Doch wenn er vor einem stand, verbreitete er eine Haltung, die keinen Wiederspruch zuliess.
Ares wurde von seiner Erscheinung magisch angezogen. Es waren die folgenden Tage, an denen sich Ares anders als sonst bewegte, sie las dem Neuankömmling jeden Wunsch von den Lippen. Dieser war nicht abgeneigt, merkte bald, dass Ares ihn mochte. Ein fremder Mann war auch für die anderen Frauen begehrenswert. Am Ende eroberte jedoch Ares das Herz von Era.
Im Laufe der Zeit widersetzte sich Era immer häufiger meinen Anweisungen. Er stellte mich in Frage und verbrachte viel Zeit mit Maanut. Ares verliess mein Heim und richtete sich mit Era ein neues Zuhause ein.

Oft kam Ares zu mir, zusammen gingen wir noch vor Sonnenaufgang Kräuter sammeln und verbrachten gemeinsam die Zeit mit deren Verarbeitung. Maanut setzte sich widerwillig zu uns. Immer wieder beschwor ich ihn, wie wichtig es sei, die Kräuter und ihre Wirkungen zu kennen.

«Sie ist schuld, dass das Korn verfault! Seit Monden regnet es nur noch, die Götter hören ihre Stimme nicht! Statt zu den Göttern zu sprechen, sitzt sie schon seit Tagen in ihrer Hütte!»
Erst jetzt drangen die Worte zu mir. Es war Era, der sprach, und er war nicht allein, den Stimmen zufolge waren da noch mehr Männer, die vor meiner Hütte standen. Seit Tagen hatte ich mein Zuhause nicht mehr verlassen. Das Regenwetter kam mir gerade gelegen. Ich war voller Hingabe damit beschäftigt gewesen, die Nadel fertigzustellen und hatte gar nicht bemerkt, wie lange ich mich nicht hatte blicken lassen.
Das Korn? Ja, es war die Zeit, in der das Korn reif war. Ich hatte keine Bedenken, dass wir es nicht rechtzeitig ernten konnten. Was wagte der Jüngling, mir so entgegenzutreten!
Ich stand auf, öffnete die Tür.
«Durana, was sagen die Götter? Warum rufst du nicht die Gemeinschaft für das Ritual der Besänftigung? Es regnet seit Tagen, die Jungen, die heute beim Korn waren, sagen, es verfaule bald.»
«Geduld, noch nimmt die Erde das Wasser in sich auf.»
«Du musst die Götter milde stimmen!»
«Ich sage euch, es hat noch Zeit!»
«Wir kommen wieder, Durana, sollte der Regen nicht aufhören, bereiten wir das Ritual der Besänftigung vor!»
«Noch berufe ich die Zelebration ein!»

Mit diesen Worten schloss ich die Tür, und liess die Männer im Regen stehen.
Er wurde von Tag zu Tag stärker. Era streckte gierig die Hand nach der Macht aus. Er verstand es, die Siedler für seine Ideen zu begeistern und einzubinden.
Erst jetzt wurde mir bewusst, dass Ares schon seit Tagen nicht mehr bei mir war.
Ich war so mit der Fertigstellung der Nadel beschäftigt gewesen, dass ich jegliches Zeitgefühl verloren hatte.
Era, so schlau wie er war, hatte dies ausgenutzt.
Maanut, in der Zeit der Venus geboren, war jetzt ein richtiger und schöner Mann. Sein Gedächtnis war ausgezeichnet, er konnte all die ihm anvertrauten Geschichten Wort für Wort wiedergeben. In sich verbarg er einen grossen Schatz. Doch scheute er jegliche Entscheidung. Lieber liess er die anderen entscheiden und führte dann das aus, was ihm aufgetragen wurde. Seine Geschichten, seine Stimme, sein Gedächtnis, das war es, was Maanut ausmachte. All meine Bemühungen, ihn selber Entscheidungen treffen zu lassen, scheiterten. Irgendwie schaffte er es immer, die Verantwortung abzugeben. Würde er in naher Zukunft derjenige sein, der er sein musste?
«Maanut, es wird Zeit für die Einweihung der Bäume», sagte ich an diesem Abend.
Er senkte den Kopf. «Ich möchte, dass auch Era die Einweihung der Bäume empfängt.»
«Warum willst du deine Zukunft mit Era teilen?»
«Ich schaffe es nicht allein. Era kennt viele Antworten. Er ist mutig. Die Leute hören auf ihn. Ich bin nicht wie du, Durana, ich bin nicht wie Ambra. Ich habe mich entschlossen, mein Baumritual Era zu überlassen, zusammen mit Ares ist er das perfekte Oberhaupt. Ares kennt sie alle, die Kräuter, die Wurzeln, die Zei-

chen der Sterne. Era hört auf sie, er liebt Ares und braucht sie, um das zu werden, was er werden will. Ich bin nur ein Stolperstein in dieser Reihe.»
«Du überlässt deine Bestimmung Era?»
«Habe ich eine Wahl, Durana? Meine Bestimmung ist, mein Wissen zu erzählen, die Geschichten zu erzählen und nicht die Geschichten zu machen.»
Diesmal blickte ich zu Boden.
Maanut hatte recht in allem, was er sagte. Es war seine Entscheidung, das Baumritual einem anderen zu überlassen. Somit war auch meine Zukunft besiegelt. Doch davon ahnte Maanut nichts, als er diese Entscheidung traf.

(Wünschen, glauben und annehmen). Als ich meine Augen öffnete, fiel eine Sternschnuppe. Mein Wunsch flog in diesem Augenblick zum Himmel. Es ist wunderschön, etwas zu wünschen. Hat man einen Wunsch losgeschickt, muss man ihn ziehen lassen. Ich setze mich auf, griff nach meinem Knöchel und bewegte meinen Fuss. Der Schmerz war kaum mehr zu spüren. Ich stand langsam auf, balancierte von einem Fuss auf den andern.
Ich machte einige Schritte. Also weiter, ich ging nach rechts. Das Scheinwerferlicht, das die alte Kirche erhellte, erhellte nun auch meinen Weg. Ich folgte der Kirchenmauer und blieb vor dem Eisentor stehen.
Ein grosser Stein, gerade richtig, um sich hinzusetzen, befand sich an der Treppe, die zum Friedhof führte. Ich setzte mich hin und blickte in die Nacht.
Die Zivilisation hat auch in der Nacht ihren Reiz. Die vielen Lichter, die den Aufenthalt von Menschen verraten, schenken Geborgenheit.
Was die Menschen wohl in ihrem Zuhause tun?
Ob sie glücklich sind?

Menschen brauchen mehr Licht als Dunkelheit, sonst würden sie ja nicht in der Dunkelheit ein Licht anzünden. Menschen. Wenn mir jemand vor einer Woche erzählt hätte, ich würde viel Zeit allein verbringen und dabei rein gar nichts vermissen, dem hätte ich gesagt, dass könne nicht sein.
Ich hatte zuvor wenig Zeit allein verbracht. Immer und überall waren Menschen um mich gewesen. Menschen, die ich lieb oder weniger lieb hatte. Jetzt, als ich darüber nachdachte, war ich diese Woche zum ersten Mal wirklich allein gewesen. Mir fehlte nichts. Ich war mir selbst genug. Manchmal braucht es wenig Zeit, um zu einer Erkenntnis zu kommen. Das Gefühl, mit mir selbst zu sein, war heilsam. Ich spürte, wie meine Gefühle sich in diesen Tagen gewandelt hatten. Ich hatte Zeit gehabt, auf mich zu hören. Meine innere Sehnsucht hatte es geschafft, an die Oberfläche zu kommen. Nun wusste ich, was ich nächste Woche als Erstes tun würde.
Die Sterne konnten meine Augen leuchten sehen. Ich schaute zu ihnen hoch, das Alleinsein hatte mich reich beschenkt.
Beim Aufstehen bemerkte ich ein Schild mit einer Abbildung.
Ich griff in meine Jackentasche, nahm die Beschreibung zur Hand, suchte nach dem abgebildeten Symbol und las:

Quadratischer Stein vor dem Friedhofeingang mit eingraviertem Kreuz. Balken in Ost-West- (Sonnenaufgang an den Tagundnachtgleichen) und Nord-Süd-Richtung mit kleinen Schalen an den Balkenenden. Die kleine Rille in südwestlicher Richtung peilt die Schnittstelle am Horizont beim Piz Mundaun an, wo der Mond im Südextrem (alle 18 ⅔ Jahre) untergeht.

Ich schaute hoch und sah den Mond über dem Berg auf der anderen Talseite leuchten.
Wenn am Himmelszelt ein Zifferblatt wäre, dann hätten die Zeiger schon einige Umrundungen gemacht, bis ich mich wieder auf den Weg zurück zu Annas Haus machte.

So langsam und vorsichtig ich die Treppe hoch ging, es gelang mir nicht, die Stille zu bewahren. Die Stufen quietschten drauflos, hoch erfreut, Besuch anzukündigen.
Zum Glück machen sie es vergebens, denn kein Licht wurde im Haus angezündet. Ich schlich mich vorsichtig durch die Haustüre und sah die Turnschuhe von Giusep.
Endlich, dachte ich und schlief kurz darauf tief und fest ein.

6. Tag
Samstag

Die Sonne kitzelt mich.
Wie tief muss ich geschlafen haben, dass ich das Aufstehen von Giusep und Anna nicht gehört hatte. Rein gar nichts hatte ich gehört. Nicht mal geträumt hatte ich.
Schon Mittag? Heute war doch Samstag?
Zwei Mal im Monat arbeitete Anna samstags, das hatte sie mir erzählt. Ob heute dieser Samstag war? Oder ob Anna mit Giusep unterwegs war?
Die Wohnzimmertür stand weit offen, ich trat ein und auf dem Tisch stand ein Korb mit einem riesigen Wollknäuel und dicken Stricknadeln, die unzählige Maschen hielten. Ich wusste nicht, dass Anna strickte. Ich hatte nach meiner Schulzeit nur einmal einen Schal gestrickt und danach die Stricknadeln auf Nimmerwiedersehen entsorgt. Doch dieser Knäuel zog mich an. Weich war die Wolle, angenehm auf der Haut. Die gelbe, zart ins Rötliche gehende Farbe zog mich an. Ob ich das noch konnte?
Behutsam nahm ich die Nadeln zur Hand und machte einen zaghaften Versuch. Unten durch, Faden nehmen und zack fiel die Masche und der Faden war auf der Nadel. Ich hatte nichts verlernt, es schien so zu sein wie das Velofahren, es war irgendwie noch gespeichert in mir.
Meine Finger bewegten sich und meine Gedanken woben sich in den Schal. Der Faden meines Lebens war nicht zu Ende. Das Rad der Zeit drehte sich noch, die Wolle des Lebens stand bereit. Die Maschen nahmen meine Gedanken geduldig auf. Meine Erlebnisse, alles, was mir passiert war, strickte ich Masche für Masche in

den gelb-rötlichen Schal. Der Faden schmiegte sich um meinen Finger und alles verwob sich ineinander.
Ich muss lange am Tisch gesessen haben, in meinen Gedanken versunken, denn ich bemerkte nicht, dass Anna nach Hause kam. Nicht einmal die verräterische Treppe hatte ich gehört.
«Durana?» Erst als Anna sich zu mir bückte und mich leicht am Arm berührte, wurde ich aus meiner Strickgedankenmotorik erweckt.«Du strickst?
«Ich? Ach nein, eigentlich nicht, zumindest bis jetzt nicht.»
«Schön, diese Wolle, nicht wahr?»
«Wunderschön! Und so fein.»
Erst jetzt bemerkte ich, dass da eine Menge an Maschen in Reih und Glied gefallen waren.
«Schau nur Durana, er ist bald fertig!», sagte Anna und legte mir den Schal um den Hals.
«Das ist die perfekte Erinnerung an deine Zeit hier bei mir. Ich brauche ja gar keinen Schal mehr! Giusep wärmt mich, und das habe ich alles dir zu verdanken. Du hast mir Glück gebracht.» Ich strich über den Schal und freute mich über das Geschenk.

Es war Samstag, ein Tag wie so viele im Jahr. Doch für mich war es DER SAMSTAG, an dem ich begann, an meinem Lebensschal zu stricken.
«Anna, ich habe mich entschieden, ich werde eine neue Ausbildung beginnen.»
«Was hast du vor?»
«Du bist die Erste, die davon erfährt, falls es klappen sollte. Bis dahin behalte ich mein Geheimnis aber noch für mich.» Ich konnte die Enttäuschung in Annas Gesicht deutlich sehen. Dennoch, ich wollte mein Aufnahmeverfahren durchziehen, und erst wenn alles ganz sicher war, meine Berufswahl verkünden.
«Sag mal, wo warst du?», fragte ich.
«Ich? Ich war mit Giusep unterwegs.»
«Na?»

«Ich bin super happy! Danke Durana, dank dir sind wir zusammen. Weisst du, Giusep getraute sich so wenig wie ich, den ersten Schritt zu tun. Wir beide waren einsam verliebt!» «Das sah ja ein Blinder!» Wir mussten beide lachen und eine innige Umarmung folgte.
«So, was machen wir mit dem angebrochenen Tag?», fragte ich Anna.
«Ich finde, du solltest noch mehr vom Dorf sehen. Du hast ausser la Mutta rein gar nichts gesehen.» Ich habe einiges gesehen, dachte ich. «Okay, dann gehen wir mal in die andere Richtung und sehen, was dein Dorf noch zu bieten hat.»

Kaum aus dem Haus, hakten wir uns gegenseitig ein und marschierten die Strasse hoch.
Anna erzählte mir von ihrer Grossmutter, bei der sie aufgewachsen war. Anna hatte ihre Mutter nie gekannt, sie starb bei ihrer Geburt und nahm den Namen ihres Vaters mit ins Grab. Die Grossmutter führte einen unerbittlichen Kampf ums Sorgerecht ihrer Enkelin und bekam es nach unzähligen Behördengängen schliesslich auch zugesprochen.
Die Grossmutter muss eine starke Frau gewesen sein, denn es war nicht einfach als Frau in jener Zeit. Von ihr hatte Anna die Kunst des Strickens und Häkelns gelernt. Denn ihre Grossmutter verstand es, so Anna, das Nützliche mit dem Spielerischen zu verbinden. So waren die Alltagspflichten für Anna jeweils spielerisch eingebettet und die Arbeit, die zu verrichten war, wurde umgehend erledigt. Was mit dem Grossvater war, wollte ich wissen. Der sei, so Anna, beim Holzschlagen ums Leben gekommen, als junger, kräftiger Mann. Die Holzarbeit sei früher hart gewesen, das Fällen der Bäume immer mit Gefahren verbunden. Ein Baum fiel, der junge Mann rutschte aus und wurde vom Baum erschlagen.
Trauer, unendliche Trauer breitete sich über Annas Grossmutter aus, die damals eine junge Frau und schwanger war. Schwanger von Annas Mutter.

«Weisst du, dass die Luisa meiner Grossmutter beigestanden ist? Es war die erste Geburt, der Luisa in unserem Dorf beistand. Ihre Feuerprobe. Grossmutter hatte nur gute Worte für Luisa. Ab und zu gab es falsche Zungen, doch meine Grossmutter wies diese schnell zurecht. «Luisa ist eine weise Frau», pflegte meine Grossmutter zu sagen. Erst wenn ich heute darüber nachdenke, was das Leben dieser Frau bescherte, fällt mir auf, dass sie stets aufrecht ging. Ich habe meine Grossmutter immer aufrecht und stolz gehen sehen. Ob sie mit dem Eimer auf ihren Putztouren oder sonntags in die Kirche ging – ihr gerader Gang war stets derselbe.
Es waren die Totenglocken, die meine Grossmutter und Luisa jedes Mal zusammenführte.
Es waren diese beiden Frauen, die gerufen wurden, wenn jemand starb.
«Die Toten brauchen die Hilfe der Lebenden, ebenso wie die Neugeborenen die Hilfe der Lebenden benötigen», sagte meine Grossmutter, als ich sie fragte, wohin sie ging. Später einmal erzählte sie mir, dass sie zusammen mit Luisa den Toten die letzte Ehre erweise.

Wir waren schon eine ganze Weile gelaufen und hatten während unserer Unterhaltung die Umgebung gar nicht richtig wahrgenommen.
«Wollen wir uns ein wenig hinsetzen?»
«Gute Idee», fand Anna.
Am Strassenrand setzten wir uns ins Gras und schauten auf das Dorf. Von hier aus sah die Mutta anders aus, kleiner. «Was grübelst du?» «Er sieht so unscheinbar aus!» «Wer?» «Der Parc, Anna, er sieht von hier aus so unscheinbar aus.» «Er ist vor etwa 70 Jahren nach und nach wieder zum Leben erwacht, als ob er einen Dornröschenschlaf gemacht hätte. Fast alles wurde vergessen, verdrängt oder abgelöst durch neues Leben. Aufgrund der Forschungen und Ausgrabungen von Herrn Burkart auf der Kuppe der Mutta konnte eine Siedlung nachgewiesen werden. Diese Funde entsprechen der Bronzezeit, also etwa 1800–400 v. Chr.» Mir wurde eiskalt. «Unser wahrer Schatz ist der Fund einer Nadel. Eine Scheibennadel aus

Bronze, 83 cm lang und reich verziert.» Ich bekam kaum Luft. Die Nadel! **Es ist vollbracht, die letzten Deutungen sind nun in der Scheibe eingraviert – graviert, vollbracht…**
«He, Durana, ist dir schlecht? Du siehst wie ein Gespenst aus.»
Erst als Anna ihre Hand auf die meine legte, erholte sich mein Puls langsam.
«Gibt es noch andere Geschichten, die vom Parc erzählen?», wollte ich wissen.
«Man sagt, der Ort habe spezielle Kräfte. Zuletzt hat man Quellwasser am Rande der Mutta vermutet. Einige waren sich ganz sicher, dass eine besondere Quelle unter der Kuppel verborgen sei.» «Und?» «Es wurde abgestimmt im Dorf und danach eine Bohrung gemacht. Die erste Bohrung scheiterte, bei der zweiten wurde festgestellt, dass sich tatsächlich eine Quelle an diesem Ort befindet. Die Temperatur des Wassers wurde auf 12,4° gemessen. Auch wurden Untersuchungen gemacht, ob und wie viel vom Quellenwasser fliessen würde, wenn man es fassen würde. Leider waren die Werte zu niedrig, um es anzuzapfen. Obwohl man sagt, vor Urzeiten habe sich unten an der Mutta ein See befunden.
Heute erinnert nur noch der Name «Paliu,» was übersetzt so viel bedeutet wie Sumpf, an diese Aussage. Denn der Ortsname unten am Fusse der Mutta, wo der Sportplatz ist, heisst Paliu. Wir haben hier noch andere Ortsnamen, die Zeuge von der Vergangenheit sind, so z.B Mutta, was «Hügel, Kuppe bedeutet. Oder Giaus, Lavintgin, Terbetga. Alle diese Namen stehen für die Namen von Orten, ohne dass man ihnen eine bestimmte Deutung zuteilen kann. Ganz interessant ist der Name von der Terrasse, die sich südlich im Parc befindet: Plaun dil luf. Laut der mündlichen Überlieferung soll man an diesem Ort den letzten Wolf aus der Surselva gefangen haben. Das Fangnetz, das man dazu benutzte, bewahrte man viele Jahre im Turm der Sankt Remigiuskirche auf. Heute befindet er sich im Pfarrhaus und ist von vielen vergessen worden. Damals wurde der Fang wahrscheinlich als Heldentat betrachtet und gefei-

ert. Heute ist dies anders. Aber die Wölfe sind wieder da. Auch auf unseren Maiensässen hat man schon einen Wolf gesichtet. Manche behaupten, auf der Mutta sei die Zeit stehengeblieben. Ich selber glaube, dass dieser Ort einfach wunderschön ist. Mit oder ohne Geschichte.»
Es hatte keinen Sinn, Anna von meinen Erlebnissen zu berichten. Es würde mein Geheimnis bleiben.

Es dunkelte schon, als wir zu dritt am Tisch sassen und Raclette assen. Giusep und Anna wollten nach dem Essen unbedingt noch ins Kino. Mir war so gar nicht nach Kino. Lieber wollte ich die noch verbleibende Zeit an diesem wunderbaren Ort bis zuletzt auskosten. Morgen, morgen früh würde ich gehen. Aufbrechen, um neu durchzustarten. Die Vorfreude auf das Neue vermischte sich mit Gefühlen des Abschieds.
Die zwei Verliebten verabschiedeten sich und ich stand am Spülbecken und schrubbte die Käsereste von den Raclette-Pfännchen.

Der Sonntag machte seinem Namen keine Ehre, dichter Nebel bedeckte die Umgebung.
Meine Tasche stand gepackt auf dem Stuhl, und ich zog meine Blütenbettwäsche ab und faltete sie zusammen. Wie die Zeit vergeht, was die Zeit mit einem anstellen kann. Sie vermag einen anderen Menschen aus einem zu machen.
In der Küche hörte ich schon das Hantieren mit Geschirr.
Anna war keine Langschläferin. Sie liebte es, morgens früh aufzustehen. Man verpasst so viel im Schlaf, sagte sie, darum träumte sie auch nie, zumindest konnte sie sich am nächsten Morgen nie an Träume erinnern.

«Hallo und guten Morgen», strahlte die verliebte Anna mich an.
«Guten Morgen, Frühstücksfee.»
Zu zweit sassen wir am Tisch und strichen Butter und Holunderkonfitüre aufs Brot. Anna erzählte mir vom Kinobesuch und davon, dass sie vom Film nicht wirklich viel mitbekommen hatte. Das Lächeln auf ihrem Gesicht war seit jenem Abend nicht mehr wegzudenken.
Ich schaute auf die Uhr, mein Bus fuhr in einer Stunde.
«Anna, ich gehe noch schnell zur alten Kirche, bevor mein Bus fährt.»
«So früh willst du noch da hoch?»
«Ja, mich noch verabschieden und so.»
«Okay, willst du, dass ich dich begleite?»
«Nein, nein, nicht nötig, ich finde den Weg allein, du weisst ja, wo ich in den letzten Tagen war. Ich glaube, auf dich wartet jemand anders.»

Wir verabschiedeten uns mit einer innigen Umarmung und dem Versprechen, in Kontakt zu bleiben. Anna huschte die Treppe hoch zu ihrem Zimmer, in dem Giusep noch immer schlief. Ich drehte mich um und betrat die verräterische Treppe. Inzwischen war mir dieser Ton so vertraut, dass ich ihn sicherlich vermissen werde.

Tritt für Tritt verabschiedete sich die Treppe von mir.

Ich entschloss mich, den Parkplatz zu überqueren, ging den Pfad hinauf und zur Kirche hinab. Diesen schmalen, nicht markierten Weg hatte ich noch nicht entdeckt, also beschloss ich, diesen zu erkundigen. Rechts am Pfad entdeckte ich blühenden wilden Thymian. Man sagt, der Tymian sei das Tor zu den Ahnen. Ob das stimmt? Ich ging weiter und entdeckte nicht allzu weit entfernt einen Strauch Vergissmeinnicht. Augenblicklich kam mir Luisa in den Sinn und ich musste lachen. Dann sah ich das lachende Gesicht, es schien mich anzuziehen, ich ging näher heran. Es lachte mich an. Ich lächelte zurück, blickte auf und sah die Frau in Schwarz diesmal so nah wie noch nie. Ich erschrak nicht, sondern blickte direkt in ihre Augen, in dieselben tiefblaue Augen, so wie wenn ich in einen Spiegel schauen würde.

«Mögen sie Geschichten?», hörte ich noch und dann …

49 Jahre

Jetzt waren sie also da! So viele. Mein Traum war wahr geworden. Ich war nicht traurig darüber, eher erstaunt, dass ich sie vergessen hatte. Das Quellenwasser war so still, dass ich sie alle sehen konnte. Die tiefen unter meinen Augen, die feineren Linien am Kinn. Die Wangenknochen waren nicht mehr auszumachen, denn die Form meines Gesichts, das einmal schmal gewesen war, hatte sich mit den Jahren gewandelt. All

meine Geschichten – die erlebten, die gehörten, die erzählten – schienen sich in meinem Gesicht verewigt zu haben. Diesmal betrachtete ich die unzähligen Linien und Kerben als Dank an mein Leben. Vielen Bewohnern unserer Siedlung wurde diese Ehre nicht zuteil. So viele hatte ich auf das Totenfeld begleitet und sie in die Erde gebettet, damit sie ihre letzte Reise antreten konnten. Die Gesichter von Toten sehen anders aus als diejenigen von Lebenden. Sie schlafen nicht, sie wachen nicht, sie sind da und doch nicht anwesend. Ich zog meine Augenbrauen hoch, dabei wichen die Falten um meine Augen, wobei sich im gleichen Moment meine Stirn verzog und die wellenartigen Kerben so richtig zum Vorschein kamen.
Mein Mund wirkte durch die ins Fleisch gravierten Kerben grösser, die Lachfalten von einst hatten tiefen Furchen Platz gemacht. Zaghaft waren sie gekommen, dann wurden aus einzelnen ganze Strähnen, jetzt waren meine Haare weiss. Rechts und links von meinem Gesicht hingen sie nach unten, viel dünner als früher.
Es war der Tag der herbstlichen Tag- und Nachtgleiche, als Maanut das Ritual des Baumes mit Era teilte. Dass Era in diesem Zweiergespann der Strebsamere war, spielte er nach der Einweihung deutlich aus. Mir tat es weh, mitanzusehen, dass Maanut in Eras Schatten stand. Doch eines wusste ich: Auch stille Wasser sind tief, und Maanut war tiefgründiger als Era.
In den letzten Monden waren wenige Wanderer unterwegs. Der letzte von ihnen erzählte von Stämmen, die immer tiefer in die Wälder zogen, sie waren nicht mehr nur mit dem Tauschen und Handeln zufrieden. Sie wollten mehr. Immer gieriger wurden sie, wollten das ganze Land für sich. Ob dies der Grund war, dass so

wenige den Weg hierher fanden? Ich musste an meine Tochter, meine geliebte Aliets denken. Ob ihr Himmelszelt das gleiche war wie meines?
Der Wunsch, meine eigene Tochter noch einmal zu sehen, zerbrach fast mein Herz.
Das Augenblau im Wasser verschwand, und ein Frauengesicht schaute mich an. Die Züge, die Augen, es musste Aliets Gesicht sein.
Ich schloss meine Augen und öffnete sie kurz darauf wieder.
Das Wasser hatte nun alle Bilder verschluckt und formte gleichmässige Wellen. Das Aufstehen bereitete mir Mühe, die Geschmeidigkeit meiner Glieder liess zu wünschen übrig. Dennoch, ich hatte mich entschieden.

Es war tiefe Nacht, als ich in meiner Hütte, geschützt vor neugierigen Blicken, ein tiefes Loch in die Erde grub. Ich wickelte die Nadel in mein bestes Tuch und legte sie ins Loch. Dann sprach ich in alle Himmelsrichtungen das Gebet der Gerechtigkeit und deckte die Nadel mit Erde zu.
Es braucht gute Hände, um die Nadel zu schwingen. Wenn es denn sein soll, werden gute Hände sie finden, ansonsten ist es besser, wenn sie dort bleibt, wo ich sie jetzt hingelegt habe. Das goldschimmernde Amulett, das mir einst der Greis geschenkt hatte, legte ich behutsam in die Tonschale mit den Kräutern, die Ares heute früh eingesammelt hatte. Die Bernsteinperle sollte Ares gehören, obwohl sie nicht die Einweihung der Bäume hatte, wusste ich, dass sie es sein würde, die eines Tages die Fäden ziehen würde.

Es war nicht viel, was ich in meinen Beutel steckte. Aber es war viel, was ich in dieser Nacht verliess, und

es war noch mehr, was ich von meinem Weggehen erhoffte. Man kann weggehen mit dem Segen der anderen, man kann aber auch einfach verschwinden. Für mich stimmte das zweite. Es war keine Flucht, keine Angst vor dem Ungewissen. Es war meine letzte Hoffnung, meine Tochter zu sehen. Mein Verlangen war stärker als die Pflicht oder die Erwartungen, die an mir hingen. So stimmte es. Ich entschloss mich, durch das kleine Tor zu gehen. Das Tor, durch das das Kleinvieh getrieben wurde. Auf allen Vieren kroch ich hindurch. Als ich aufstand, spürte ich mit jedem Schritt, dass mein Herz leichter wurde.
Dicht war der Wald, und ich fand den Weg nicht. Intuitiv entschloss ich mich, Richtung Sonnenaufgang zu gehen. Büsche fingen sich in meiner Kleidung, rissen an ihr, es war mir, als ob diese Büsche Ares wären, die mich halten wollte. Sie war es, sie würde ich vermissen, doch ihr hatte ich alles gegeben, was mir möglich war.
Mein ganzes Leben hatte ich da verbracht, wo ich geboren wurde. Kannte jeden Stein und jeden Baum. Ich kannte die Orte, wo die Kräuter wuchsen, wo das Korn gedieh, das Quellenwasser aus der Erde quoll, wo wir die Toten betteten. Das alles wusste ich. Ich wusste jedoch nicht, wohin das Quellenwasser floss, ob es irgendwo noch andere Kräuter gab und ob an einem anderen Ort die Sterne an gleicher Stelle standen. Doch eins wusste ich: Ich hatte mich für das Richtige entschieden.
Es war eine magische Zeit, in die ich ging. Die Zeit dazwischen. In dieser Zeit kann man sie hören, die Seelen der Bäume. Meine Ohren hatten in den letzten Jahren Gehör gefunden für diese Sprache. Ich war nicht gewohnt, unwegsame Wege zu gehen. Die Jahre

hatten an meinem Körper gezerrt. Langsam kam ich vorwärts, obwohl ich in Gedanken schon meilenweit war.

Als es zu regnen begann, suchte ich unter einem Stein Zuflucht, in dessen Nähe ein Holunderbaum wuchs. Die Erschöpfung packte mich, und bald fiel ich in einen tiefen Schlaf. Eine seltsame Tür tat sich auf, in meinem Traum kamen die Wurzeln des Holunders, die ich schon einmal gespürt hatte bei meiner Einweihung der Bäume, und packten mich. Sie zogen an mir, wollten mich mitreissen in das unterirdische Reich der Erdgöttin. Fast hätte ich sie gesehen, doch meine Sehnsucht, noch einmal Aliets zu sehen, war stärker als das Antlitz der Erdgöttin. Die Umklammerung der Wurzeln wechselte zu einer Liebkosung und die Blätter sangen das Lied:

Es ist bereit

Das Leben ist
eine Liebkosung des Windes
mal zart
mal stürmisch

Und ist es windstill
dein Herz bereit
dann fällt das Blatt
und nimmt die Seele mit

Das Leben ist
ein Hauch der Ewigkeit
mal beschützend
mal ausgeliefert

Und ist es windstill
dein Herz bereit
dann fällt das Blatt
und nimmt die Seele mit

Das Leben ist
ein Segen der Zeit
mal glücklich
mal traurig

Und ist es windstill
dein Herz bereit
dann fällt das Blatt
und nimmt die Seele mit

«Frau!», hörte ich eine vertraute Stimme. «Frau, wer bist du?»
Ich muss lange geschlafen haben, denn es hatte aufgehört zu regnen. Die Sonne schien und blendete meine Augen, als ich sie öffnen wollte.
«Mutter, die Frau erwacht!»
Ein Schatten näherte sich und stand der Sonne im Weg, sodass ich meine Augen öffnen konnte. Ein Mädchen kniete neben mir, keine zwei Arme weiter stand eine Frau. Ich kannte sie, es war meine Aliets!
«Aliets?»
«Woher kennst du meinen Namen?», fragte die Frau und bückte sich zu mir herunter. Ich schaute ihr in die Augen, es war meine Tochter, meine Aliets! Ich war so schwach, dass ich kaum sprechen konnte.
«Meine Tochter, meine geliebte Aliets.»
«Mutter !»

Upps, hatte das Steingesicht mir eben zugezwinkert? Wo war die Frau in Schwarz?
In der Luft lag Holunderduft. Ich schaute mich um. Ein Blick auf die Uhr verriet mir, dass ich noch Zeit hatte. Das Gefühlskarussell der letzten Tage hatte nun seinen Höhepunkt erreicht. Gefühle sind nicht sichtbar, sie machen dennoch mit jedem, was sie wollen.
Ich kehrte dem lachenden Gesicht den Rücken und lief Richtung Kirche. Mit jedem Schritt wuchs die Erleichterung in mir, denn eines wusste ich, dieser Ort hatte mich reich beschenkt.
In meinen Gedanken versunken, ging ich an der Kirchenmauer vorbei zur Baumallee.
«Durana!»
Ich blickte zurück. Auf der Steintreppe, die zum Friedhofseingang führte, stand sie, in der Hand trug sie etwas Schweres, es war aber nicht die rote Giesskanne.
«Durana, ich habe hier auf dich gewartet.»
Mit diesen Worten reichte sie mir einen Koffer. Das braune Leder war durch die Jahre weich geworden. Unzählige Linien durchzogen es. Die Riemen, die den Kofferinhalt zusammenhielten, wurden mit zwei Schnallen befestigt.
«Du hast die richtige Entscheidung getroffen. Es ist eine Berufung, diesen Beruf zu wählen, und du hast diesen Ruf gehört.» Ich muss Luisa fassungslos angestarrt haben, denn ein Lächeln huschte ihr über die Lippen, als sie sagte:
«Nun geh zu den Lebenden, zum kommenden Leben, ich gehe jetzt zu meinen Toten.»
«Danke.» Etwas anderes brachte ich nicht über die Lippen.
Ich drehte mich um und ging durch die Baumallee.
Mir war, als ob die Bäume selbst ein Tor der Zeit wären.
Kurze Zeit später stieg ich ins Postauto.
Im Handgepäck den Hebammenkoffer.

Quellenangaben

Cudisch Falera: La historia dil svilup d'in vitg grischun muntagnard
Ignaz Cathomen
Isidor Winzap

Die Megalithe der Surselva Graubünden
Ulrich und Greti Buchi

Vom richtigen Zeitpunkt
Die Anwendung des Mondkalenders im täglichen Leben
Johanna Paungger, Thomas Poppe

Flyer Parc la Mutta Falera
www.parclamutta.falera.net

ENTWURZELT

Im Niemandsland gefangen
Das Innere nach aussen gekehrt
geheimnisvolle Wurzel-Adern
unzählige dem Nichts ausgeliefert

Suchend
Entblösst
Wertlos

Würzig noch liegt in der Luft
der Duft der Erde
den Halt vermag nur sie allein

Leben
Frucht
und Schutz

Wuchtig
stark und kräftig
zog der Seelenwind
schloss die Wege
riss die Tannen
um das Sonnenlicht zu sehen

Wärme braucht der Ort
Schatten, Schmerz
geschluckt

Um des Vergessens willen
wird alles wiederkehrend
geschrieben
immer
immer wieder

Noch haften an den Wurzeln
an Dunkelheit erinnernd
Suchende

Doch Licht
das Licht
braucht
dieser Ort

Um Herzen
zu berühren

Mutta Falera 2014

RAGISCHAU

Ragischs, aveinas
nundumbreivlas
zanistradas, misteriusas
exponidas
serradas el nuot

niuas
enqueran valeta

Aunc ei ell'aria
il fried da tiara
ch'ei tegn
ei veta
fretg
schurmetg

Ferm, furius
buffa drastic
l'olma dil vent
siara vias
scarpa pègns
per il sulegl veser

Glisch drova uss la tiara
dolur schi bia ha laguttiu

Per regurdar
vegn tut scriviu
scriviu da niev
adina

Aunc rent'il stgir
vid las ragischs
regorda
als encuriders

Mo glisch
la glisch
drova quei liug

per ils cors
muentar

Mutta Falera 2014

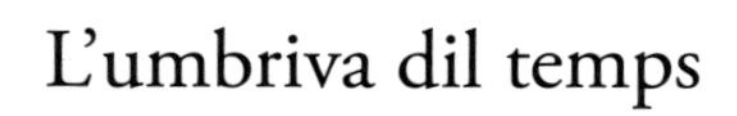

L’umbriva dil temps

Edition Somedia
Cumposiziun e stampa: Somedia Production AG Glaruna/Cuera
www.somedia-buchverlag.ch
info.buchverlag@somedia.ch

ISBN 978-3-906064-86-4

Printed in Switzerland

L'UMBRIVA DIL TEMPS

Paula Casutt-Vincenz

Roman

A mes cars

Paula Casutt-Vincenz, ei naschida igl onn 1968 a Breil e viva ussa cun sia famiglia a Falera.
Ensemen cul pictur-artist Guido I. Tomaschett ha ella publicau igl onn 2005 il cudisch da poesias «Muments/Augenblicke».
Ella ha frequentau cuors da scriver texts litterars alla Scola per Linguistica Applicada.
«Der Wandel der Zeit/L'umbriva dil temps» ei siu emprem roman.

Engraziel

In grond engraziament per il sustegn finanzial per saver realisar quei cudisch:

Casutt Immobilien Falera
SWISSLOS/Promoziun da la cultura, Cantun Grischun
Vischnaunca Falera
Vischnaunca burgheisa Falera
Fundaziun Anton Cadonau pil romontsch en Surselva
Quarta Lingua
Flims Laax Falera Management AG
Lia Rumantscha

In cordial engraziament a Martin Weiss, Florentina Camartin ed ad Ignaz Cathomen per la lectura da miu manuscript ed ils custeivels cusegls.

Al Museum Retic a Cuera che ha mess a disposiziun la fotografia dalla guila originala ch'ei vegnida anflada sin la Muotta per crear la cuviarta.
Sco era alla cumissiun Parc la Mutta che ha surschau a mi ils maletgs culs simbols.

Engraziel da cor a mia familia ed a tuts che han susteniu mei e quei cudisch sin ina moda ni l'autra.

Lectorat: Lia Rumantscha

1. di Gliendisdis

Ei il mund gagls?
A mi para ei ch'el seigi dapi jamnas mo pli grischs, fats, semplamein trests.
«Has buca gust da visitar mei? Quei fagess vegnir tei sin auters patratgs.»

Aschia veva Anna fatg amogna a mi da vegnir si tier ella enzacons dis. Nus vevan empriu d'enconuscher ina l'autra en ina WG a Turitg ed eran daventadas bunas amitgas. Notgs en e notgs ora vevan nus discussiunau sur da tut e nuot. Sur dils giuvens, il pign e tschec Marc. Ni sur da quel da rollas che mava la damaun cul medem tram e tschaghignava enqualga. Mo il pli savens e bugen discurrevan nus sur da nossa «posta plumatsch». Nus vevan fatg per disa da tschentar ina a l'autra damondas che fatschentavan nus. Quellas vegnevan screttas sin pupi e deponidas sil plumatsch ina a l'autra. Quei era la materia per discuors profunds ed intims. Uras ed uras discutavan nus, schebein ei detti ina pussonza pli gronda. Sch'igl univers seigi limitaus, nua che las olmas tscherchien suttetg, tgei che in'olma seigi e sche quella sappi exister era senza tgierp? In auter tema frequent era co il carstgaun patratgi, co el hagi patertgau, co il patertgar sez seigi sesviluppaus. Ed adina deva ei aunc in pertgei e daco. Nundumbreivlas damondas: Tgei fuss, sche …?

Nus s'imaginavan che nos vegls egos hagien gia fatg da tuttas sorts aventuras e che nus vegnîen aunc a dumignar quei che seigi destinau per nus. In onn era ella ussa naven. Ed ella muncava, quei mument pli fetg che zacu.

L'aventura VETA – e nus bi amiez.
Anna veva survegniu l'offerta da turnar en siu vitg nativ e luvrar leu el biro da turissem. Gnanc in batterdegl ha ella ponderau. Jeu sun restada anavos ed ella combra dad Anna ei Luc secasaus.

«Jeu vegnel e mirel, nua che ti eis secasada», scrivel jeu in SMS ad Anna. «Prima, la combra ei semtgada, selegrel sin tei e strocla.»

Miu mund ei grischs, ed jeu sesel en in auto da posta mellen.
Ina nebla enzuglia tut e la via ei strusch da veser.
Jeu hai priu plaz davontier egl auto da posta.
Il chauffeur sepusa anavon, per veser meglier. Era jeu sun cumpleinamein concentrada da veser mo in stel da quei che sparta nus dil veider. Tuttenina sco ord il nuot, stattan treis tscharvas a mesa via.
Il chauffeur vegn gest aunc da frenar.
«Huora saich!», excloma el, e gia ei tut vargau. Hai jeu viu endretg? Tscharvas a mesa via?
Jeu mirel vi sil chauffeur, mo lez mira agradora sco sch'ei fuss capitau lidinuot. Ussa vesel jeu da vart seniastra ina gronda tabla sper in carpun:

«Cordial beinvegni a Falera.»

Cura ch'igl auto da posta seferma, vesel jeu l'Anna, ella spetga mei.
«Hallo Durana, cara, co ei tiu viadi staus?»
«Dètg pulits.»
La strocla dad Anna ei sco in manti cauld per mi'olma.
«Ussa neu, jeu stun buca lunsch naven.»

Anna ha priu liber per mei quei avonmiezdi.
Ella ha artau la casa da sia tatta. La scala che meina all'entrada ei veglia e da lenn. Cun mintga pass scruschan ils scalems. La clavcasa para aunc pli veglia che la scala. Siu tgau ha in bi ornament ed ina liunga barba.

«Schia, quei ei ussa miu dacasa», di Anna e lai dar mia valischa amiez il zuler giun plaun. «Neu, jeu muossel a ti inaga tut, per che ti sesenties bein.»
Jeu suondel ella ed hai il sentiment d'entrar en in auter temps.
Anna ha pil pli schau tut aschia sco quei ch'ei era, cura ch'ella era aunc ina mattatscha e gia lu era tut da pli baul.
Las sutgas veglias, il maletg digl aunghel pertgirader che stenda ses mauns sur dus affons che van sur ina punt vi. Il ruog da cheramica sper il begl da selavar d'antruras sin camoda. Leu ils pesanca candalabers da zinn.
Sulettamein l'entira paletta da teilas ell'entira casa ha Anna remplazzau cun teilas e colurs modernas.
Ils umbrivals fan pareta en ina colur da crosa ed il teppi dalla stiva ei gross e cotschens.
«Quei ei tia combra.» Cun quels plaids entra Anna en ina pintga stanza gest sper la stiva. In letg, ina sutga, ina meisa, quei ei tut il mobiliar. Il letg cun spundas aultas ed in tapet e plumatsch en teigias da mellis e mellis calamandrins fan beinvegni a mi. Ei freda bein e frestg.
«Engraziel fetg, Anna! He, Anna, di inaga, has ti buca televisiun?»
«Tgei tratgas, jeu hai era internet e tut il pipapo, mo jeu hai disloccau tut in'alzada plinensi, aschia sun jeu buca permanentamein en empruament da sfarlatar miu temps cun apparats!»
Tipic Anna, veramein adina en moviment per gie buca munchentar enzatgei.
«Has fom?»
«E co!»
Pér ussa fetsch jeu persenn co miu magun dat sinzur. Dapi oz endamaun hai jeu magliau nuot ed ussa hai jeu fomaz.
«Suentermiezdi sas ti visitar nies juvel ed ir alla tscherca da temps passai.»
«Atgnamein level jeu leger …»
«Paperlapap, leger sas lu giu Turitg. Mira, jeu muossel a ti la via. Quei vegn a plascher a ti, senza dubi.»
Schenadamein emprova il sulegl da dar damogn allas neblas.

Per quei temps eis ei bia memia freid. Igl unviern vargau ei staus migeivels ed ussa fa la primavera vendetga ed in vent criu e freid buffa tras la cuntrada. Anna meina mei tier in grond parcadi all'entschatta dil vitg e muossa sin ina spunda cun carpuns. Sisum ei ina biala baselgia veglia ch'ei circumdada dad in mir da crappa.
«Quei ei il Parc la Mutta! In liug prehistoric da cult.» Cun quels plaids surdat Anna a mi ina broschura.
«Cheu stat scret dapli e questa sera raquentas lu, ok? Jeu stoi uss ir a luvrar, tochen zera.» E naven eis ella.
Empau sco empustada senza saver il daco e pertgei sun jeu agl ur dil parcadi e mirel entuorn.
Dalla spunda si meina ina senda. Schegie ch'jeu sun aunc mai stada cheu, mai viu ni udiu enzatgei da quei liug, sesentel jeu gia naven digl emprem mument bein. Cun in bien sentiment traversel jeu il parcadi e mon dalla senda si viers il mir dalla baselgia veglia.
In liug cun ina bellezia survesta!
In stel sut il mir da l'auter maun ei in baun. El ei occupaus. Ina dunna veglia, zaclina sesa sigl ur.
«Eis ei aunc liber cheu?»
Negina risposta.
«Perdunei, astgel jeu seser?»
Negina risposta.

Jeu sesel tuttina e mirel giu ella vallada. Vias traversan las spundas aval, seuneschan e meinan atras la Surselva; autos, casas, grondas e pintgas, ina biala mischeida, planiras, praus, èrs, contemplond tut quei survegn jeu in sentiment dad uorden. Bein veseivels ils cunfins per distinguer denter tiu e miu.
«Teidlas ti bugen historias?»
Ina vusch loma interrumpa mes patratgs, jeu mirel silla veglietta culs cavels grischs, directamein en ses egls stgir-blaus.
E quels egls train mei, ligian mei, tschetschan si mei …
Aunc rebatta la vusch en miu tgau.
Neu Durana, neu … neu …

Siat onns

Dalunsch vuschs. In fried emperneivel, jeu vi suandar el, ei freda da flurs, da stad!
Danunder vegnan las vuschs? Tuttenina vegn jeu prida pil maun ed ina vusch scutina:
«Neu, igl ei neras uras, gleiti entscheiva il ritual.»
Ei era miu bab che ha priu mei pil maun e menau sil plaz.
Tuts ein seradunai entuorn ils megalits, ina tensiun ei ell'aria. Agitadamein discuoran tuts in denter gl'auter. In vegliuord grond cun in manti alv excloma cun ferma vusch:

«Ditg ha il dieus dil sulegl spitgau sin quei mument. Finalmein ha la dieua dalla glina udiu il clom! Tertgava ella ch'ella seigi la suletta al firmament, ei era denter stgir e clar ch'ella ha udiu il cant dil dieus dil sulegl. Dubis ein naschi quella alva dil di. Ed il cant era aschi carins che sentiments d'amur ein sesvegliai en ella. Aschia ei la glina semessa sin via per tschercar il sulegl. Nus astgein esser perdetga da quella sentupada d'amur.»

Buca sulettamein il raquent dil vegliuord ha ladinamein tschentau ina quietezia sur tuts, na, igl ei bein era la forza da perschuader ch'il vegl dils vegls posseda, e sia sabientscha da leger ellas steilas eveniments dil futur.
Sco igl ei disa tier mintga ritual aulza el la guila encunter tschiel ed excloma:

«Seigies attents, prest succeda la reuniun da glina e sulegl.»

La guila entscheiva a tremblar, quella guila da bronz cun siu bi tgau plat ed il moni liung che finescha en péz.
Aunc tarlischa ella ella glisch dil sulegl.

Jeu sun Durana ed hai 7 onns.
Schegie ch'il vegl dils vegls veva profetisau che suenter il stgir tuorni il clar, crein ils Muottans buc ad el. Co sa ei esser ch'ei daventa da bi clar di stgirenta notg? Ils dieus ston esser vilai! Ils carstgauns teman la fin dils dis! Il vegliuord ha empruau da quietar, mo strusch enzatgi che sa crer. Jeu hai gnanc in soli dubi. Ed jeu admirel Ambra. Ambra ei la scolara dil vegl. El ha confidau ad ella ils misteris dallas steilas. Ha cumandau ad ella da serrar ils egls per suenter arver els directamein ella glisch dil sulegl.
Stgiradetgna – clarezia – quellas duas caussas s'audan ensemen. Aschia ha il vegl declarau ad Ambra. Cun quella experienza ha ella encurschiu la muntada. Cun mintga caschun enquerel jeu la vischinonza dad Ambra. Ses egls ein empleni da sabientscha ed ils mauns da buontad e carezia.
Plaun a plaun fuorman ils Muottans ina processiun. Ambra entscheiva culla canzun dil carpun e cuort suenter resuna in chor da vuschs unidas.
Forza magica!
Igl ei il di dil temps da midada. Mintgamai tier il refrain aulza l'entira processiun la bratscha encunter tschiel. Il mument ch'il sulegl betscha la glina ein tut ils tuns lagutti.
Il sulegl neghenta ella carezia dalla glina e cura che Ambra aulza l'egliada per esser perdetga da quei che succeda, ughegian era ils auters d'alzar il tgau.
Con ditg ha ei cuzzau?

Per mei ina perpetnadad, pils auters forsa mo in batterdegl, tochen ch'ils radis han finalmein cuchegiau davos la glina neu e regalau lur glisch al mund.
Gest en quei mument croda la guila orda maun al vegliuord e directamein avon ils peis ad Ambra.
Il vegliuord dat ensemen.
Ed il mument, cura ch'il sulegl banduna la glina reflectescha mia fatscha sil tgau dalla guila.

Glisch, sulegl
steila per steila
di e notg
vegn e va
va e vegn
la damaun
da miezdi
la sera

la notg
raquenta

quei che stat scret
al firmament.

Il mument che la guila croda, sil pugn da mort, ha il vegliuord tschentau il tierm per sia successura.
Ambra, dapi onns sia scolara. Sco mattatscha da 7 onns veva il druid entschiet ad instruir la pintga ed ella ei daventada sco in'umbriva dil vegl.
Tut ils raquents tschitschava la pintga si. Prest ei il vegl s'encurschius che Ambra ei bia dapli che mo ina scolara.
Ambra ei naschida per sezza derasar sia savida. Schibein sco Ambra ei scolara, schibein ei ella era meistra.

In'olma veglia ha priu avdonza en ella, il vegl ha encurschiu quei ed igl ei siu pensum da sustener e dar vinavon tut la savida ch'el posseda per che Ambra damogni il futur e sappi in di sezza dar vinavon il scazi dalla sabientscha.
Era per mei dat ei quei di ina midada. Igl ei il di ch'jeu daventel la scolara dad Ambra, la druida. Las rollas dalla veta ein semper las medemas, sulettamein ils acturs midan.

«Igl ei uras.»
Quels plaids leventan mei. Sun jeu sedurmentada? Hai jeu semiau? E tuttina: Ambra …, la guila …, la stgiraglia …, jeu sun segira che … ah tgei!
Jeu emprovel da scurlar naven tuts patratgs e vesel mo aunc co la veglietta va da via giu.
Jeu mirel aval. Aunc adina curseschan autos e da l'autra vart dil Rein va il tren encunter Glion. Nebla sefuorma dalla val siado e laguota casas, autos, tren e cuntrada. Siemis curios, ni ha quella veglietta raquintau a mi quella historia?
Mia egliada croda sil prospect che Anna veva dau a mi.

> *Parc la Mutta, liug da cult megalitic*
> Ina fatscha rienta.
> *Misteris, matematica e grond panorama.*

Profundada ella lectura sescarpetschel sur in crap. Gest dasperas ina tabla cun in simbol. Ina mesaglina. Jeu stoi dumandar Anna tgei muntada che quella ha.

«Hallo, jeu sun cheu.»
Quei ei la vusch clara dad Anna.
Gia d'uriala sun jeu en cuschina ed hai fatg tscheina.

«Mhmmm, cheu freda ei bein, spaghettis, nos spaghettis dalla WG! Fenomenal, quels han muncau a mi! Raquenta, co eis ei stau el parc?»
«Atgnamein sun jeu buca vegnida lunsch, mo tochen tier in baun. Leu seseva gia ina dunna veglia e quella ha raquintau a mi ina historia. Enzatgei aschia, ella ha raquintau a moda aschi reala, nundetg, e lu tuttenina eis ella levada si ed ida. Suenter sun bunamein scarpitschada sur in crap e dasperas era ina tabla cun quei simbol.»
Jeu tegnel vi il prospect e muossel il simbol ad Anna.

«Ti manegias il crap cul paliet lunar? En differents loghens ein ils plazs impurtonts marcai cun quellas tablas. Cheu sas leger tgei che quei simbol munta:»

> *Crap cul paliet lunar. Il paliet sin in artg stendiu cun ina scalutta en fuorma da glina davontier visescha cun siu azimut da 157° e siu anghel da pendenza da 16° quei punct el tschiel sur il Péz Fess, nua che ha giu liug ils 25 da december digl onn 1089 avon Cristus allas 10.17 ina stgiradetgna dil sulegl da rodund 96 pertschien.*

La moda e maniera co Anna raquenta san ins cumparegliar cun ina spina d'aua aviarta.

«Nies parc ei plein misteris, dapertut anflas ti perdetgas da temps vargai e forsa aunc caussas ch'ein buca scuvridas.
Mo Durana, tut quei ei segiramein buc aschi interessant sco quei che ti has da raquintar a mi. Neu ora cul marmugn, tgei ei capitau a Turitg, dapi ch'jeu sun turnada si cheu?»
Ina furada en miu cor, e tuttina emprovel jeu da zuppentar miu mal.
«Ah, Anna, ei dat buca bia da raquintar. S'inamurada senza tgau, tschocca per tut e lu dada sil nas sco mai! Ed ussa – emblidar, nuot pli bugen che emblidar aschi spert sco mo pusseivel.»

«Hopla, quei ei ussa aber stau cuort e bien!»
«Tut quei ch'ei capitau vala gnanc in soli patratg. E quei ch'ins sa buca midar, duess ins schar star! Tier tut il mal il cor ha aunc ina profunda malcuntentientscha en mia plazza da lavur en in biro grond tschitschau a mi tuttas forzas. Miu profund desideri da luvrar in di cun carstgauns lai buca ruaus a mi. Il mument sun jeu aschi bloccada e sesel di per di avon in PC. E tuttina pondereschel jeu d'entscheiver ina nova scolaziun en in spital.»

Igl ei gliendisdis, jeu hai bugen ils gliendisdis. Gliendisdis ein dis da metter en moviment caussas. Veser, far, rugalar. Sposta nuot che ti sas far immediat. Tenor quei motto sedestadavel jeu ils gliendisdis. Igl ei stau in gliendisdis che Anna ei vegnida endamen a mi.

«Seregordas aunc da nies viadi a Londra?»
«Gie, miu emprem grond viadi, co jeu hai gudiu las lavinas da glieud. Aschi bia glieud vevel jeu aunc mai viu.»
«Era a mi ha ei plaschiu ed jeu hai laguttiu tuttas impressiuns minuziusamein.»
«Fotografias havein nus fatg en loghens aschi differents. Cura ch'jeu hai fatg uorden cun mes cudischs, ei ina roscha da quellas fotografias vegnidas a mi enta maun. Lu las brevs, nies giug cullas damondas che han dau a nus ton da raquintar. A mi maunca quei temps, nossa posta plumatsch, e ti.»
«Super che ti eis s'annunziada, jeu hai grond plascher che ti eis ussa cheu.
Ti sas star aschi ditg sco ti vul, plaz ha ei detgavunda. In viva sin nus!»
La butteglia vin ei a fin e nus mein a letg.
L'auter di sto Anna puspei ir a luvrar. Ed era jeu hai in plan, mo da quel hai jeu raquintau nuot ad ella.

2. di Mardis

Quella notg hai jeu strusch durmiu. Traso hai jeu mirau sill'ura e tertgau ch'il temps stetti eri. Carstgauns ch'ein la notg allerta han bia temps, quels che dorman han negin temps, pertgei tuttenina eis ei damaun. Jeu hai giu temps l'entira notg e tuttina hai jeu schau passar las uras senza nezegiar ellas. Ussa eis ei damaun ed jeu hai fomaz e gust da caffè. Anna dorma aunc, duront ch'jeu seschluetel en cuschina per far ensolver. Inaga vevel jeu empruau da reducir miu diember da caffès. Dus dis ei quei gartegiau, mo lu hai jeu dau si mia idea da daventar ina tatta da te. Empau trumpada da memezza, mo cun in sentiment da liberaziun hai jeu aviert la porta dil rumien e bandischau tut ils sitgets da te lien. Quei ei stau il mument ch'jeu hai mussau colur.
La cuschina dad Anna para d'exister senza caffè. Dapertut mo cuppas cun jarvas e sitgets da te, negin fried da fava da caffè che vegn mulada e turschada ad in liquid delizius.
«Enqueras ti caffè?»
Anna cumpara alla sava digl esch.
«Gie, di a mi che ti hagies zanua caffè en tut quellas cuppas.»
Anna entra, va vi tier la scaffa liunga, pren ora ina cuppa quadra cun ina siara da metal e cun ina menada cun siu polisch sesarva la cuppa veglia e l'odur da caffè sederasa en cuschina. Miu di ei spindraus.
Vesend mia reacziun sto Anna rir.
«Siara igl esch, cura che ti vas orda casa, e metta la clav ellas flurs sin sem-finiastra», cloma Anna aunc avon ch'igl esch-casa crodi ella siara. Profundada en patratgs sesel jeu aunc in'uriala davos meisa, avon ch'jeu sedecidel dad ir el parc.

Igl ei freid quella damaun ed jeu sun leda d'haver priu mia giacca cun mei. Jeu sun segira dad esser la damaun beinmarvegl l'emprema che spassegia el parc. Senza mirar ni dretg ni seniester mondel directamein en direcziun baselgia veglia.
Ier ei stau in di nibliu, trest e misterius. Oz para tut empau pli honzeli. Strusch ch'jeu hai contonschiu ils emprems menhirs, daventan mes pass pli plauns. Jeu sentel il terren suttapeis, mes pass vegnan aunc pli plauns, miu flad cuorts. Quei ei segir la buna aria fina tratgel jeu e mon vinavon. Finalmein contonschel jeu il mir dalla baselgia e sedecidel lu dad ir seniester dalla senda vi. Duas meisas ed ina fueina envidan da star, mo mei trai ei dad ir vinavon, vargar il santeri, viaden egl uaul e dalla spunda si. Si leu ei enzatgei. Quetel da veser enzatgei, mirel aunc ina ga, vesel nuot. Mi'egliada va anavos e lu vesel ina tscharva a traversar il trutg. Mirond puspei anavon vesel jeu la dunna veglia. Ella stat amiez la senda.
Ses egls blaus fixeschan mei, train mei ad in trer.

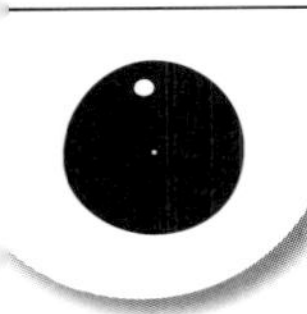

14 onns

«Durana, Durana!» Tratga ord mes siemis mirel jeu els egls verds dad Ambra.
Quellas damauns avon ch'ei fa dis, sin nos viadis per encurir las jarvas, quels muments sun jeu en in auter mund. Las undas dallas jarvas ein aschi finas ch'ei basegna mia entira attenziun per sentir lur effect.
«Nua eis stada? Gia d'uriala enquerel jeu tei! Neu dabot! Il temps s'avonza, las ragischs e las jarvas ston vegnir raccoltadas avon ch'ils radis dil sulegl tuchien ellas!»
Jeu prendel mia canastra e suondel Ambra, mia patruna. Sch'ei va per caussas impurtontas, sco per exempel rimnar jarvas e ragischs, ei Ambra plein pazienzia. Adina puspei repeta ella il num da mintga jarva, plonta e

ragisch e conta leutier il cant da laud alla mumma tiara. Lu declara ella detagliadamein igl effect da mintgina e malegia sin mia palmamaun la contura da quella.

Igl ei ina primavera freida, pli freida che usitau. Era ils vegls dils vegls san buca seregurdar ch'ei havess dau ina primavera aschi freida. Las jarvas desideradas ein grevas d'anflar e per part gnanc flureschan ellas aunc. Igl ei buca l'emprema ga ch'jeu passentel la damaun avon ch'ei fetschi dis el liber. Schegie che quei agir fascinescha mei, hai jeu era ina certa tema. La damaun denter stgir e clar, avon ch'ils radis dil sulegl leventan la veta sin tiara, aschia hai jeu udiu en bia historias, van ils dieus a spass e springian puorla sontga sur las jarvas. Per quei motiv ston las jarvas vegnir raccoltadas aunc avon ch'il sulegl levi. E gie, ins duessi sepertgirar da mirar els egls als dieus, pertgei lu vegnien ins laguttius cun pial ed ossa el nuot e vegni ad esser svanius per adina. E da quei hai jeu tema. Negin en nossa culegna enconuscha enzatgi che fuss vegnius laguttius. Mo il vegliuord ch'ei arrivaus tier nus avon treis rudials enconuscha enzatgi. En scadin cass ha el raquintau a mi quei las notgs liungas dil temps freid.
Il vegliuord ei in meister da raquintar historias.
Jeu sai aunc seregurdar bein da nossa emprema sentupada. In di da plievgia splunta ei senza cal alla porta dado. Cura ch'ils umens van ed arvan la porta, stat avon quella in vegliuord. Sia vestgadira penda tut rutta vida siu tgierp. La tastga ch'el ha entuorn sia schuiala tradescha denton in curom niebel. Ses cavels alvs ein aschi liungs sco sia barba che penda tochen giu sil venter.
Palesass la lunghezia d'ina barba ils onns, lu fuss quei um pli vegls che tut ils vegls da nos vegls. Ses peis dat-

tan perdetga da liungs viadis e las unglas ein neras sco cotgla. El va sepusond vid in fest e mira giun plaun. Vesend quella cumparsa vegnan ils plaids dad Ambra endamen a mi: ils egls ein il spieghel dall'olma! Quels plaids rebattan ad in rebatter en miu intern.
Jeu stoi veser ses egls, exnum, jeu stoi mirar els egls a quei vegliuord. In vegliuord falomber, gleiti vegnan las marveglias a svanir e mintgin vegn a s'allontanar e far vinavon sia lavur. E veramein cuort suenter stat il vegliuord bandunaus ell'umbriva dil suitger.
«Porta aua ad el!», camonda in catschadur che ha aviert il portal a mi.
S'avischinond cun in ruog aua aulza il vegl il tgau e mira sin mei cun ses egls blau-verds. Els ein pli clars che l'aua, pli clars ch'il firmament la damaun e pli recents ch'il verd da primavera. E mia tema ei svanida.
«Teidlas ti bugen historias?», damonda el mei.
Il vegliuord dat d'entelgir da vegnir pli datier. Strusch ch'jeu stun davon el, entscheiva el a raquintar dad ina tiara, ella quala dunnas portan ornaments custeivels. Jeu capeschel buca quei ch'el di, mo el raquenta vinavon da cadeinas che vegnan purtadas entuorn culiez. Da bratschelets che vegnan mess entuorn la canviala e da tscherchels che vegnan tschentai sin tgau, e tut quei fan las femnas mo per sefittar e sesentir pli bialas. Quei hai jeu aunc mai udiu, quei vegliuord sto haver la batta, segir.
Mo el raquenta e raquenta senza vegnir staunchels.

«Ella ha num Sanima ed ei la feglia dil meglier catschadur lunsch entuorn. Sanima ei els onns e siu bab ha decidiu ch'il temps da reuniun seigi arrivaus. Sanima denton vul negina reuniun, pli bugen vul ella esser en survetsch dil druid.

Aschia daventa ei ch'il catschadur renomau dat suatientscha al giavisch da sia feglia e va tier il druid e damonda lez per igl orachel da cussegl.
Prest va il sulegl da rendiu, cura che feglia e bab arrivan tier il druid. Lez ha gia fatg in fiug ed entscheiva a malegiar las enzennas dil temps ella fatscha da Sanima.
Aunc ha il stgir dalla notg buca laguttiu il tgietschen dalla sera ed il druid entscheiva a cantergnar in cant monoton.
El supplichescha Sanima da serrar ils egls. Cura ch'il fiug ei quasi ars giu e las empremas steilas al firmament cumparan, ha Sanima aunc adina serrau ses egls.
Tuttenina, sco ord il nuot, dat il druid si in griu che va tras pial ed ossa.
Il catschadur che era sedurmentaus peglia ina tala tema ch'el stat en in gienà en pei cun ballester e paliet enta maun.
Sanima perencunter arva bufatgamein ils egls, e cura ch'il druid mira els egls alla giuvna, vesa el immediatamein: Sanima ei sia scolara. La ruasseivladad e pacificadad ha fatg che Sanima ei ussa la scolara dil druid.
Ella resta en survetsch dil druid e la reuniun ch'il bab veva planisau per sia feglia va en nuot. Sco enzenna che Sanima ei el survetsch dil druid, regala el ad ella ina cadeina dad ambra. Biaras glinas pli tard s'unescha Sanima tuttina aunc cun in um. Mo quei ei in'autra historia.»
Cun quels plaids concluda il vegliuord siu raquent.
Lu tonscha el en siu vestgiu e trai neuado enzatgei che tarlischa el sulegl. Cun mauns tremblonts tonscha el a mi enzatgei che vesa ora sco rascha, mo ch'ei bia pli fin e che glischa bellezia el sulegl.

«Quei ei il crap ambra, jeu regalel el a ti. Dai bien quitau dad el, igl ei sulettamein il tiu. Da leu, nua ch'jeu derivel, s'orneschan las pli bialas dunnas cun quei crap. El ei custeivels ed ha forza medegonta. Igl ei il crap che pren da tei la tema e gida tei da prender decisiuns. Ti eis ina dunna dalla sabientscha.»
«Pertgei sas ti raquintar aschi bia sur da quei crap?»
«Tut ha siu lungatg, tut, era la crappa.» Aschia eis ei daventau ch'jeu hai adina pli savens encuretg il contact cul vegliuord, tedlond cun bucca e nas ses raquents.

«Durana», jeu pegliel tema, igl ei la vusch dad Ambra. «Nus stuein festginar!» Ussa enconuschel jeu las jarvas e sai, nua che las meglieras ragischs ein d'anflar. Cheu ei quella jarva che Ambra numna timian e che freda ferm ed intensiv. Sias flurs tarlischan en in rosa tochen stgir-violet. Ella crescha sin terren schetg en plazs suleglivs ed ei ina dallas jarvas impurtontas per rinforzar il culiez e la vusch. Era l'urtgicla enconuschel jeu gia da lunsch. Jeu hai empriu da raccoltar ella cun tener il flad, lu brischa ella buc. Ambra metta l'urtgicla en aua buglienta e lai trer ella ditg e liung. Quella tinctura dat ella bugen allas femnas.

Avon mintga raccolta vegn fatg il ritual da jarvas. Per quei ritual prendein nus jarvas dalla stagiun vargada che nus regalein als dieus ella ceremonia da fiug. Quei fem e quella odur tschaffa noss'olma ed arva ella per las olmas dallas jarvas. Aschia vesein nus il contuorn che circumdescha las jarvas e tras quei savein nus leger encunter tgei mals che tgei jarva gida.
En quellas biaras uras ch'jeu hai passentau cun Ambra giuado ein mes egls vegni scolai. Adina pli precis vesel jeu las structuras finas dad jarvas e flurs e cul temps

sun jeu daventada sperta. Ambra schazegia mia lavur e miu inschign.
Igl ei denton Ambra che sa adina con da mintga sort che nus duvrein, mai raccoltass ella dapli che quei che vegn duvrau. Siu motto: «Pren quei che ti drovas e lai crescher e prosperar quei che ti drovas buc! E dai alla tiara tiu engraziament!» Per quei intent tschentein nus adina ina frastga dil suitger el liug da nossa raccolta.

Semper sun jeu en moviment. Mo buca seser, star eri ei per mei nunpusseivel. Ambra enconuscha mei bein avunda per saver miu desideri da semover, mo oz ha ella auters plans pertuccont miu moviment.
«Neu Durana, jeu muossel a ti co ti sas preparar las jarvas. Per quella lavur stos ti seser giun plaun. Igl ei ina lavur da pazienzia.»
Ell'umbriva dil suitger che flurescha gest avon eschcasa dad Ambra sesin nus ussa giun plaun.
Ella pren ina frastga dil timian selvadi e fruscha quella denter dus craps plats. Silsuenter metta ella vitier entgins daguots aua e tschenta la cuppa culla mesadad dalla pasta el sulegl. L'autra part rasa ella ora bufatg sin ina teila e metta era quella a sulegl. Aschia sa il sulegl nutrir e sechentar il timian per conservar quel.
«Avon ch'il sulegl va da rendiu, prens ti las jarvas ed empleneschas tut las scaluttas.» El cantun stat aunc in canaster emplenius cun jarvas e flurs, era quellas spetgan da vegnir conservadas.
Vinavon pren Ambra in pugn plein timian selvadi e rasa ora quel en aua buglienta sur la fueina. En buca ditg sederasa in'odur fin-dultschina. Quei ei il mument che Ambra pren la palutta enta maun e truscha. Cun turschar entscheiva ella a cantar:

Forza medegonta
engraziament
tras il sulegl carschida
engraziament
tiara nutridra
engraziament

Aua sontga
fontauna da veta
pren si en tei
l'olma dil fretg

Il fiug arda. L'aua buglia. Ambra conta e cun fladar trai ella en l'odur tgemblada da forza dallas jarvas. E sia fatscha surpren la colur dallas flurs e la vusch dad Ambra ei clara sco il cant dalla lodola.
Mintga moviment ei precis quel d'ina sabia che sa tgei ch'ei da far.
Gl'entir ritual cuoza mo cuort, ed enaquella che l'aua para dad ir sur la vanaun ora, stauscha Ambra la vanaun dalla vart, trai profundamein flad e finescha la ceremonia cun sbassar il tgau.
En plaids cuorts e detscharts declara Ambra a mi spert la procedura e lu banduna ella nossa casada.
Enten seser schabegian bia caussas, quella experienza hai jeu fatg quei di.
Schegie ch'jeu sesprovel cunscienziusamein da seconcentrar sillas jarvas, capetan en miu tgau da tuttas autras caussas. Gest oz endamaun eis ei puspei schabegiau. Jeu sai buca danunder ch'ellas ein vegnidas. E cura che Ambra ha clamau mei, ein ellas svanidas aschi spert sco quei ch'ellas ein semussadas.
Ellas han discurriu cun mei, buc el lungatg sco quei che Ambra ed ils auters discuoran cun mei, mo tonaton hai

jeu capiu ellas. Ellas ein plein legria ed enconuschan mintga verdin. Aschia eis ei schabegiau ch'ellas han menau mei ed han procurau per la fluriziun. Schegie ch'ellas ein pintgas, ein ellas spertezia, aschi spertas sco in batterdegl. Ei paran rumpeivlas, e tuttina han ellas ina forza immensa, pertgei ei reussescha ad ellas da trer ord il tratsch las jarvas cull'entira ragisch. Ina caussa nunpusseivla per Ambra e mei. Lein nus raccoltar la jarva culla ragisch, stuein nus prender in crap da péz.
Tgi ein ellas?
Danunder ein ellas vegnidas?
Enzatgei ei segir. Ambra enconuscha buc ellas, pertgei mai ha ella raquintau dad ellas. Ni ch'ils egls dad Ambra ein memia vegls per veser ellas?
Enten seser decidel jeu da dar in num ad ellas. Dialinas. Aschia numnel jeu ellas naven da quei di.

«En duas glinas arrivan els.»
Ambra muossa sil crap grond ch'ei tschentaus encunter miezdi e trai cun in fest coller duas rundas tras la crena gravada el crap.
Quei crap ei in grond agid per parter en ils dis. Ambra raquenta dils rudials, dil tschiel cun sias steilas, dil decuors dil sulegl e dalla glina. Sco scolara dil druid ha ella passentau bia notgs sut tschiel aviert. Il vegliuord ha raquintau dallas steilas che stettien en stretga colligiaziun culs carstgauns. Ambra ha tras quei era empruau da declarar a nus che nus carstgauns possedeien energias che seigien suttamessas ad ina harmonia dil temps natural.
Mo tut ils raquents han buca purtau fretg ed ils Muottans capeschan buca tgei che Ambra emprova da dir ad els. Suenter notgs en e notgs ora ch'ella ha observau il firmament e cumpareggliau sias observaziuns cun quel-

las dils vegls eis ella seprofundada talmein ch'ella sto far veseivla sia savida als auters.
La damonda co ella sappi far quei, per che quella stetti reala occupescha ella pli fetg che zacu. Per quei motiv ha Ambra entschiet a gravar sia savida ellas surfatschas da crap.
Sin quella biala surfatscha neidia dil crap ein ussa engravai in grond rudi, ina ruosna, sco era crenas pli finas ed ina scalutta.
Adina puspei reunescha Ambra tut ils Muottans e declara ad els il viadi dil temps:
«Ei in rom plazzaus aschia che l'umbriva reflectescha da miezdi dil pli bass al pli ault punct ella scalutta, ei il solstezi d'unviern arrivaus.»
Mintga observaziun dil temps noda ella cun ina gravura precautamein el crap.
Ussa ch'ella ha fatg veseivels il temps el crap, capeschan ils Muottans il ritmus dil rudi.
Jeu sco scolara hai aunc bia d'emprender, tut ils nums dallas jarvas e lur forza medegonta, ed oravontut era tut sur dallas plontas, en ellas vivan las olmas digl uaul. Aunc ei miu temps dalla plonta buc arrivaus. Ambra ei precauta cun misteris e raquenta tut a siu temps, bein mirond ch'jeu capeschi tut endretg, avon che tradir a mi nova savida.
Pér cura che tut ses raquents ein i vi a mi el saung, tradescha ella novs misteris dalla savida.
Staunclas da nossa excursin turnein Ambra ed jeu anavos en nossa tegia.
Il vegliuord spetga gia nus.
Schegie ch'el ei bunamein tschocs, enconuscha el nus vida nos pass.
Spussai mein nus en treglia ed il mund dils siemis pren possess da nus.

Il sulegl stat gia ault vid il tschiel e la glieud ha entschiet a raccoltar il graun. Giu da l'autra vart dil lag vesan ins il brin-mellen dil graun madir che ballontscha levet el ritmus dil vent.
Il graun ei bein madirs e l'aura perfetga per la raccolta.
Ambra ha legiu ellas steilas ch'il temps seigi buns per raccoltar.
Tut segida. Da quels bials dis sco oz ha ei num luvrar naven dall'alva dil di tochen il stgir dalla notg.
Emplenir las tgaminadas pil temps freid e senza raccolta.
Graun selai conservar e nutrescha bein.
La via giu tier il lag, lu sper la riva e tochen da l'autra vart ei bein surveseivla e bi neidia dils melli pass.
Igl ei in ir e vegnir. Ils umens ein cargai cun graun e las dunnas festginan da scuder. Ina lavur strentga e stentusa. Per render honur als dieus vegn ei cantau.

Miu maun ei calira, daco quei? Mia palmamaun schai sin in bi plumatsch da mescal che cuviera in crap.
El ei gronds, bunamein rodunds. Enamiez ha el ina ruosna ed ina gronda crena lai veser mei in rudi.
Giudapeis vesel jeu ina signalisaziun cull'inscripziun: crap sulegl.

Il cauld seschlueta da mia palmamaun siado el bratsch e sederasa sur miu entir tgierp. In ruaus profund enzuglia mei. E turnond anavos tier la casa dad Anna entaupel jeu ina dunna veglia cun ina sprezza da bugnar.
La sprezza ei greva, la veglia fa pass pigns e marmugna incuntin enzatgei.
«Sai jeu gidar Vus?», damondel jeu ella.
La tatta aulza il tgau e mira sin mei. «Roga per nus pucconts, uss e sill'ura da nossa mort. Amen.»

Ella sto ver viu mia consternaziun, pertgei in surrir sclarescha sia fatscha.
«Ins sto far enzatgei pils morts!»
«Jeu level mo dumandar Vus, schebein jeu sappi gidar Vus culla sprezza?»
«Ah gie, sche Vus veis peda bugen. Saveis, ins sto far enzatgei pils morts.»
«Co manegeis quei?»
«Cura che mes morts vivevan aunc, lu cuschinavel jeu per els, jeu miravel dad els, vivevel cun els, luvravel cun els, mo ussa sun jeu suletta, miu temps ei aunc adina il medem. Gia onns cuschinel jeu mo pli per mei, fetschel miu percasa tut persula, perquei roghel jeu per mes morts ed jeu bognel las flurs sin lur fossas.»
Jeu prendel la sprezza cotschna da bugnar ord il maun plein rubaglias dalla veglia e mondel sper ella sco ina glimaia puspei da via si. Enten ir croda mi'egliada sin ses peis. La tatta ha gie en scalfins. Scalfins, quels d'unviern cun ina siaranetga bi amiez. Jeu stoi rir tut per mei. Era la vestgadira ei d'antruras. In tschoss blau cun culier e nuvs da sum tochen dem.
Cun mirar empau pli exact il muster dil scussal vesel jeu mellis e mellis calamandrins.
«Dat ei negina aua leu sin santeri?», damondel jeu ella.
«Bein, bein, aua, ina fontauna leu davos e perfin ina sprezza.»
«Pertgei runeis lu la sprezza emplenida sin santeri?», less jeu saver.
«Ins sto far enzatgei pils morts.»
Jeu laschel cumbien e nus mein ensemen culla sprezza plein aua tochen avon santeri.
Ina scala da crap cun ina porta da fier sparta il terrester culla tiara sontga dils morts.
«Dieus paghi!», di la tatta.
Jeu tschentel la sprezza sin in scalem e dun adia alla tatta cun siu scussal da calamandrins. Mia via meina mei anavos tier ils vivs.
In favugn trai neuado. Dretg e seniester dalla via fan ils ischals spalier per mei.

La ramur dil vent, il moviment dalla feglia, en quei mument sun jeu perschuadida ch'il vent drova las plontas sco instrument.
Gibels e risadas dad affons stinschentan il clom dils ischals.
Las mummas vulan ir a casa, ils affons protestan, vulan aunc star in mument sil plaz da giug.
Jeu sun bugen stada in affon. Oz lasch jeu magari encrescher per quei sentiment da viver il mument.
Il daventar carschida ha purtau a mi dabia novas vestas dalla veta, novas libertads, denton era obligaziuns e responsabladad per miu agir.
Jeu surprendel bugen responsabladad. Gia da mattatscha mavel jeu bia e bugen a pertgirar ils affons da nos vischins. Jeu vevel in bien maun cun els ed ils geniturs sefidavan da mei.
Aunc adina studegel jeu, nua che mia veta professiunala savess menar mei. Dat ei in mistregn che corrispunda a mias habilitads e pretensiuns ed a mes giavischs?
Jeu stoi discuorer cun Anna sur da quei.

Schegie ch'igl ei aunc empauet frestg, sesin Anna ed jeu ora silla veranda, nua ch'il Parc la Mutta ei da veser.
«Vas ti mintgaton el parc?», damondel jeu Anna.
«Sco mattatscha mavel jeu semper el parc, leu sesentevel jeu schurmegiada ed adina menavel jeu discuors cun memezza. Jeu creiel ch'ei seigi normal che affons patarlan cun sesezs, jeu vevel semplamein bia fantasia.»
«Anna, oz hai jeu giu ina vera unda da calira, cura ch'jeu hai tuccau en in crap. Jeu sai buca, sch'jeu hai semiau, en scadin cass hai jeu giu il sentiment ch'ei schabegi caussas ch'ein atgnamein gnanc pusseivlas.»
«Quei ei normal, Durana. Ti eis uss in tec sper ils calzers e quei crap ei segir il crap sulegl, clar che quel tschetscha si la calira, schai quel gie el pli cauld e schurmegiau punct dil parc. Mira, cheu eis ei scret tgei funcziun che quei crap veva inaga.» Anna pren la mappa culs documents dil parc e legia avon a mi:

«Crap sulegl cun ina gravura da rudi da 120 cm diameter. Sia posiziun e las gravuras el crap dattan ad el ina muntada calendara. Entuorn ils 11 da november (s. Martin) ed entuorn ils 2 da fevrer (Nossadunna da candeilas) dat il sulegl da miezdi (temps local) verticalmein silla platta da crap (unviern puril). Ultra da quei eis ei pusseivel d'eruir cun sempels mieds ils datums pils solstezis da stad e d'unviern.»

Ina snavur surpren mei e quei da sum tochen dem. La cozza, sut la quala nus sezugliein tegn buca cauld.
Forsa hai jeu veramein mo semiau?
«Avon che bandunar il parc hai jeu entupau ina tatta cun ina sprezza da bugnar.»
«La Luisa? Ella va mintga di sin santeri, da tutt'aura, igl entir onn.»
In crap croda a mi giu dil cor, la tatta ei pia reala.
«La Luisa ei in original, gia daditg viva ella tut persula. Ella ha piars siu um e siu fegl. Dapi lu viseta ella mintga di lur fossas. Jeu sai aunc seregurdar ch'jeu erel ina mattatscha, lu era Luisa ina biala dunna cun cavels liungs ners. Il pli savens purtava ella sia cavellera tut aviert, sulettamein cura ch'ella mava culla cofra, lu veva ella fatg en ina tarschola.»
«Ei Luisa ida bia sin viadi?» «Na, na, ella ei mai ida sin viadi. La cofra era buc ina cofra da viadi, ei era la cofra da hebamma.
Ella era la dunna che accumpignava las dunnas en pigliola. Mia tatta ha detg a mi inaga: la Luisa enconuscha la via dalla veta ed il scarpetsch dalla mort. Jeu sai aunc adina buca propi tgei ch'ella ha manegiau cun quei, e cura ch'jeu hai vuliu saver dapli, ha ella mo detg: tia veta vegn a purtar a ti las rispostas.
Luisa, aschia veva quella tatta num.
«Jeu hai gidau ella cun sia sprezza, curios eis ei ch'ella va cun sprezza pleina sin santeri, schegie ch'ei ha gie leu aua e sprezza.»
«Gie, quei tratgan tuts, entgins han empruau da perschuader ella da prender silmeins l'aua dil santeri, mo da quei vul la Luisa saver nuot.»

Plaunet vegn ei stgir. E cura ch'il stgir ha bunamein laguttiu tut, illumineschan cazzolas la baselgia veglia. Biala sco ina princessa schai ella leu.
En silenzi sesin nus aunc in mument, mintgina da nus profundada en ses agens patratgs.

3. di Messjamna

Las 9.00. Entrond en cuschina vesel jeu ina brev dad Anna sin meisa.

Cara Durana
Hai oz ina scolaziun e tuornel pér tard a casa.
Gauda quei bi di.
Salid e strocla
Anna

Ei dat dis che s'empleinan tut da sez, ils auters emplenin nus. Oz vi jeu emplenir mezza miu di. Suenter in bien caffè sesel jeu silla veranda e sfegliel en entginas illustradas.
Gliendisdis avon ch'jeu sun partida cul tren erel jeu aunc ida el kiosk e vevel intuitivamein cumprau ellas.

Alle sieben Jahre verändert sich das Leben.

Jeu entscheivel a leger:

«Am Anfang war der Rhythmus. Rhythmen begleiten uns durch unser ganzes Leben. Wir erfahren ihn im Ein- und Ausatmen, im Schlagen unseres Herzens, im Wechsel von Schlafen und Wachen der Jahreszeiten. Rhythmus ist der ursprünglichste Ausdruck und die universelle Sprache des Lebens. Unser ganzes Leben kann als Ablauf betrachtet werden, der bestimmten Rhythmen unterliegt. Dazu gehört auch der 7-Jahres-Zyklus der Chakren, der nicht erst mit der Geburt beginnt, sondern schon die Entwicklung des Ungeborenen im Mutterleib mitbestimmt.»

Avon entginas jamnas hai jeu festivau miu 21avel natalezi. Constat quella interpretaziun dil ritmus dallas chakras, lu stun jeu all'entschatta d'in niev ciclus. La veta planisescha mei!
Responsabladad spetga mei, jeu sentel quei. Responsabladad enviers mei, mo era enviers ils auters e la societad.
Enten leger vinavon survegnel jeu il sentiment da capir miu sentir.
Jeu mirel enviers il parc e vesel ella, la Luisa.
Quei sto esser ella, la sprezza cotschna ed ils pass pigns ensiviars.
Spert seschluetel jeu en mes calzers e cun mintga pass tradescha la scala da lenn miu bandun.
Jeu stoi exnum veser la Luisa. Jeu cuorel e contonschel en cuort mument la scala da crap. Sin porta stat Luisa.
«Lesses era entrar?», damonda ella.
«Na, jeu less mo ir a spass.»
«Gie, gie, jeu stoi ruassar in amen.»
Cun quels plaids sesa Luisa sil crap sper la scala avon santeri.
«Lesses buc era ruassar empauet? Cheu ha ei aunc plaz.»
Ella muossa cun siu maun rubigliau sil crap sper ella.
«Bugen, jeu sun la Durana.»
«Jeu sun la Luisa», di ella ed ignorescha miu maun ch'jeu tegnel vi ad ella pil salid.
«Bia glieud crei ch'ils carstgauns seigien svani suenter la mort. Jeu buc. Ins sa tuttavia buca svanir.»
«Quels patratgs hai jeu aunc mai fatg», rispundel jeu.
«Jeu hai accumpignau carstgauns duront la naschientscha ed assistiu els da murir. Enzatgei cumpara, enzatgei auter daventa nunveseivel.
Tut ei gia avon maun, nus havein sulettamein emblidau da veser ei.
Cura ch'jeu erel aunc ina mattatscha, sun jeu ida cun miu tat ad alp.
Igl era enzatgei tut aparti ch'jeu sco mattatscha vai astgau ir ad alp. Mattatschas stattan a casa tier la mumma ni la tatta. Quei era nuot per mei. Miu tat veva fatg persenn da mias marveglias ed aschia hai jeu passentau las pli bialas stads ad alp. Leu hai jeu

viu las pli bialas flurs, ed erel, aschia scheva miu tat, in tec pli datier dad EL. Cun quels plaids mussava el cul det encunter tschiel. Dapi lu sun jeu perschuadida ch'ina affonza cun libertad ella natira ei ina dallas pli grondas valurs per la veta entira e siu svilup.
Ei deva ils dis da nebla ellas vals, nus admiravan quella mar. Jeu savevel precis, nua che nies vitg schaigi e nua che la via mondi atras, mo da tut quei vesevan nus nuot. Tut era zuppau sut quella grossa cozza da nebla. Lu scheva miu tat:
«Vesas Luisa, ti vesas nuot, e sas tuttina tut!» Miu tat era sabis! Vesas leu las plontas che stattan parada dretg e seniester dalla via?
Mo cun spazi san ellas crescher mintgina per ella e cun quella distanza sedat in'unitad egl ault dalla roma.
Miu tat han ei purtau sin quest santeri, miu bab, miu um, miu fegl, mia entira famiglia ha anflau si cheu siu ruaus. Ins sto far enzatgei pils morts», di la Luisa e streha ina niala da ses cavels grischs ord sia fatscha. Lu tegn ella mauns a Diu e mira encunter tschiel.
En silenzi sesin nus ina sper l'autra.
Gl'emprem udin nus las vuschs che vegnan purtadas siado dil vent, lu il scruschar da chis e la finala ein els da veser.
Treis umens che vegnan da via si. In porta ina giacca blaua e sepusa sin ina canna da vart dretga. Il secund ei empau pli gronds e tegn ses mauns si dies, ina pareta da signur. Il tierz ha combas cuortas e sto buffar da tener pass culs auters.
Luisa stat en pei. «Sin seveser, cara, emblida mai: il schurmetg dil silenzi sa muentar il carstgaun.» Luisa pren la sprezza e lai anavos mei.
Ils umens stattan eri, lessen aunc plidentar la Luisa. Mo lezza va cun tgau abass sper els vi.
«Ella tschontscha buc, schon daditg buca pli!», di il signur e muossa cul tgau viers Luisa senza prender ils mauns giu da dies. «Il mal sa rumper il carstgaun», di igl um culla canna. Ils auters dattan il tgau.

«Vus stueis saver, Luisa ei empau trubistgada, ella fa mal a negin e vul ver da far cun negin nuot. En in vitg sedecidan ins per la solitariadad ni ch'ins sedecida per la cuminonza. Giebein!», di quel da combas cuortas.
«Ella tschontscha buc ed ei sedecidida per la solitariadad?», damondel jeu suenter.
«Precis», di quel dalla canna. «Era jeu hai piars mia Marlis. Marlis era ina buna dunna ed ina cara mumma. La flur preferida da Marlis era la margrita ed in iert veva ella, aschia in iert dat ei egl entir vitg gnanc in. Ella era huslia sco ina furmicla e raccoltava igl atun tut il fretg. Sechentava, sterilisava, nossa tgaminada era emplenida cun delicatessas da tuttas sorts. Uss ei la tgaminada vita. Las crunas portan aunc la glasa vita. Ils affons, daditg carschi, secasai naven, han lur atgna veta e famiglia. Jeu sun persuls, lasch encrescher per mia Marlis, e tuttina patarlel jeu aunc, mon aunc denter la glieud, jeu vivel aunc. Tgi gida quei, sch'jeu s'isoleschel?»
Ussa pren il signur il plaid:
«Jeu enconuschel finadin, quels si cheu. Enqualin pudevel ver empau meglier che tschels. Ussa schaian els cheu tut en retscha e buc in soli ha eligiu siu plaz. Jeu vegnel era in di a scher si cheu, lu ston ei purtar si mei, quei ston ei far cun tuts.»
«Finiu cun quei paterlem», di il da comba cuorta. «Essas Vus cheu en vacanzas?», damonda el mei.
«Gie, jeu stun per quest'jamna», rispundel jeu. «Bien, bien, lu aunc bials dis.»
«A Vus era», e cun in salid bandunel jeu ils treis.

Ella tschontscha buc? Cun mei ha Luisa discurriu.
Jeu traversel il prau, la crappa ei tschentada si en retscha. In crap regorda mei ad Obelix. Precis quella fuorma han ils craps ch'ein cheu en retscha. Jeu entscheivel a dumbrar: in, dus, treis, quater, tschun, sis! Cheu, cheu eis ella puspei!
Circa silla distanza, nua ch'il siatavel crap fuss, stat ella. Viult il dies a mi sevolva ella bufatg e mira sin mei. Sia egliada perfora mei ed jeu …

21 onn

Jeu sun gest vidlunder da metter il davos agl d'uors ellas scaluttas d'arschella ch'jeu audel a clamar. Igl ei Slania, igl um dalla dunna ch'ei en speronza. El cloma per la druida. «Ella ei buca cheu, Slania, ella ei ida siado els cuolms.»
«Lu stos ti vegnir, Durana, igl ei aschi lunsch, mia dunna ha deglias gia d'uriala ed igl affon vul e vul buca nescher.»
Spert pacheteschel jeu il fazalet che la druida pren adina cun ella per las pigliolas e bandunel la tegia. La druida ha gia schau vegnir mei entginas gadas tier las dunnas ed jeu hai assistiu allas naschientschas. Jeu mezza hai gia parturiu dus affons.
Ambra ha assistiu, cura ch'jeu hai parturiu miu emprem. Igl ei stau ina greva pigliola, dus dis cun deglias, ed jeu hai giu il sentiment che tutta forza banduni miu tgierp. Ambra ha entschiet a cantar e metter si cumpressas cun jarvas cauldas a mi sil dies per puder supportar il mal. Finalmein suenter uras ei miu fegl naschius. Pigns, bia memia pigns e tier nus era ei freid. Tuttas breigias da tener caulds el ein stadas adumbatten e bufatg eis el semess sin viadi tier ils antenats.

Tisios, miu mariu, ei sin viadi da brat. El ha pachetau las caussas che nus havein danvonz ed ei semess sin viadi. Las culegnas pli bassas ellas valladas ed els uauls han buca jarvas aschi finas e preziusas sco nus. El ei curaschus e va las vias selvadias da culegna a culegna. Tisios ei oriunds d'in liug ch'ei lunsch naven da nus. Jeu sai aunc sco sch'ei fuss stau ier, cura ch'el ei arrivaus

cun dus cumpogns en nossa culegna. Igl ei buca stau sia vestgadira, sia postura impressiunonta ni ses bials cavels blonds che han ladinamein fascinau mei, igl ei stau ses egls stgir-brins che han immediat striunau mei.
El era auters ch'ils umens da nus. El purtava negina barba e possedeva in utensil da far giu ella. Tut ils umens da nossa culegna han barba. Tisios raquintava bia ed ils umens giuvens encurevan il contact cun el. Jeu erel da gliez temps ella vegliadetgna da vegnir empermessa. El tschelau speravel jeu che negin s'encorschi quei ed jeu sappi star mattatscha vinavon. Quei di denton ein sentiments da dunna naschi en mei. Ambra ha envidau Tisios ed aposta per el e ses dus cumpogns ei vegniu organisau ina fiasta da beinvegni. Quei di ei vegniu ris, cantau e magliau.
Mo il pli fetg vevan ils Muottans marveglias tgei che quels jasters hagien da raquintar. Ed els vevan da raquintar bia.

Ei dat in liug, leu viva bia glieud, bia dapli che ell'entira vallada cheu. Leu portan ils carstgauns vestgadira da teila fina. Las dunnas ein fittadas, ei dat perfin da quellas che lain furar las ureglias per purtar ornaments.
Umens curaschus van sin viadi ed enqueran l'aventura. Els ein aschi curaschus ch'els teman gnanc il diu dil resun che viva ellas teissas preits da crap. Pass per pass van ei lur via ed ei dat enqualin ch'ei turnaus suenter liungas glinas. Buca tuts ein turnai. Mo quels che han anflau la via anavos, han purtau caussas e material aunc buc enconuschent. E cun els vegnevan auters umens da loghens lontans per mussar co luvrar cun quella materia.

Jeu pendel vid las levzas da Tisios.
L'autra damaun ein tuts en moviment. Ils jasters bandunan la culegna.
Cuort avon che Tisios di adia alla druida vegn el neu tier mei, pren miu maun e metta lien enzatgei glischont, ina mesaglina da bronz. «Quei amulet duei schurmegiar tei da disgrazias, malsognas e mort, jeu tuornel e less s'unir cun tei. Di a mi, dunna dalla glina, partas ti cun mei tiu temps?»
«Jeu vegnel a spitgar sin tei e parter cun tei miu temps», rispundel jeu e sefultschel en sia bratscha.
«Jeu mon a marcadar, mo miu cor regalel jeu a ti», di Tisios e banduna la tegia.
Dapi quei di portel jeu igl amulet e Tisios tegn sia empermischun. Suenter treis cuorts rudials tuorna el.
Ils Muottans accumpognan nus alla fontauna. Il ritual dall'empermischun vegn adina tenius sper l'aua sontga, la fontauna da veta. L'aua che nescha dalla mumma tiara e cuntegn tuttas informaziuns dalla veta. Quei vala ei da schurmegiar. Il pli malsegir per disturbis da quella energia schubra ei il temps dalla flur piertg. Quels dis vegn ei teniu di e notg guardia avon la fontauna e cantau, per ch'ils nauschasperts restien naven.
Communablamein tenin nus nos mauns ell'aua tievia. La druida ed il vegl dils vegls drezzan a nus lur plaid:

Fontauna da veta
oriunda digl esser
unescha
quei um
quella dunna

Possi il dieus dall'aua esser per vus la fontauna dalla sabientscha.
Possi il dieus dil vent scutinar a vus la verdad.
Possi il dieus dalla tiara regalar a vus fritgeivladad.
Possi il dieus denter las vetas regalar a vus sanadad.
Possi il dieus dil sulegl maina tschorventar vus.
Possi il dieus dalla glina glischar a vus el stgir.
Possi il dieus dallas steilas mussar a vus la dretga via.

Ils dieus accumpognien vus atras tut ils rudials, tochen che la veta ha fatg il siu.

Suenter la benedicziun prendein nus nos mauns ord l'aua.
Tisios resta in entir rudi tier mei. Lu semetta el sin viadi per marcadar lunsch naven da nossa culegna. El porta cun el corns ed jarvas, buns mieds da medegar.
Cul bandun da Tisios entrel jeu en ina nova scolaziun tier la druida.

Ella cavellera dad Ambra semuossan gia ils emprems cavels grischs. In'enzenna dil temps. Mia statura da mattatscha ha fatg plaz alla figura d'ina dunna en purtonza. Ed en quei temps accumpognel jeu la druida duront ina naschientscha.
Ina dunna ha deglias cuortas e fermas. La dunna obedescha ladinamein al camond dad Ambra. Igl ei sia secunda naschientscha, igl emprem affon veva gest entschiet a far ils emprems pass. Ina benedicziun sur quei tetg. Per bia buca tut ils affons che neschan ein aschi ferms ch'els survivan. Ed il nievnaschiu ei veramein in buobet plein forza.
Adina puspei fa Ambra curascha alla dunna, admonescha ella da trer flad profundamein e schar untgir tut-

ta fladada. Ed Ambra conta la canzun dil sulegl. Da ses radis. La vusch profunda ed il cant monoton contonschan la dunna en deglias e quieteschan ella. Ambra ei inschignusa e sa tgei ch'ei da far. In suspir, lu in griu ed in nievnaschiu annunzia siu esser.
Jeu fruschel miu venter, sentel il moviment, lu sesbassel jeu e prendel il nievnaschiu en mes mauns.
«El vegn a daventar tiu scolar», di sia mumma e malegia sil frunt dil buob in rudi. Era jeu nodel el cun in rudi. Ambra enzuglia il nievnaschiu en in stratsch e surdat el a siu bab. «Maanut, aschia dueis ti vegnir clamaus!», cun quels plaids passa il bab cun siu fegl avon tegia e tegn el encunter il sulegl. In nievnaschiu, quei sto vegnir festivau. Quella notg pren Ambra mei tier il crap d'unfrenda e cura che las steilas sclareschan ault vid il firmament, croda ina steila en egl, ella glischa empau pli clar che las autras. Tochen ussa hai jeu aunc mai observau quei, mo la druida sa da quei ed entscheiva a raquintar a mi tut da quella steila ch'ella numna Venus. «Igl ei la steila dall'amur. Maanut ei in affon dalla carezia, quei ei bein veseivel ella constellaziun dallas steilas. Observond la steila e mirond ella scalutta para ei da dar lingias parallelas ina tier l'autra.» Ambra semetta en schanuglias, pren la guila e cun in pign crap da péz fora ella aunc pli profund la crena el tgau dalla guila. «Durana, la veta ei custeivla, e tuttas vetas ein suttamessas ad ina steila. Mintgina dad ellas ha sia muntada ed ellas glischan beinduras ella stgiraglia da mintga human. Quei ei il motiv pertgei che nus unfrin als dieus il latg cauld e frestg da nossa pli fritgeivla vacca.»
Ambra derscha il latg ella scalutta sisum il crap, la scalutta pren si igl alv e cura ch'ella ei pleina, cula el dalla crena giu en ina scalutta pli pintga. Quei hai jeu viu

gia enqualga. Mai hai jeu denton dumandau, daco che la druida derschi vinavon latg ella scalutta, cura che lezza ei gia pleina ed ei va suro. Quella ga eis ei auter, scochemai ch'il latg va suro damondel jeu: «Pertgei derschas ti aschi bia latg ella scalutta, ei va gie suro?»
Ils egls dad Ambra tarlischan. Mirond sin mei di ella: «Mai san ins engraziar avunda, Durana. Igl ir suro muossa als dieus che nus essan immens engrazieivels.»
Exact quei eis ei: engrazieivladad infinita ed inmensa per la veta.
Sco in vel sesclarescha mia capientscha.
Il present, igl ussa scrola mei allerta arrivond tier la dunna che ha da parturir.
Ella vegn tenida dad in'autra dunna ed ei strusch pli da plidentar. Melli curals da suadetsch tarlischan sin sia fatscha e siu um stat e mira senza saver tgei pigliar a mauns. L'egliada ch'el dat a mi di tut.
«Pren, va ora avon tegia e fai fiug, rimna il fem e lai passar el cun ina frastga pégn el ritmus dallas deglias e cuora lu alla fontauna per aua sontga.»
La fatscha pallida svanescha ed jeu vesel mo pli siu dies mond dad esch ora.
En in gienà ei il fazalet culs mieds rasaus ora. Jeu mettel entgins daguots ieli sil dies dalla dunna e fruschel e fruschel.
Ina nova deglia. «Pren tutta forza, seconcentrescha, trai profundamein flad, e cura ch'jeu ditgel, prens ti e tauschas cun tutta forza!»
«Ussa!», exclomel jeu ed il tgau digl affon ei da veser. «Ussa!» Ed ina mattatscha schai en mes mauns.
Las melli stellas da suadetsch tarlischan aunc sil frunt dalla mumma. La poppa grescha. Gl'emprem griu ei el medem mument in profund suspir. La mumma schai cheu senza veta.

Il fiug, il fem che sezuola encunter tschiel, tut ha gidau nuot. L'aua dalla fontauna sontga survescha sulettamein per dar alla mumma il davos salid.
Egls da reproscha tuccan mei, e puspei volva igl um il dies a mi e cuora el cagliom. Aunc culla poppa sin bratsch sentel jeu ch'il fretg da miu best vul nescher.

Jeu bandunel la tegia, en mia bratscha la miracla dalla veta. Plein flad e cul desideri da struclar contonschel jeu miu dacasa. Mia fueina ha aunc burnida, jeu mettel sisu dus lenns e tauschel la vanaun cun aua surenvi.
Aunc adina bragia la poppa. Per quietar ella mettel jeu ella vida miu sein. Ella trai. Aunc hai jeu negin latg, mo la pintga sequietescha.
Mias deglias vegnan pli e pli fermas. Avon tegia audel jeu vuschs da femnas tut en furia, lu da pli lunsch era la vusch dad Ambra.
«Durana?»
«Gie.» In'egliada tonscha per saver tgei che cuora e passa cun mei.
Ambra vegn neutier, pren ord mia bratscha la poppa e surdat ella allas dunnas avon esch. Lu sevolva ella neu tier mei ed entscheiva cul cant. Ella tschenta igl amulet sin miu venter e palpa giu el da sum tochen dem.
«Cura che nova veta vul nescher, dat ei negin retegn!»
Quei ein ils plaids dad Ambra ed ussa sentel jeu quei fermamein.
Il sulegl va gest da rendiu che mia poppa nescha. Grossas larmas crodan giu da mias vestas e sentiments cuschentonts seregheglian.
Tisios ei naven. Perquei pren Ambra la poppa sin bratsch, serenda ora el liber, aulza la pintga encunter il tschiel dalla sera:

«Possien las steilas mussar a ti la via.» Mia poppa, in affon dallas steilas. Jeu hai dumignau la naschientscha, sun bein en gamba ed hai ussa duas poppas vida miu sein.
Ella stgiradetgna dalla notg banduna Ambra la tegia e va tier il crap d'unfrenda. Trests e spussaus dalla dolur stat il vieu avon il crap ed ha unfriu da siu saung als dieus. Bufatg vegn Ambra pli datier e derscha latg el saung balbigiond l'oraziun dils morts.
Mirond igl um sil saung che semischeida cul latg e daventa tras quei pli e pli clars seregorda el. Enten murir ha sia dunna regalau ad el ina feglia. Quei mereta engraziament. El leva en pei, va vi tier ina plonta, pren giu in dasch ed unfrescha quel al diu dalla fontauna da veta.
Buca tut ils affons che neschan tier nus survivan. Quei savein nus bein avunda. Sur ils tetgs, sur ils habitonts dalla culegna restan ils spérts mets. Era dunnas en pigliola tucca magari quella sort. Per ellas vegn ei fatg ina gronda ceremonia da cumiau. Tut ils avdonts dalla culegna accumpognan la defuncta sin siu davos viadi. En ina processiun vegn ella purtada alla fossa. Dunnas mettan graun, latg e jarvas en fossa.
Ambra sepusa sur la dunna, dat adia ad ella e metta in amulet rodund sin siu venter. Tier quel aunc in bategl sco regurdientscha digl affon parturiu.
Alla fin dalla processiun mondel jeu cullas poppas sin bratsch.

«Vegnis Vus per la guida?» Jeu stoi haver mirau sin quei signur sco sch'el havess corns. «Essas Vus s'annunziada? Discurris Vus romontsch?» «Ina guida? Tgei guida manegeis Vus?»
«Perstgisei, cura che jeu hai viu Vus, hai jeu tertgau che Vus seigies la persuna ch'ei s'annunziada per la tura atras il Parc la Mutta.»

«Na, jeu sun s'annunziada negliu, jeu mondel mo a spass.»
«Schia, schia, lu vesa ei ora sco sche negin vegness oz perpeis.»
«Tgei guida fageis Vus?», damondel jeu.
«Miu num ei Cathomen, jeu declarel als interessai la posiziun dils megalits. Vesis, leu nua che Vus steis ei precis **la lingia digl alignament, il trianghel da Pitagoras cullas treis varts ella relaziun da 8:15:17. La retscha che traversa quei alignament (azimut 31°/32°) stat per la levada dalla constellaziun da steilas Cassiopeia (steila Caph) el temps da bronz.**

«Tgei?» Jeu stoi haver mirau sigl um cun egls aunc pli gronds che avon. Buc in soli plaid hai jeu capiu. Formulaziuns matematicas? Per mei ei quei che schabegia en quei liug enzatgei tut auter che matematica. Da quei sun jeu 100 pertschien segira.
«Ah, giu leu ei tuttina aunc vegniu enzatgi, segir quella persuna ch'ei s'annunziada. Perstgisei e sin seveser.»
Cun quels plaids sevolva signur Cathomen e va da via giu.
Jeu vegn surprida dad ina sien immensa e mias combas ein senza forza. Perquei sesel jeu in'uriala sil baun e mirel encunter las pradas co ellas seplaccan sco veras terrassas aval.
Mellen, aschilunsch sco jeu pos veser. Taraxacum leontodon. Tgisà, daco ch'il num latin vegn endamen a mi en quei mument? En scadin cass, «mintgin enconuscha quella flur, mo paucs enconuschan veramein ella.» Quei veva nossa scolasta detg e mussau differents maletgs dalla flur piertg.
Sin in vesevan ins mo il brumbel ed ils fegls. Sil secund maletg flureva ella cumpleinamein. Sil tierz vesevan ins la flur da suflar. E la finala sil quart maletg mo pli il moni cul tgau.
La metamorfosa che quella flur fa atras ei il simbol dallas stagiuns ella veta ch'il carstgaun sez fa atras.
Mo era a caussas praticas leva la scolasta far attents nus. La flur piertg ei buna pils egls, encunter la fuera ed il mal il magun.
Salatas, sirups, gels e mèl grondius e buontad.
E buc il davos ei la flur piertg in'impurtonta flur pils aviuls.

Jeu gnanc vi saver contas flurs ch'ils aviuls visetan, per ch'els sappien producir lur bien mèl. Tgei che ha intressau mei ein las ragischs, quei vevel jeu legiu inaga, ellas surveschan cura ch'ellas ein sechentadas per caffè! Gusta quel, tgisà? Jeu che vai aschi bugen caffè.

Sco pensum da casa vevan nus affons stuiu rimnar las flurs. L'auter di havein nus fatg mèl en scola. Dapi lu ei quei mèl in da mes mèls preferi. Sesend e pusond mes mauns sin miu venter sededestan regurdientschas. Sa ei esser ch'jeu sun gia stada mumma zacu?
Ei mia veta ussa mo ina digl esser insumma?

In vent carsina mia fatscha, cuort claudel jeu mes egls, sentel il termagliar dil vent, arvel puspei els. Mellen, bi mellen da melli flurs. Jeu sesaulzel e mon viers il parcadi.

Mirond sin mia ura vesel jeu ch'jeu hai aunc temps avunda. Aschia sedecidel jeu dad ir el Hotel la Siala. Ina biala terrassa envida da seser gest el sulegl ed empustar in cup glatsch.
Jeu lasch gustar miu dessert che treis umens ed ina dunna prendan plaz alla meisa visavi mei. Scochemai sederasa in'atmosfera pesonta.

«L'auter meins stuein nus visar la plazza a tschun babs da famiglia. Jeu sai strusch durmir pli la notg», schema igl um culla camischa blaua e scrola il tgau. «Mo buca surfar, ei dat segir aunc ina lavur ni l'autra», rispunda igl um cun egliers pigns. «La planisaziun dils hospezis alternativs en stallas veglias ei sin buna via», rispunda la dunna. «Aschi ina miarda, administrar nuegls vegls! Durmir sin strom e tgigiar ella ruosna! Ei quei nies futur?», damonda igl um culla camischa blaua. «Vus stueis differenziar quei», di igl um culs egliers. «Igl ei aschia: il hosp enquera il sempel. Metti ina ga avon con romantic che quei ei da far fiug e cuschinar pulenta el parlet, durmir sin in sempel letg da strom, quei ei musica, leu schai nies potenzial pil futur!»
«Co san ins era patertgar aschia? La glieud dierma sil strom, cuschina pulenta sur la fueina, ha negina pusseivladad da far la duscha e

fa ses basegns sin ina tualetta schetga? E silsuenter mettan ei si ils pli moderns skis, sgolan bunamein aval, lain transportar els tochen sum dallas pli modernas pendicularas cun sutgeras perfin scaldadas, gaudan la survesta magnifica, fan in paus en ustrias cun in top servis, lain survir si davon e davos, serpegian puspei aval per turnar sisum e lu turnar staunchels en nuegls e clavaus alternativs per igl emprem inaga far fiug, lu buca saver selavar, haver negina electricitad e la fin finala ir sil tron d'antruras, avon che semetter el letg da strom. Quei duei esser nies futur?»
«Vus stueis haver ina tenuta positiva per quei project», rispunda igl um cun egliers. «Jeu hai era mes dubis che tut quei funcziuni. Nus dall'administraziun essan dil meini da lantschar mo in miniproject», s'annunzia ussa la dunna a plaid. «In miniproject? Essas insumma tuts stuorns?», grescha igl um en camischa blaua, leva en pei e svanescha senza salidar. Anavos restan fatschas perplexas.
La survienta s'avischina. Ei vegn empustau caffè. Strusch ei la survienta s'allontanada, cuntinuescha igl um cun tgau blut.
«Nus havein neginas alternativas, nus stuein empruar tut il pusseivel, dapi il di dalla votaziun davart las habitaziuns secundaras essan nus bloccai sin tuttas varts!»
«Prest ei la scola a fin, gnanc in dils 7 scolars ha anflau ina plazza d'emprendissadi ella regiun, negin sa pli prender emprendists, negina lavur, las famiglias piteschan. Tschell'jamna han gia duas famiglias annunziau ch'ellas bardiglieschien e seretraigien giu la Bassa. Patertgei inaga, sche quei va vinavon aschia», dat la dunna da ponderar.
«Ah, vus tuts malegeis il giavel vid la preit», di igl um culs egliers.
«Vus veis bi da far tschontschas, vus prendeis igl auto, carreis el marcau, nua che vus veis vossa famiglia e vossa lavur. Nus restein. Lessen restar, savein gleiti buca pli restar, perquei che nus vein negina lavur», di igl um cun tgau blut.

Aschia ei quei cheu els vitgs. Ils habitonts han negina lavur. Daco? Il mund vegn adina pli pigns. Gleiti ei tut concentrau mo pli sils marcaus e tgei schabegia cun vitgs ed uclauns?

Veramein, igl ei paucs turists dentuorn. Oz, aschi in bi di da primavera.
Jeu damondel Anna co ella hagi cun sia lavur.
Il discuors ch'jeu hai saviu tedlar ha attratg mia entira attenziun e miu glatsch ei luaus. Jeu magliel la sosa ed empostel aunc in caffè. In vent freid setrai si ed jeu tuornel ella casa dad Anna. Oz tuorna Anna gie pér tard. Anna maunca a mi. Jeu sesentel suletta.

A casa schai la «Südostschweiz» sin meisa.
Mintga di s'empluna la gasetta cun novitads, rapportescha da destins da carstgauns sigl entir mund, da decisiuns che vegnan pridas ella politica, d'uiaras e da raziunar l'economia, da fugitivs, da cunfins magari serrai …
Il niev ei adina auters e tuttina eis ei adina puspei il medem. E paginas e paginas emplenidas da records sportivs, magari nunhumans sco ei para. Tgei ch'enqualin pren sin sesez per contonscher podests, medaglias e renconuschientscha. Adina culla finamira da prestar aunc dapli. Ed enten sfegliar la gasetta crodan duas paginas cun annunzias da mort en egl a mi. Davos salid, tristezia, cumiau. Savess ei buc esser pusseivel da rapportar dil cletg e da ventira? Forsa ina pagina cullas naschientschas ed il beinvegni als nievnaschi en nossa societad? Gest cura ch'jeu less metter dalla vart la gasetta, dat in inserat en egl a mi: «Guila da Falera, stat ei scret, tgei misteri stat davos la guila da bronz? Tgi ha construiu ella e per tgei intent?
Quellas damondas han occupau il Museum retic a Cuera che dedichescha in'exposiziun als scazis dil temps da bronz dils onns 2200–800 a.C.»
Intressant, quei valess la peina dad ir a mirar, tratgel jeu.

«Hallo, Durana, jeu sun cheeeu!»
«Sun jeu leda!», rispundel jeu ed embratschel Anna. «E lu, tgei has trafficau gl'entir di?», damonda Anna.
«Jeu sun puspei stada el parc e patratga, jeu hai entupau la Luisa! Sas ti che la Luisa ei tuttavia buca metta, ella tschontscha!»

«Jeu sai strusch pli seregurdar co la Luisa discurreva. Ei pareva bunamein ch'ella hagi satrau il di da sepultura da siu fegl era sia vusch.»
«Quei han era ils umens ch'jeu hai entupau pretendiu. Cun mei ha ella tuttina discurriu.»
«Sto esser che ti has fatg ina buna impressiun ad ella. Da tgei haveis lu giu endamen?»
«Sur dalla veta.» «Sur da gliez sa la Luisa segir bia dapli che nus, enconuscha ella gie il meglier l'entschatta dalla veta.»
«Anna, jeu creiel ch'ei schabegia caussas nunusitadas el parc», emprovel jeu d'anflar il discuors cun mia amitga. «Ei schabegia adina e dapertut caussas buca previdas, Durana, ins vesa mo buc adina ellas. «Na, jeu manegel ch'ei schabegi caussas curiosas el parc.»
«Jeu creiel plitost che ti stos ir dapli denter la glieud, schiglioc vegns ti aunc curiosa e daventas ina secunda Luisa», fa Anna ina sgnocca ed a mi ei immediat clar ch'ei ha negin senn da raquintar ad Anna da mias aventuras el parc, pia sedecidel jeu da salvar per mei quels schabetgs.
«Damaun a sera hai jeu emprova da musica, leu vegns ti cun mei e suenter mein nus aunc a beiber in, lu has caschun d'emprender d'enconuscher mes collegas dalla societad da musica», di Anna.

«Co has cun tia lavur?», damondel jeu Anna.
«Pil mument ei tut malguess, igl unviern tertgavan nus aunc da saver scaffir novas plazzas. Mo uss ei tut semidau e nus stuein schizun strihar plazzas da lavur. Negina lavur, reducir il persunal! Per cletg lavurel jeu el sectur dil turissem, pils mistergners vesa ei ora bia mender. L'iniziativa encunter secundas habitaziuns ha bloccau tutta lavur. Il futur ei malguess. E sch'ei marscha buca sil sectur da mistergners, essan era nus pertuccai.»
«Suenter mia spassegiada sun jeu aunc stada el Hotel La Siala sin la terrassa e vai magliau in glatsch. Casualmein sun jeu daventada perdetga d'in discuors. Ei setractava dall'administraziun da hospezis alternativs en nuegls e clavaus. Sas ti enzatgei da quei?»

«Gie, quei hai jeu era udiu, l'idea sco tala ei buca mala, mo senza l'infrastructura necessaria creiel jeu buc en quei project.» «Ha l'iniziativa encunter habitaziuns secundaras propi aschi ina gronda influenza silla veta cheu el vitg?» «Tut ei aunc buca sclariu, ei regia ina gronda malsegirtad, mo franc e segir vegn ei a dar grondas midadas el futur. La gronda sfida ei la munconza da lavur. Biars vegnan a stuer encurir lavur ordeifer. Famiglias vegnan a bandunar ils vitgs per quei motiv ni ch'ils babs vegnan ad esser naven duront l'jamna. Nus stein avon ina porta d'isolaziun, sche famiglias van naven, tgi resta? Hosps e quels che procuran pil beinstar da tals.»
«Jeu habitass bugen cheu, Anna.» «Lu stos ti eleger in mistregn che s'accordescha culla situaziun tier nus. A propo, Durana, has ti ussa ponderau empau, nua che tia via professiunala meina tei?»
«Jeu hai in'idea, in sentiment, forsa sai jeu dir a ti la fin d'jamna dapli.»
Staunclas seplachein nus sin canapè e mirein televisiun. Zacu mon jeu lu en combra e dormel stagn e bein.
In siemi ha priu surmaun da mei.
Jeu sun enamiez in rudi ed entscheivel a cuorer.
Teis ensi meina la via. Arrivada sisum sesparta la via ed jeu stoi decider nua ir. Ina greva decisiun, damai ch'jeu sai buca nua che las vias meinan. Cunquei ch'jeu stoi ir vinavon, sedecidel jeu intuitivamein dad ir vinavon ensiviars. Ensi, adina plinensi, cartend ch'jeu seigi ussa finalmein sisum diltut, ei leu nuot auter ch'ina via che meina puspei engiu. Negina letga. E sin quella via ein mellis e mellis carpels e la via ei aschi stretga che mo in pass falliu tunschess per curdar sur il precipezi. Aschia stoi jeu seconcentrar dil tuttafatg sin mes pass. Tuttenina sescarpetschel jeu, mo enstagl da curdar, vegn jeu tschaffada dad ina glischur da colurs. Colurs ch'jeu vevel aunc mai viu. Ellas reflecteschan ell'aua clara d'in bellezia lag ...

4. di Gievgia

«Eis allerta, Durana? Solver!»
La vusch dad Anna caschuna undas el lag, las colurs svaneschan ed jeu arvel mes egls.
«Co, nua?», balbegel jeu miez en sien.
«Bien di, cara Durana, in niev di ed jeu less solver cun tei.»
Aunc ina ga siarel jeu mes egls, less veser aunc ina ga las colurs. Mo sulettamein la glisch dalla damaun carsina ils uviarchels da mes egls. Jeu level en pei, setraiel en e mon en pigels en cuschina.
«Il meglier vida la damaun ei, sch'ins sa ensolver cun enzatgi!», excloma Anna e tarlischa.
«Gievgia, Durana, oz ei gievgia!»
«Gievgia, e lu?»
«Questa sera ei emprova da musica, schon dapi dis level jeu raquintar a ti, senuspevel denton, ti sas pervia da tiu mal il cor.»
«Ussa ora cul marmugn, tgei eis ei questa sera cull'emprova da musica?»
«Jeu creiel ch'jeu seigi s'inamurada, Durana.»
«E tgi ei il ventireivel?»
«El ha num Giusep. Jeu enconuschel el, ins sa dir gia dapi adina. Mo pér dapi ch'jeu sun turnada hai jeu sentiments per el.»
«Raquenta, sa il Giusep da tes sentiments?» Sco quei ch'jeu enconuschel Anna eis ella bia memia schenada per mussar ses sentiments d'amur.
«Nus sevesein e nus secapin super», di Anna da quei schenau e mira giun plaun.
«Aha, ti eis ella nebla d'amur tut suletta. Anna, ti stos confessar ad el tes sentiments.»

«Jeu sai buc, nus enconuschin gie in l'auter gia aschi daditg sco quei ch'jeu sai seregurdar, tgei duess jeu era pomai dir? ‹He, Giusep dapi ch'jeu sun turnada, quetel jeu tei semplamein super?'»
«Na, Anna buc aschia, mo mira inaga che ti s'entaupies cun el persula.»
«Questa sera vegnas ti cun mei, lu sas ti dir tgei che ti manegias dad el. Ed ussa stoi jeu ir a luvrar.»

E furt e dad esch ora ei Anna ch'ei s'inamurada tut persula el zuppau.
Anna ei pil solit in carstgaun communicativ che anfla spert contact e lavura bugen cun glieud, mo quei che pertucca l'amur, leu eis ella schenada e mai e pli mai fagess ella igl emprem pass. Jeu hai schon marveglias tgi che quei Giusep ei, questa sera sai jeu dapli.

Aunc ei il di giuvens. Anna ei naven, e tgei fetschel jeu ussa?
Nua ei quei artechel dalla guila da bronz da Falera?
Mo in cuort mument pli tard sesel jeu cun igl artechel el sac da mia giacca egl auto da posta viers Cuera.
Profundada en mes agens patratgs audel jeu dalunsch il chauffeur digl auto da posta a dir nums da loghens ch'jeu hai aunc mai udiu ed enconuschel buc.
Lu audel jeu:
«Cuera, staziun finala.»
Jeu sortel digl auto da posta e mon directamein en direcziun dalla baselgia da s. Martin.
La baselgia da s. Martin ei maiestusa e sin tuttas varts meinan vias en differentas direcziuns. Mia via meina dretg dalla baselgia si silla sulada e tochen al museum. In bi baghetg circumdaus d'ina seiv da fier.
Escha da veider sesarva, cura ch'jeu s'avischinel.
Mes egls ston gl'emprem mument pér s'endisar vid il stgir egl intern.

All'entrada sesa ina dunna che sesaulza e fa beinvegni a mi.
«Jeu mirass bugen l'exposiziun speciala davart la guila da Falera.»
Dunna Bundi, aschia senumna ella, declara a mi la via e giavischa bien divertiment.
L'exposiziun sesanfla en tschaler. In esch grev da lenn cun ferradira fatga tut a maun sparta il zuler dalla scala da crap che meina engiuviars.
La glisch ei brausla, las preits neras.
Mon jeu en ina perschun? Per quietar memezza dumbrel jeu ils scalems:
tschun.
Lu sulada.
Nov scalems.
Jeu entscheivel danovamein a dumbrar.
In, dus … 17 scalems, lu sun jeu giudem.
Miu magun dat sinzur, e tuttina carmala enzatgei mei dad ir vinavon, dil zuler ora, alla fin dil zuler mon jeu seniester, lu aunc ina ga seniester, vinavon dretg, aunc ina ga dretg, agradora, halt!

Schenada, bunamein fragila e nunvera, buca pertscharta da sia bellezia, penda ella leu davos il veider.
Sut la guila ei scret:
«Sie könnte als Kult- oder Prestigeobjekt Verwendung gefunden haben …»

Jeu stendel ora miu maun, el mument ch'el tucca il veider entscheiva mia detta a daventar veglia. Tementada traiel jeu anavos miu maun. Mirel sin el, stendel ora mia detta, fetschel pugn – nuot schabegia!
Jeu emprovel aunc ina ga, e puspei daventa miu maun vegls, plein fauldas, mida colur. Schigleiti ch'jeu traiel anavos el, ei tut il striegn vargaus. La guila tarlischa ella glisch dalla cazzola, radiescha ina splendur blau-verda. Ella ei fina, filigrana, gie bunamein rumpeivla e tuttina ein las gravuras da veser claramein.

Zenns.
Zenns dattan sinzur.
In'egliada sin mia ura. Las 11.00 da miezdi.
Ils zenns da s. Martin cloman.
Jeu traiel flad profundamein, siarel mes egls, lu audel jeu denter il tuchiez da miezdi aunc in auter tun enconuschent.
In pitgar, tac, tac, tac.
Pausa.
Ei tucca aunc adina.
Tac, tac, tac.
Pausa.
Il zenn quescha.
Tac, tac, tac.
Il pitgar cuntinuescha.
Ei enzatgi vida luvrar? Jeu vevel tertgau d'esser persula.
Tac, tac, tac.
Il tact dil tun dun jeu ussa cul pugn ell'aria. Mias musclas setilan ensemen, il pitgar silla guila, ils simbols, misteris enconuschents nudai sefan gronds en mei.
Jeu stun, teidlel, fetgel l'egliada silla guila che para ussa da sescaldar.
Pass, vuschs, tuschergnem. Auters visitaders ein d'udir, descendan la scala en in temps gia ditg vargaus.
Plaun volvel jeu il dies ad ella, fetschel pugn, stendel ora mia detta e mon naven.
Glisch.
Sura ei glisch.
Ils mirs stgirs e ners senza finiastras culla glisch artificiala brausla dattan in sentiment dad esser en perschun. Jeu vesel in'ampla verda cun in umet. Finalmein puspei ella civilisaziun. Bunamein fuss jeu sescarpitschada sur in crap da granit ch'ei leu seniester giun plaun en zuler. Sis scaluttas ha el, grondas e pintgas, buc ina sco tschella. Cheu ha el piars siu destin.
Ina glisch brausla da surengiu sclarescha la scala.

Igl ei la glisch dil sulegl che dat atras in'aulta finiastra ed illuminescha la scala da crap per dar a quella in manti d'argien.
Cun mintga pass laschel jeu anavos umbrivas.
Ils eschs da veider sesarvan.
Aria.
Ils utschals contan. Aunc sparta mei la seiv da fier dallas vias. Aunc stun jeu cheu e sesel in amen sut igl ischi. Las ragischs profundas han francau igl esser dalla plonta e sia roma sestenda e dat umbriva.
Treis dunnas van da via giu.
Dalunsch audel jeu fragments da lur discuors.
Lu ein ellas svanidas davos la cantunada dalla baselgia da s. Martin.
Jeu stun en pei, palpel igl ischi cun mia palmamaun, mon encunter la porta da fier, dus scalems e lu sun amiez il marcau.
Cura ch'jeu sesel egl auto da posta viers Falera, prendel jeu il cudisch ord miu sacados ed entscheivel a leger.

Text ord il cudisch da Falera, paginas 50/51

Nos perdavons che han viviu avon varga 3000 onns silla Mutta eran tuttavia buca primitivs. Els vivevan en tegias da lenna rodunda cun fueina e fiug, cultivavan il graun, tenevan biestga ed eran mistergners talentai ed inschignus. L'anflada d'ina fueina cun cheramica malgartegiada agl ur encunter damaun dalla culegna ei in mussament ch'ins fageva vischala. Quella cheramica decorada cun ornaments ei parentada cun quella da Crestaulta en Lumnezia. Ils habitonts dalla culegna eran denton era capavels da fabricar legas da bronz. Concernent la guva datada enturon 1600 a.Cr. scriva A.C. Zürcher 1982: «Jedenfalls stellt die Nadel ein metallurgisches Meisterwerk dar. Die Rohform wurde in einem Stück gegossen, die Scheibe anschliessend ausgetrieben und verziert.»
Ils alignaments da crappa tschentai tenor aspects astronomics cumprovan ch'ils carstgauns da quei temps observavan gia las steilas ed eran el cass d'interpretar exactamein il cuors da quellas. Aschia ein els stai el cass da parter en igl onn calendar. L'en-

conuschientscha dallas direcziuns dil tschiel ha lubiu ad els da s'orientar el spazi pli vast. El temps da bronz existeva in vast commerci ell'entira Europa ed entuorn la Mar Mediterrana. Il zinn necessari per las legas da bronz ei vegnius importaus ord il sid dall'Engheltiara ni si dalla Spagna e las pèdras d'ambra anfladas ella culegna silla Mutta ein ina perdetga da relaziuns da commerci cullas tiaras dalla Mar dil Nord e digl Ost. Denter ils objects anflai silla Mutta secattan pliras farclas da bronz, numerus craps da moler graun e pliras plattas levamein cavorgias per quest intent ed ina gronda qualitad da tocca da cheramica.
Dil temps da bronz savevan ins viver bein sill'altezia da Falera. Il clima era pli caulds che oz ed ils unviarns aschia pli cuorts e migeivels. Pér cul temps da fier ch'ei suandaus a quel da bronz ha ei dau ina liunga perioda in bienton pli freida, aschia che la glieud ha bandunau las culegnas si els aults. Igl uffeci archeologic dil Grischun ha publicau igl onn 1992 cartas cun registraziuns dallas culegnas enconuschentas dil temps da bronz e dil temps da fier. Il temps da bronz deva ei in bienton dapli culegnas els aults ch'el funs dallas valladas, ferton che quei era gest il cuntrari el temps da fier. La midada dil clima ei stada ultra d'auters motivs la raschun che la culegna sigl ault dalla Mutta da Falera ei vegnida bandunada entuorn 400 a.Cr.

En buca ditg vegnel jeu a sortir digl auto da posta ed ir directamein el parc.
Luisa ha raschun. Jeu stoi urgentamein discuorer cun ella. Tgisà, sch'ella ei gia avon santeri?
Jeu semettel sin via. Negin ei da veser, tut para a mi aschi bandunau.
Suttapeis sgaran ils melli carpels, quei disturba mei en mes patratgs. Per l'emprema ga insumma disturba quella ramur mei, na, per l'emprema ga realiseschel jeu la ramur che mes pass fan. Jeu bandunel la senda e mon agl ur ensiviars.

La canzun dallas plontas. Magnific co ellas sesaulzan, stendan la roma sin tuttas varts, mintgina per sesezza.
Lur umbriva quietescha mei ed jeu selaschel enzugliar da lur melodias.
Cons pass fa in carstgaun?
Mes hai jeu aunc mai dumbrau, jeu vegn era buc a dumbrar els, pertgei pass ein sulettamein in mied per transportar il tgierp. Era il spért fa pass, sch'el tegn petg allas combas, ni eis el gia daditg zanua auter?
Jeu sun cheu e gia en l'auter mument sun jeu en patratgs tut enzanua auter. Co dian ins: jeu erel en patratgs lunsch naven …»
Jeu laschel davos mei l'umbriva dallas plontas. Luisa ei aunc adina buca da veser.
Plaunsiu mon jeu silla senda che meina dretg, laschel davos mei la fueina e prendel quella ga la senda pli stretga e strusch aschi teissa. Tgisà, vivan cheu era animals selvadis? Adina puspei eis ei la tschontscha da lufs. Jeu mirel anavos, jeu sun aunc adina persula. Cun tutta curascha mon jeu vinavon. Fan ils lufs da sever, sch'els vegnan pli datier? Ni stattan ei semplamein tuttenina avon ins? Vinavon, jeu mon pli spert. E prest sun jeu en in englar. Tgei bellezia survesta. Dus bauns envidan da seser, mo enzatgei carmala mei dad ir vinavon. Jeu bandunel igl englar silla senda che meina da maun dretg viaden el cagliom. Intuitivamein mon jeu vinavon e denter las caglias vesel jeu umbrivas. Jeu semeinel, less ir anavos, mo ina gronda tscharva blochescha a mi la via. In'egliada anavon, ed ils egls tuccan mei. Immediatamein han els tschaffau mei e train mei …

28 onns

Il temps da glina morta ei il temps che la tiara trai flad. Ambra ha decidiu che quei seigi il temps da terminar mia scolaziun da druida.

Las preparativas per mia fiasta da finiziun cuozan aunc.
Per in'entschatta eis ei bien, sche l'energia dalla glina ei buca ton ferma. Aschia san las forzas ch'ein serimnadas sesviluppar pli intensivamein.
Ambra ha regalau a mi quei temps.
Prest vegn ei fatg fiug, gleiti enzuglia il stgir tut, gnanc il firmament vegn a regalar a nus ina solia glisch.
Jeu prendel plaz da vart dretga dad Ambra e sbassel miu tgau. Ambra entscheiva la canzun da laud als dieus.

Jeu fetschel enclin avon il di
enten serrar mes egls
glischan las steilas

Igl ei quiet
il cant dallas steilas
igl ei la glisch
il muossavia

Jeu engraziel al sulegl
prendel si siu cauld en mei
ussa sa la notg vegnir

Igl ei quiet
il cant dallas steilas
igl ei la glisch
il muossavia

Jeu dun adia al di
volvel il dies a tutta canera
mirel sperond ella notg

Igl ei il silenzi
il cant dallas steilas
Igl ei la glisch
il muossavia

Ambra po strusch pli sesalzar. Sia cavellera d'aur d'anturas ha ella regalau als dieus ed ussa pendan ses paucs cavels grischs sco fils vid siu tgau.
Co jeu admirel quella dunna! Ambra s'avischina a mi, dat a mi siu maun e meina mei vi en siu plaz. Jeu sesel leu, nua che Ambra seseva gest aunc. Ambra semeina e passa culla guila alzada tras ils Muottans.
Ella marmugna plaids destinai mo per ella. Jeu audel buc, capeschel buc. Lu siara Ambra ses egls e malegia cul tgau dalla guila rudials ell'aria.
Siat ga meina ella la guila, la siatavla ga, muossa il tgau dalla guila sin Maanut.
Mintgin s'encorscha che Ambra ha eligiu en quei mument il buobet da siat onns per miu scolar. Maanut vegn ad emprender ils rituals dils druids.
Il buob sesaulza, vegn neu tier mei, dat a mi siu maun e lu sesa el da mia vart dretga.
Ambra vegn vi e sesa davos nus.
Suenter in cuort mument da silenzi vegn purtau a tuts scadialas cun furtem. Ei freda bein, tuts lain gustar, sulettamein jeu hai negina fom.
Mia egliada resta pendida vida Maanut, jeu vesel sia fatscha affonila, ses egls plein marveglias, ils quals regordan mei vida mei en quella vegliadetgna. Ils onns ch'jeu hai per l'emprema ga viu ed encurschiu mia fatscha ell'aua dalla fontauna. Fatschas dattan perdetga dil carstgaun. La veta malegia ses fastitgs ellas fauldas ed ella mimica dil vivent. Cun egls aviarts mira il bu-

man ella veta, e cun egls serrai reflecta el siu intern. Jeu hai respect da miu niev pensum d'instruir Maanut els misteris dils druids.

Era Aliets ed Ares, mia mattatscha regalada, sesan sper mei. Ussa seglian ellas en pei, saultan, sezuppan e malegian cun in rom ils maletgs dallas steilas ella tiara.

Admirond lur cunfar lasch jeu encrescher pil temps d'affonza senza quitaus, quei viver il mument ch'ei ius a piarder a mi culs onns. La veta ha entschiet a scriver en mia fatscha.

Igl ei las fiastas, ils dis extraordinaris che regordan mei vid il vegliuord e ses viadis. Avon tschun rudials havein nus surdau siu tgierp en ina ceremonia als dieus. Sia sabientscha, sia forza nunstunclenteivla, sia moda e maniera da veser igl essenzial ed ignorar il banal han formau mei.

Sia experienza e ses raquents fascinonts ha el dau vinavon a mi e mia olma ha priu si tut sia savida.

Puspei malegia la veta en mia fatscha, jeu sentel co las fauldas vegnan gravadas en mia pial.

Tisios maunca a mi, ses viadis cuozan adina pli ditg. Mai ein sias marveglias cuntentadas, el ei maipleins. Adina ir aunc pli lunsch, veser novas caussas, ir naven, quei ei il destin da Tisios.

La davosa ga ch'el ei semess sin viadi ha el supplicau Ambra da dar ad el aunc dus umens giuvens che accumpognien el. Tuts levan ir. Umens giuvens enqueran bugen lur fortuna e sin viadi dat ei bia da veser. Per quei motiv ha Ambra clamau ensemen tut ils vegls per far cussegl.

La fin finala han els decidiu ch'il bab dad Ares dueigi accumpignar Tisios, sin viadi sappi el encurir

ina nova dunna e surmuntar sia malencurada. Il secund eligiu ei Ascharuc, in giuvenot curaschus senza pazienzia. Ils viadis da culegna a culegna drovan curascha, prudientscha, forza e pazienzia. Cun quels duns e cun canasters empleni cun rauba da brat han ils treis umens bandunau la culegna da glina pleina.
Avon porta hai jeu dau adia a Tisios. Igl ei miu destin da schar partir e schar dar adina danovamein.

Enten catschar dis mon jeu alla fontauna. Jeu hai semiau dallas fauldas en mia fatscha. Jeu stoi veser contas ch'igl ei.
Aunc ei rugada silla feglia. Il tschiel lai mo aunc semiar d'in sulegl.
Sper las casadas vi, spert dil trutg giu, vinavon a dretg e lu vesel jeu ella.
L'aua sontga reflectescha mia fatscha. Entginas ein cheu, entuorn mes egls, sil frunt, denton buca tontas sco jeu hai semiau, jeu sun levgiada. La veta malegia buca tut enina, mia fatscha ha aunc spazi per dapli, la veta sa scriver vinavon.
Jeu mirel encunter tschiel, bufatg cuchegia il sulegl dalla damaun ed ord miu intern regalel jeu ad el mia oraziun dalla damaun.
En quei mument vegn Ambra dil trutg giu. Ella sto haver sentiu mes dubis.
«Durana, ti eis aschi lunsch. Ti eis ussa entrada el temps dallas plontas.» Cun quels plaids surdat Ambra a mi ina frastga d'in suitger. «Ti damognas tiu pensum, Durana, ti eis tuttina sco il suitger; reha d'energia e promta da regalar ella.» Culla frastga enta maun vegnan ils scazis dil suitger endamen a mi.

Igl ei la plonta dalla dieua Holla. Holla ei il plaid da beinvegni, perquei sesanflan bia suitgers ella vischinonza da nossas casas. Ensemen cun Ambra, Maanut e las mattatschas encurin nus il pli bi suitger ella vischinonza. Culla guila traiel jeu in rudi entuorn la plonta e tschentel lu la guila viers damaun. Culla canzun da laud alla dieua Holla seprofundeschel jeu ell'energia dil suitger. Jeu sentel mes peis, co els daventan ina part da sias ragischs, ragischs che regalan a mi fundament e segirtad en mia lavur. Jeu sentel mia bratscha, co ella daventa roma, sinaquei che miu far e demanar portien fretg. Jeu sentel co mes cavels sefuorman a feglia che pren si la canzun dil vent e lai resunar ella en mias ovras. Holla vegn a menar mei, vegn a reger miu ritmus. La natira lai buca sfurzar enzatgei. Jeu stoi emprender dad haver pazienzia. En harmonia cul suitger vegn jeu pertscharta ch'jeu sai midar nuot da quei ch'ei stau, denton ch'jeu hai la pusseivladad da formar quei che vegn.

L'extensiun da mes peis, mia bratscha, mes cavels ha stunclentau mei. Ell'umbriva dalla dieua sedurmentel jeu.

Aliets ed Ares ein sco rascha.

Ambra ha surpriu la rolla dil vegliuord, las mattatschas pendan vida sias levzas. Ambra enconuscha tut las historias dil vegliuord, enconuscha las historias che la veta scriva e las historias dallas liungas notgs ch'ella ha tedlau tier als viandonts.

Aliets semeglia d'in di a l'auter pli e pli fetg siu bab. Ses cavels liungs clars glischan el sulegl e da glina tarlischan els sco baus cazzola.

Ella ei semper en moviment, lai bugen las lavurs dalla vart e secumblida enten ir per las pitgognas magari tocs

naven dalla culegna. Mintga ga, cura che Tisios seprepara per ir sin viadi, less ella ir cun el. En quella pintga persuna sezuppa in spért che desiderescha il lontan. Ares ei autra. Semper ei ella premurada da far endretg a tuts. Mai vul ella star alla testa, e lai il pli bugen decider Aliets. Quei ei segiramein in motiv daco ch'ellas duas vegnan perina bein.
Mias feglias ein sco in spieghel dalla structura da mia veta. Magari bein veseivla e lu puspei zuppada e nunsignificonta. Clar ei denton che las glinas taglian in cugn denter miu mund intern e miu mund extern.
Era cun mes 28 onns hai jeu aunc dabia siemis ch'jeu emprovel da realisar.
Ed ussa sun jeu quella che vegn consultada e dumandada per cussegl. Duront quei temps passentel jeu bia notgs el liber ed observel las steilas. Aschia cumparegliel jeu mias observaziuns cun quellas dad Ambra e la damaun mon jeu lu els loghens ch'ein vegni mussai a mi dallas steilas. Il vegliuord veva raquintau da carpuna gronda sco umens. Ambra veva tras quels raquents e sias observaziuns entschiet a plazzar la crappa tenor sias mesiras. Il vegliuord veva raquintau ch'ei seigi buca sempel d'anflar crappa adattada per quei intent. Sch'ins anfla la fin finala in crap che corrispunda allas pretensiuns, vegn quel marcaus cun dus fests. Las dunnas han bien inschign da construir sugas liungas e fermas. Quellas vegnan ligiadas entuorn il crap che vegn lu derschs sils bests da pégns. Cun tutta forza rollan ils umens il crap sin quels el liug che Ambra ha fixau. Leu diregia Ambra nua e co il crap duei vegnir plazzaus, per ch'el harmoneschi cul tur dallas steilas. Duront tut il temps che Ambra ha passentau giuado e legiu las steilas ha ella gia mess dabia crappa. Ussa eis ei miu pensum da cuntinuar. Aunc ei il rudi buca finius

ed ei peisa ferm sin mei da cumpletar quell'ovra. Co duess jeu pomai dumignar quei? Ina malsegirtad profunda tschaffa mei ed ina tema da disdir pren possess da mei.

Las notgs ein claras. Miu spért tut niblius.

Jeu vegliel las notgs e dormel ils dis.

Il sulegl stat ault al horizont. Las dunnas portan lur vischala d'arschella ord la fueina el sulegl. Ils umens ein fatschentai da far cudetschas per las canastras. Tuts ein occupai culla lavur da mintgadi ch'ins auda dalunsch cloms.

Quella vusch! Tisios, igl ei la vusch da Tisios. Quella vusch ch'jeu enconuschel ord melli autras. Mia stauncladad stulescha ladinamein e prest ein ses pass d'udir. Ina gronda umbriva, lu entra Tisios en nossa casa.

Aunc vesel jeu mo sia contura, ses cavels ch'ein auter che antruras, tratgs ussa ferm anavos. Cul proxim pass vesel jeu sia fatscha ed enta maun tegn el in sac da curom che para dad esser grevs. Aunc in pass, lu sai jeu mirar els egls ad el. Igl ei buca quei ch'jeu desideravel da veser. Ses egls ein ils medems, mo sia egliada tradescha a mi ina distanza che fa pialgaglina a mi.

«Durana, jeu vegnel per prender Aliets cun mei!»

«Tisios, daco e nua? Tgei ei capitau?»

«Jeu sun viagiaus bia glinas, adina suenter il flum, jeu hai viu, nua che l'aua cuora en in grond lag, bia pli gronds che quel che tschaffa nossa fontauna cun aua sontga. Lu sun jeu ius vinavon ed hai viu che l'aua cuora aunc pli lunsch. Jeu stoi ir vinavon, stoi veser nua che l'aua va. Mo la via dad ir e turnar vegn mintga ga pli e pli stentusa. Aunc hai jeu forza avunda, aunc portan mes peis mei, Durana. Aliets duei accumpignar mei, jeu less che mia feglia vesi il mund. Aliets ei sco jeu, jeu sentel ei. Ella sto ir

sin viadi, schiglioc vegn siu spért viv laguttius dalla ruosna nera.»
Jeu mirel sin Tisios beinsavend che ses plaids ein la verdad, miu cor denton vul schluppar en quei mument.
«Na!», vegn ei sur mias levzas. «Aliets duei buc ir naven, ella ei era mia feglia.»
«Ella ei negin possess, ella ei ina persunalitad che drova spazi, aschia sco jeu, sulettamein aschia vegn ella a viver en harmonia cun siu battacor. Jeu hai empruau, Durana, adina puspei hai jeu empruau da star cun tei cheu ella culegna. All'entschatta eis ei reussiu, mo lu ei il desideri carschius ad in crescher, tochen ch'jeu hai stuiu dar suatientscha, schiglioc, crei a mi, fuss jeu ius a frusta. Igl ei mia sort. Enzatgei nunveseivel trai mei adina dad ir aunc in tschancun pli lunsch. Jeu sai buca restar. Mes onns ein buca pli ils onns da mes mauns. Il temps che resta a mi less jeu mussar ad Aliets tut quei che mes egls han viu. Igl ei la decisiun da nossa feglia, schebein e cura ch'ella tuorna.»
La vehemenza da quels plaids trai a mi il plantschiu suttapeis.

Tisios semeina. Sia umbriva vegn pli e pli pintga, tochen ch'ei resta mo in streh e lu ei era quel svanius.
Ambra che schai davos ella treglia sesaulza e cloma neutier mei.
«La veta ei semper in schar dar. Ti sas buca tener el, el ei sco el ei. El vegn ad unfrir sia veta per Aliets, sch'ei fa da basegns.» Cun quels plaids pren Ambra miu maun e carsina el cun sia detta liunga. In tec speronza hai jeu aunc. Tgisà, forsa vul Aliets buc ir cun Tisios? Jeu enconuschel bein avunda mia feglia per saver che quella speronza ei vana.
Sil plaz ein vuschs e lahergnem da mattatschas d'udir.

Jeu lasch dar il maun dad Ambra e fruschel cun mias palmasmaun tras mia cavellera, sco sch'jeu vuless furschar naven tut mes quitaus e mon giuado. Glieud ei serimnada en in rudi e tut che discuora in denter l'auter. «Tgei ei quei?», «Pertgei drovan ins quei?», «Danunder has quei?»
Schigleiti che la raspada s'encorscha ch'jeu s'avischinel, sesparta ella e fa liber a mi in corridor.
Enamiez il rudi sesa Tisios giun plaun, sper el il sac da curom aviert. Entginas caussas ein gia rasadas ora. Puspei tonscha Tisios el sac, pren neuadora in utensil e metta el sper las autras caussas.
«Ditg sun jeu staus naven», entscheiva el siu raquent, «miu viadi ha menau mei alla riva dil flum. L'aua ha clamau mei da suandar ella. Suenter duas glinas hai jeu viu che l'aua dil flum flessegia en in grond lag. L'aua denton ha buca calau da clamar mei ed en mes siemis vesel jeu lags aunc bia pli gronds, aschi gronds ch'jeu gnanc pos veser lur riva. Jeu hai priu la decisiun da semetter sin in grond viadi, in viadi aschi grond ch'igl ei buca pli pusseivel da turnar, cunquei che mes rudials ein dumbrai.»
Cura che patratgs ein seformai e decisiuns plidadas, dat ei negin retuorn pli. Plaids ein sco da presentar ovras, ina ga ch'els ein sur las levzas, ei igl agir inevitabels.
Ina ga dapli ei Aliets ida per las cafugnas ed ha ni viu ni udiu quei ch'ei succediu. Speronza vegn ella a decider tenor mia veglia. Mo quei che miu cor giavischa e quei che smacca il pèz a mi ei buc il medem.
Tuttenina audan ins in rir che s'avischina. Affons cuoran encunter a nus, els ein nies futur.
«Bab, bab ti eis anavos!», giubilescha Aliets. Negina damonda, mia feglia ei trasatras la feglia da siu bab.

Tisios che sesa aunc adina giun plaun sesaulza ed embratscha sia feglia carezada. «Tgei ei quei? Tgei has ti purtau quella ga?», damonda Aliets plein marveglias e sefa libra dall'embratschada. E Tisios entscheiva a raquintar. «Sin miu viadi adina suenter il flum hai jeu entupau ina sera enten far brin in auter viandont. El era vegnius sclaus da siu pievel. Catschaus dalla tema eis el suandaus il flum adina en direcziun danunder che l'aua vegn, per aschia – quei ei stau siu patratg – arrivar el liug, nua che l'aua nescha. El veva gronda speronza d'anflar en quei liug migliurament. Gl'emprem essan nus stai precauts in cun l'auter. Mo cunquei ch'ei vegneva prest stgir, havein nus decidiu da far in fiug e restar ensemen duront la notg. Quella notg ha igl um raquintau a mi, danunder ch'el vegni.
El viveva en ina culegna agl ur d'in lag. Quel ei aschi gronds ch'ins vesa buca d'ina riva a l'autra, mo quei ei per bia buca tut. El ha saviu raquintar dad in lag che pren si tuttas auas che flessegian, per lu disfar la puritad da lur origin. Cun flessegiar en quei grond lag daventa l'aua nungudibla ed ins vegn a traversar las portas dalla mort enten beiber quell'aua.
Aliets teidla cun bucca e nas e ses egls tarlischan udend tut quei che siu bab ha da raschunar.
«Plinavon ha el raquintau a mi ch'el seigi staus serraus en sut tiara. En quella stgiradetgna hagi el encuretg sal, ed el fussi gleiti daventaus tschocs en quella tauna stgira. Siemis stuorns hagien priu possess dad el e lu hagi el rebellau e buca pli vuliu luvrar en quella tauna. Quei hagi giu per consequenza ch'ei hagien declarau ch'el seigi malvengonzs dalla cuminonza e stuschau el ord lur miez. Ina notg che la glina vevi ils pézs ensi, seigi el scappaus naven dalla culegna e currius per sia veta. Mai e pli mai sappi el turnar, gnanc

sch'el vulessi, savessi el far quei, inaga ius – ius per adina. Quei um era ni giuvens ni vegls. Lu, cura che la notg ha fatg enclin ed il sulegl dalla damaun ha fatg beinvegni, ei mintgin da nus semess sin viadi, in engiuviars l'auter ensiviars. Sco regurdientscha da nossa sentupada ha el regalau a mi quella rudiala.
Tut mira ussa silla rudiala che schai avon il sac giun plaun.
Nundumbreivels simbols ein nudai sin quella ed enamiez ei ina ruosna aschi gronda sco in det dad in um. Agl ur vesan ins ina gravura semeglionta a quella d'ina mesaglina.
Aunc mai havein nus viu enzatgei aschia e nus enconuschein buc il nez da quella rudiala.
«Igl jester ha raquintau a mi dalla muntada», resda Tisios vinavon, vesend co tuts ein spanegiai sin aunc dapli novas. «Lunsch naven viva in pievel e quei pievel gravescha ils plaids sin talas rudialas. Quella cheu ha el survegniu d'in viandont ch'ei vegnius en sia culegna per brattar igl aur alv ord il stgir dalla tiara. El ha raquintau ch'ei seigi gravau sin quella rudiala l'oraziun dalla dieua dall'aua, quella che cloma tuttas auas tier ella per s'unir. E leu vi jeu ussa ir.
«Jeu vegnel cun tei!», cloma Aliets tut agitada.
«Gie, quella ga vegnas ti cun mei, per quei viadi basegnel jeu denton aunc in um curaschus che accumpogna nus.»
In giuven magheret cun num Sanos vegn pli datier. «Jeu vi vegnir en tiu survetsch!» Tisios contempla il giuven da tgau tochen pei. Sia statura ei plitost fleivla e buca propi in agid per aschi in liung viadi. Lu denton mira Tisios els egls ad el e vesa en quels ina gronda malignadad. In dun ch'ins sa duvrar bein sin in'expediziun da tala dimensiun. Cunquei ei la caussa decidida.

Ussa reparta Tisios las caussas ch'el ha purtau da siu viadi. Cheu ein guilas che glischan el sulegl e la sort ha decidiu il niev possessur. Ils scarnuzs cun semenza ha Tisios surdau als vegls dils vegls. Sco davos pren el ils paliats e dat quels al fravi. Sco engraziament s'enclina quel, pertgei da quels pézs da paliats ha el aunc mai viu.
Prest fa ei brin che Aliets vegn finalmein en tegia.
Jeu hai spitgau che Aliets vesi l'entira caussa sco ina gronda aventura, mai denton sco cumiau per adina.
In grond abandun sederasa en mei, nunpussonza e la savida ch'ins ei beinduras exponius allas decisiuns dils auters surprendan mei.
Per anflar confiert mon jeu tier la fontauna sontga e regalel tut mias larmas alla dieua dall'aua. Pazientamein pren ella tuttas cun ella sin viadi.
Jeu sun ual vidlunder da far fiug per scaldar la buglia che Aliets entra.
«Mumma, jeu sun ussa veglia avunda per viagiar, e giuvna avunda per turnar.»
Udend quels plaids vegn jeu pertscharta che Aliets sa bia dapli che quei ch'jeu vess sminau.
Nus embratschein ina l'autra e senza plaids semettein nus en treglia a ruaus. Malruasseivladad ha tschaffau mei e siemis diffus disturban la sien. La glina ei mo miez pleina e piarda mintga notg in ton da sia glisch. Ed jeu piardel cun mintga fladada in ton da mia feglia. Aunc ei burnida en fueina, aunc contan ils utschals buc, cura ch'jeu audel in scutinem avon tegia. Tisios e Sanos scutinan in cun l'auter. Jeu audel, mo capeschel nuot. Aunc dierma Aliets, jeu seschluetel sur ella ora e mon sils pézs dad esch ora. Jeu vesel Tisios co el stat sc'in spalier avon esch quintond ch'jeu rebelleschi encunter el da surdar ad el nossa feglia.

«Empermetta a mi che ti vegnas a proteger la veta dad Aliets cun tia atgna veta! Empermetta a mi che ti vegnas a risguardar en tut tiu far e demanar era ils giavischs dad ella! Jeu benedeschel vus, sin tut vos viadis da temps da glina e sulegl e lasch liber vus sco quei che la fontauna sontga lai liber l'aua per ch'ella mondi sia via.»

Giappem, urlem?
Lufs?
Jeu segliel tut agradsi, cura ch'in pudel alv cuora sper mei vi.
«Strupi, Strupi», audel jeu ina dunna a clamar.
«Veis Vus viu miu tgaun?», damonda mei ina dunna cun cavels cotschens tut agitada.
«Gie, cheu ei gest in pudel alv currius sper mei vi.» «Quei ei tuttina aunc mai schabegiau, sai buca tgei che ha fatg ina tala tema ad el. Schiglioc, gliez saveis crer, va el adina pulit ella tschenta, miu tgaun ei ina bun'olma, mo avon ha el tratg per la corda, ei sefatgs libers ed ha entschiet ad urlar sco in desperau. Jeu hai buc idea tgei ch'ei capitau. Saveis Vus forsa tgei?»
«Tgei, tgei duei pia esser capitau? Jeu hai mo viu Vies pudel alv a cuorer sco in selvadi en quella direcziun, schiglioc nuot.»
«Buca per mal ed engraziel fetg. Strupi … Strupi …!» La dunna culs cavels cotschens svanescha el cagliom e mo sia vusch gita ei aunc d'udir.
Jeu sesel sin in grond crap en quei englar. Mia palmamaun palpa il mescal. Jeu hai il sentiment che mias lingias dalla palmamaun vegnan tschitschadas si dil mescal e ch'ellas tradeschan mes patratgs ils pli zuppai.
Ussa schaiel jeu en dies sin quei bi crap, mirel encunter tschiel. Las plontas vischinontas rendan umbriva e lur feglia saulta il tango dalla melodia dil vent.
Tgei resta dil carstgaun?

Plontas vegnan pli veglias ch'il carstgaun. Igl ei buca las grondas cun bests gross ch'ein las veglias. Igl ei quellas da pauca preschientscha che ston catschar ragischs profundas per surviver. Enqualga ei la veta zuppada el profund e buca veseivla per mintgin.
Bunamein fuss jeu sedurmentada, neu dil cagliom scruscha ei. Enten star si ruschna miu maun en ina scalutta cuvrida cun mescal, jeu mirel pli exact e vesel ch'ina fessa va dalla scalutta giu en in'autra scalutta. Quei para a mi enconuschent … mo nua hai jeu gia viu quei inaga e tgei muntada ha ei?

Dapi mia davosa spassegiada el parc hai jeu la gliesta culs simbols en miu sac dalla giacca. Jeu prendel neunavon la gliesta ed enquerel il simbol che va a prau.
Ei stat scret:

Cuppa da grep el sidost dalla Mutta. D'ina gronda scalutta rodunda meina ina crena tier ina scalutta en fuorma da farcla da glina e vinavon tier ina scalutta en fuorma d'ina mesaglina. La tanghenta dalla scalutta rodunda tras las autras duas dat in alignament per la rendida dalla glina en siu extrem meridiunal mintga 18⅔ onns. Da cheu muossa igl azimut da 62°/63° (il medem azimut sco igl alignament principal da Planezzas) viers la fossa dil temps da bronz alla via da Laax a Salums.

Gia l'emprema ga ch'jeu sun spassegiada tras quei parc hai jeu giu in curios sentiment el venter ed ussa tuorna quei sentiment. Igl ei in sentiment che inspira confidonza ed ina ferma segirtad interna.
En quei mument vegn l'onda Sonja endamen a mi. Jeu audel ella a dir: «Jeu hai la fidonza d'origin e cun quella sun jeu aunc adina ida bein!» Tochen oz enconuschevel jeu buc quei sentiment da confidonza, per mei eis ei adina stau in misteri, tgei ch'ella manegiava ed jeu tertgavel che quei seigi sulettamein ina floscla. Oz hai jeu giu per l'emprema ga in sentiment da fidonza d'origin en mei.

Igl ei il sentiment d'ina ruasseivladad e fidonza senza tema che lai crescher ins leu, nua ch'ins ei gest.
Emplenida cun quei sentiment semeinel jeu e bandunel il crap d'unfrenda. Jeu tuornel silla senda e mon en direcziun parcadi. Quella ga ein mes pass francs ed jeu mon directamein a casa.
Schon culs pass dad Anna sentel jeu siu anim.
«Oz ei gievgia – emprova da musica ...», audel jeu aunc sia vusch, lu entra Anna e tarlischa sco in marenghin.
Ord spira agitaziun vegn la paupra Anna strusch da magliar ils macaruns ch'jeu hai cuschinau.
Punctualmein allas 20.00 semettein nus sin via, Anna cun siu instrument.
Arrivadas en sala vegn discurriu vi e neu, sutgas vegnan stuschadas e las notas plazzadas. Tscheu e leu in che raquenta ina sgnocca che dat da rir.
Jeu mirel sin Anna. «E lu?»
«Hallo Anna», di en quei mument in giuven enten ir sper nus vi. Ed Anna vegn cotschna. Aha, quei ei ussa la flomma, il pauper che sa nuot da siu cletg.
Anna dat il tgau, muossa a mi da seser giu e va cun siu instrument suenter «la vusch» sin tribuna.
In cuort silenzi e cura ch'il dirigent entra e pren sia bitgetta enta maun, ein tut ils musicants concentrai.
Entginas melodias ch'els sunan enconuschel jeu, autras ein novas.
Igl ei fascinont da mirar co la coordinaziun dil flad, la detta ed il leger notas s'uneschan a bellezia tuns sonors.
Clar, mintgaton seschlueta era in ni l'auter tun fauls viado. Il dirigent damogna denton cun humor e bravura quella situaziun e supplichescha da repeter il passadi. Mo per l'ureglia dil dirigent seschluetan aunc adina neuado tuns buca giavischai ed ussa dat el empau pli resolutamein cun sia bitgetta giu pil pult e di cun tun resolut: «So, uss aber endretg, neve, in ... dus ... treis ...!»
D'esser dalla partida ad in'emprova da musica ei divertent. Quei hai jeu fatg persenn questa sera. Igl ei buc il medem sco dad ir ad in

concert. Leu audan ins il resultat dallas stentas. Mo tochen ch'igl ei aschi lunsch, ston passadis vegnir repeti e trenai tochen ch'els stattan pendi ell'ureglia e vegnan sunai cun egls serrai.
Mia attenziun ei drizzada sil giuven che sesa sper Anna. El ei cumpleinamein concentraus silla musica. Igl ein las pintgas pausas, cura che Anna e Giusep mettan lur instruments silla schanuglia, tochen ch'ils auters sunan vinavon.
Quels cuorts muments che lur schanuglia setucca sco per casualitad. E lu l'egliada schenada dalla vart dad omisdus. Atgnamein duvrass ei mo la curascha d'alzar il tgau, lu vesessen els quei ch'jeu vesel. Leu sin tribuna ell'emprema retscha ha il paliet d'amur tuccau la noda bi amiez.
Suenter l'emprova da musica serendan ils musicants ell'ustria. Nus sesin entuorn ina meisa rodunda. Ei vegn discurriu e ris e plaun a plaun sesvida l'ustria ed il davos sesin sulettamein aunc nus treis vida la meisa.
«Sas ti Giusep atgnamein che Anna cuschina las meglieras omlettas?» «Omlettas? Discuora ussa gie buc da magliar, schiglioc survegn jeu fomaz.»
«Mo lu neu damaun a sera e schagia las omlettas.» Anna survegn puspei vestas cotschnas.
«Ok, bugen, lu vegn jeu damaun.»
«Super, lu sevesein nus.» Cun quei ei in ton da miu plan gia fatgs. Nus bandunein l'ustria, igl ei stgirenta notg. La cazzola ha dau si il spért ed ina nebla spessa zuppenta tuttas steilas.
Alla cruschada sespartan nossas vias.
«Tgau, tochen damaun.»
«Gie, tochen damaun, buna notg.»
«Tgei manegias?», damonda Anna mei.
«Anna, quei vesa gie in tschiec che vus essas s'inamurai.»
«Manegias?»
«Franc, spetga tochen damaun, tut vegn bien.»
Bratsch en bratsch mein nus encunter casa, mintgina da nus profundada els agens patratgs.

Jeu giavischel per Anna tut il cletg dil mund e sch'jeu sai contribuir enzatgei per ch'ella daventi ventireivla, tgei dat ei pli bi!
Quella notg vegn jeu tschaffada d'in siemi. In siemi plein tuns e melodias e l'autra damaun hai jeu aunc adina il sentiment che miu tgau seigi beinpleins da tuns d'instruments nunenconuschents.

Silenzi, buca stel ei d'udir ed Anna ei gia partida.
Atgnamein prezieschel jeu il silenzi. Mo il silenzi dad oz ei in silenzi malemperneivel che smacca. Jeu tschentel en il radio. Stoi udir vuschs. Ina vusch feminina raquenta dad uiara, quella sempra uiara …
Las novitads dalla damaun, il recitar da delicts humans, decisiuns, ponderaziuns ed aschia vinavon. Il grev pesont e banal plidau sur igl emettur ha en quei mument in effect quietont sin mei.
Cura che la prognosa dall'aura ei d'udir, svanescha il davos schluc caffè en mia gula.
Leger, leger quei ei ussa la megliera distracziun.
Silla cruna da cudischs anflel jeu in cudisch cun ina cuviarta blaua, sil qual ina plonta e la glina pleina ein da veser. Cun bustabs mellens gross stat ei scret:

«Vom richtigen Zeitpunkt:
Die Anwendung des Mondkalenders im täglichen Leben.»

Jeu sezuolel ella cozza silla veranda ed entscheivel a leger:

(Extract dil cudisch: Vom richtigen Zeitpunkt da Johanna Paungger/ Thomas Poppe)

«Die sieben Impulse des Mondes

Es ist so angenehm, zugleich die Natur und sich selbst zu erforschen,

**weder ihr noch dem eigenen Geist Gewalt anzutun,
sondern beide in sanfter Wechselwirkung
miteinander ins Gleichgewicht zu bringen.
(Goethe)**

Vergangenheit und Gegenwart

Jahrtausende lang lebte der Mensch weitgehend in Harmonie mit den vielfältigen Rhythmen der Natur, um sein Überleben zu sichern. Er beobachtete mit wachen Augen und gehorchte Notwendigkeiten, anfangs noch ohne nach ihren Ursachen zu fragen. Eskimos etwa leben unter den härtesten nur denkbaren Umweltbedingungen, mitten im ewigen Eis. Ihre Sprache kennt vierzig verschiedene Worte für «Schnee», ...»

Contas differentas expressiuns? Buca da s'imaginar, co duess neiv pomai era haver num auter che neiv? Jeu havess gnanc in'idea.

«... weil sie vierzig verschiedene Zustände gefrorenen Wassers zu unterscheiden lernten. Die unwirtlichen Klimaverhältnisse zwangen sie dazu. Nur zwei dieser vierzig Eis- und Schneearten sind zum Bau von Iglus geeignet.»

Quei plaschess a mi da baghegiar in iglu. Jeu stuess inaga visitar mia amitga duront igl unviern, lu savessen nus far l'emprova da baghegiar in iglu.

«Nicht allein den Zustand der Dinge beobachtete der Mensch genau, sondern auch, welche Wechselwirkungen zwischen dem Zustand und dem jeweiligen Zeitpunkt des Beobachtens bestanden – die Tages-, Monats- und Jahreszeit, der Stand von Sonne, Mond und Sternen. Viele archäologisch bedeutende Gebäude aus alter Zeit bezeugen, welch hohen Stellenwert unsere Vorfahren der genauen Beobachtung der Gestirne und der Berechnung ihres Laufs beimassen. Nicht nur aus «wertfreiem»

Forschungsdrang, sondern weil sie so den grösstmöglichen Nutzen aus der Kenntnis der Einfassung zur Zeit der jeweiligen Sternenkonstellation ziehen konnten. Die von ihnen nach dem Lauf des Mondes und der Sonne errechneten Kalender dienten der Vorausschau auf bestimmte Kräfte – auf Impulse, die nur zu bestimmten Zeiten auf die Natur, auf Mensch und Tier wirken und in regelmässigen Abständen wiederkehren.»

En quei cass influenzeschan la glina, il sulegl e las steilas nus tuttina dapli che quei ch'jeu hai sminau ...

«Besonders auf jene Kräfte, die im Gleichtakt mit dem Lauf des Mondes alles Leben beeinflussen, die über Erfolg und Misserfolg von Jagd und Ernte, von Lagern und Heilen mitentscheiden.»

Il temps ei s'avanzaus duront mia lectura. Jeu hai durmiu giu la levada dil sulegl. Ussa che ses radis tschorventan mei, prendel jeu propi si il cauld, il clar. Jeu mettel miu cudisch dalla vart, siarel mes egls e gaudel.
Glisch, forza viventa. Aunc mai hai jeu fatg in patratg pertuccont las umbrivas dall'aura, dil sulegl e dalla glina. Ellas ein cheu, gia adina, e tuttina declara quei buc il fatg d'ina muntada pli profunda. Mo il mument sai jeu buca tgeinina.
El parc ein succedidas caussas ch'jeu sai buca declarar. Ed ussa seregheglian sentiments.
Per tut dat ei tuttina ina declaraziun. Jeu semettel sin via. Puspei en direcziun la Muotta.
Il sulegl da miezdi ei sil zenit ed accumpogna mei. Quella ga prendel jeu la via che meina naven dil parcadi el parc. Jeu less ir la via cuntraria dad ier. Tut mes senns ein promts per veramein sentir cun tgierp ed olma quei che schabegia.
Il sentiment da passar sil terren dil parc ei gia bein enconuschents a mi ed jeu passel francamein dil trutg si. Sco ei vesa ora sto in ver

stemprau haver furiau si cheu. Dretg e seniester ein plontas per tiara, enqualina perfin cun ragisch e tut. Suenter in tschancun contonschel jeu igl englar e quella ga sedecidel jeu da seser sil baun sura.
Ina survesta clara lai veser mei sur l'entira cuntrada. Cheu han ins segir era la notg ina bellezia vesta sil tschiel stelliu. Vi leu ei ina pintga tabla, jeu mon pli datier, mirel sil simbol e legel il suandont sil fegl che declara ils simbols:

Retscha da crappa (3 menhirs e 4 craps schischents). Quella lingia muossa viers la levada dil sulegl pils dis equinotgs (emprem di da primavera e d'atun). Damaneivel viers nord sesanfla in plattiu cun pliras scaluttas.

Lufs.
Els eran inaga dapertut en nos uauls, lu ha ei dau negins pli. Oz tuornan els, ils lufs. Magari vegn ei rapportau dis en e dis ora da quels bials animals. Tgisà, sch'els ein suandai ils fastitgs da nos antenats?
Cun quels patratgs eis ei buca pusseivel per mei da seser ruasseivlamein sil baun. Cun in curios sentiment el venter bandunel jeu il «Plaun dil Luf» e mon encunter la baselgia da s. Rumetg.

Tgisà, sch'jeu entaupel la Luisa?
Jeu mirel vi sin santeri. Buc olma ei da veser.
Buca lunsch naven dil mir santeri ei in baun e quella ga sesel jeu giu culla speronza da buc esser tut persula.
«A ti plai ei si cheu.» Igl ei la Luisa che plidenta mei.
«Gie, enzaco trai quei liug mei sco in magnet.»
«Jeu capeschel tei.» E cun quels plaids sesa Luisa giu sper mei. Siu scussal da calamandrins, siu fazalet da tgau tgietschen, ils mauns rubigliai, tut quei para a mi enconuschent e quietescha mei. «Cheu schabegian caussas curiosas», schloppa ei orda mei. «Adina puspei, adina», rispunda Luisa dond il tgau.

«Haveis Vus era siemis dil di, Luisa, cura che Vus essas cheu?» «Siemis ni verdad, tgi sa schon quei, tut ei zuppentau sut in vel. Avon che l'ura da bratsch batteva, mo il temps passava tuttina, vivevel jeu gia. Cura che garnezi formava negin paun ed jeu magliavel tuttina dad el, vivevel jeu gia. Igl ei il temps ch'ei eterns. Mo noss'atgna experienza ei limitada. Ei dat semplamein caussas ch'ein aschia sco quei ch'ellas ein. Ins sa ni veser ni palpar ellas e tonaton existan ellas.»
«Tut para a mi aschi enconuschent.»
«Tut ha siu ritmus: il nescher, la veta, la mort, igl infinit. E tut serepeta, cara, tut. Il human ha emblidau da veser tras igl umbrival.»
«Tgei umbrival manegeis Vus, Luisa?»
«Gl'umbrival dil temps, el umbrivescha la vesida, mo mender ei ch'el lai emblidar. Magari dat ei largias, tras las qualas ins sa dar in'egliada. A mi han quellas largias dau envesta el spazi dil temps. Plein legria hai jeu vuliu parter mias impressiuns, mo ei han fatg quescher mei. Buca la dolur da piarder mes cars ha fatg metta mei. La nuncardientscha e la sentenzia sur da mei, cura ch'jeu hai vuliu rapportar tgei che sa schabegiar cheu ha fatg quescher mei. Cura che plaids crodan senza contonscher l'udida ed egliadas giudicheschan, eis ei meglier da quescher.»
«Mo cun mei discurris Vus gie, daco?»
«Igl ei impurtont per tei da saver ch'jeu sai tgei che schabegia. Emblida mai, igl ei impurtont e vegn a survir a ti en tiu futur. Tut ei gia arcunau, ti vegnas prest a saver far diever da quei. Gleiti, pli spert che quei che ti manegias.»
Cun quels plaids stat la Luisa sin peis, fruscha cun sia detta las fauldas dil tschoss, dat ina targida al fazalet da tgau, pren la sprezza cotschna si da plaun, semeina e va. Jeu mirel suenter co ella s'allontanescha cun ses scalfins, vesel il fazalet che sgola e stoi patertgar vid ils mellis e mellis calamandrins sil scussal.
Igl ei flurs mudestas. Il blau schenau lai bunamein sblihir il mellen enamiez. La bellezia fina, reservada ei zuppada aschia sco quella dalla Luisa.

Jeu seregordel buca con ditg ch'jeu sun sesida ed hai observau las neblas, hai mirau giu sil Rein ed enten observar quel patertgau vida sia tgina. Jeu sai buca dir con ditg che mia egliada ei stada sils verdins ed jeu hai ponderau, per tgei ch'ins sa duvrar els, aschi differents sco els ein e mintgin nizeivels en sia moda.
Cun massa impressiuns siarel jeu mes egls e lasch repassar tut aunc inaga avon miu egl intern per gie mai emblidar.
Mes mauns sco ina carta cun lingias crusch e traviers ein aviarts e promts per prender a mauns enzatgei.
Jeu tegnel mes mauns a Diu e sun cuninaga pertscharta, nua che mia via vegn a menar mei. Jeu vesel aschi clar e miu sentiment confirma ch'jeu hai priu la dretga decisiun.
Jeu sesaulzel, ligel ensemen mes cavels che sgulavan gest aunc el vent e mon a casa.

Anna ei nervusa, va da stanza a stanza, mira el spieghel, va lu puspei en combra avon sia scaffa da resti, sescomia e seposta adina puspei avon il spieghel, tochen ch'jeu hai scumandau ad ella da mirar mo aunc ina solia ga el spieghel.
Jeu mettel a meisa. Per dus. «Cheu maunca aunc in.» «Na, Anna, cheu maunca lidinuot, jeu sun questa sera buca cheu. Questa sera mon jeu el parc, jeu stoi saver co igl ei dad ir a spass la notg, ed oz ei glina pleina, ina buna caschun d'empruar ora quei.»
«Has ti buca tema, tut persula?»
«Na, jeu hai ina gronda cazzola da maun ed aschi persula sun jeu gnanc, la glina, Anna, oz ei glina pleina.» «Ti e tias ideas curiosas.»
«Stai bein, jeu mon ussa.»
«Eis ti veramein segira che ti vul ir a spass da stgir e quei tut persula?»
«Gie, jeu sun segira, e ti mira ussa che ti sappies arver tiu cor! Cura ch'jeu tuornel, less jeu veser la pli ventireivla Anna insumma, capiu!»
Ella ri ed jeu bandunel la casa.

Spassegiar la notg ei auter che duront il di. Il di surpren igl egl il tgamun, la notg l'ureglia.
Jeu sai buca, sch'ins auda era duront il di tontas ramurs e tons tuns, en scadin cass vegn jeu pér questa notg pertscharta ch'ina notg el liber ei buc ina notg da silenzi. Ed enten ir hai jeu il sentiment che mia udida vegni pli e pli sensibla e che mes pass daventien plauns, pli plauns che da bi clar di.

La mesadad dil viadi ha la biala glina gia fatg. Cun sia glisch al firmament tschaffa ella miu intern.
Ei dat glieud che va culla glina, ils «battaglinas». Els van a spass la notg, senza saver da quei ch'els fan. Jeu mon era a spass da glina pleina, mo jeu sun sedecidida voluntariamein da far quei.
Jeu quentel d'esser segira ch'jeu seigi oz tut persula el parc. Tgi ei bein aschi stuorns da viandar persuls da glina pleina tras quei parc? E quei sentiment dat a mi ina segirtad. Cul temps s'endisan mes egls vida la glisch brausla. Jeu bandunel il parcạdi da vart seniastra e suondel il trutg. Jeu seconcentreschel cumpleinamein sil trutg. Tuttenina audel jeu enzatgei ed jeu stun mureri. Tgei ei quei?
Jeu vesel umbrivas e tuttina sai jeu buca distinguer tgei ch'igl ei. Jeu tonschel en mia tastga e prendel neunavon mia cazzola da maun.
Jeu drezzel quella glisch artificiala gitta encunter l'umbriva.
Egls profunds reflectonts tuccan ils mes. Igl ei ella, la dunna en ner, la cazzola dat orda maun a mi, ed jeu …

35 onns

Amiez il tschiel resplenda la glina pleina. Gia d'uriala schischin Ambra ed jeu el mescal e contemplein ella.
Ils raquents dad Ambra ein daventai profunds el decuors dils onns ed ella raquenta cun ina gronda sabientscha che muenta mei mintga ga danovamein.

Igl ei denton era sia moda e maniera da raquintar che lai igl uss d'ina vart e porta mei en in mund denter tschiel e tiara.
«Ei era quei ch'igl ei ed ei stat quei che resta», audel jeu aunc la vusch melanconica dad Ambra. Magari dat ei caussas che paran nunpusseivlas, igl ei quels fragments che sededestan. La tiara trai mei, quella tiara fritgeivla, igl origin dalla veta. Igl ei la tiara che regala la vivonda e mirond la notg el firmament vegn jeu pertscharta dil misteri dalla vesida. Tut stat scret el firmament. Ins sto mo emprender da leger ei. Dapi lu passentel jeu las notgs cun leger il misteri dil tschiel. Cun igl agid dad Ambra nodel jeu tut mias observaziuns el tratsch per l'auter di saver gravar ils misteris ell'arschella.
Suenter liungas notgs clomel jeu tut ils Muottans sil cuolm. Plaun a plaun sefuorma in rudi ed jeu entscheivel cun mes raquents.
Gleiti ei il graun madirs, il temps da raccolta entscheiva prest, quei vesan ins senza dubi el tschiel e sin tiara. Dapi che Tisios ei vegnius ed ha priu Aliets cun el, hai jeu dedicau tut miu temps al ritmus digl esser. Jeu vesel a lavar il sulegl la damaun, mintga di observel jeu, nua ch'el cumpara l'alva dil di, il viadi ch'el fa e nua ch'el va da rendiu la sera. E suenter ch'el svanescha sco ei para el nuot, leva la glina. Era ella cumpara la sera e fa siu viadi tochen la damaun. Adina puspei serepeta il cumparer ed il svanir. Di e notg.
Cun mias observaziuns sun jeu perschuadida digl ir e turnar e mia perschuasiun ei francada ferm, aschia ch'jeu vivel il mument.
Las davosas glinas ein stadas in grev temps. Nus havein da lamentar bia mortoris. Davos mintga esch-casa vegn bargiu larmas da cordoli.

Leu igl um blessau da far lenna. Adumbatten hai jeu empruau da schubergiar la blessura. Adina puspei ha ei dau marscha tochen che la febra ha surpriu ed el ei morts cun dolurs. Lu la giuvnetta che ha giu sia emprema pigliola, ella sezza bunamein aunc affon, ei morta e cun ella era igl affon aunc buca naschius. E per ina mumma ch'era ferma sco in cuolm e che ha in di gustau fretgs nunenconuschents tussegai ei miu agid vegnius bia memia tard.
La notg vargada hai jeu legiu speronza el firmament. Las steilas ein posiziunadas optimalmein per ina nova entschatta. Ina constellaziun per enzatgei niev.
Tuts teidlan cun bucca e nas, levgiai dallas bunas novas. E plaunsiu ei da sentir in'atmosfera da curascha.
Ei dat il temps da malencurada, il temps da schar dar, il temps da crescher ed ei dat il temps d'entscheiver da niev.
Ussa ei temps d'entscheiver da niev, e quei lein nus manifestar culla fiasta d'unfrenda.
Levs e liberai da temas van ils Muottans in ord gl'auter, mintgin fatschentaus cun sias atgnas preparativas per la fiasta d'unfrenda.
Ein ils dieus vilai, pretendan els unfrendas. Senza dubi. E nus vegnin a dar suatientscha a quei. Cun quella perschuasiun va in stausch da curascha e perseveronza tras las casadas dalla culegna.
Era jeu seretraiel per sepreparar pil ritual.
Per quei intent prendel jeu il sem dil papaver, dil seghel e dil suitger. Jeu smachel tut fin e mischeidel tut ensemen. Quei vegnel jeu ad unfrir ensemen cun mia oraziun al dieus dil fiug.
Ambra vegn mintga di pli e pli fleivla. Passond en tegia creiel jeu ch'ella diermi. Sils pézs vegnel jeu pli datier. Glieud veglia ha ina sien da nuot. Tut mias brei-

gias da s'avischinar bufatgamein ein vanas, adina auda ella mes moviments. Ei sa esser ch'ella cupida gia daditg ni ch'ella ha semplamein mo serrau ils egls senza durmir. Ni ch'ella vul buca ch'jeu s'encorschi ch'ella diermi. En scadin cass auda ella adina mei.
Bufatg vegnel jeu pli datier e sesel sigl ur da sia treglia. Senza plaids tonschel jeu miu maun e tegnel il siu bufatg el miu.
Nus savein ch'ei vegn a vegnir il temps ch'ella vegn a semetter sil viadi grond. La veta ei incuntin in prender cumiau.

«Durana, Durana.» La vusch da Maanut interrumpa nies dialog senza plaids.
Maanut ei in giuven oreifer e sa tedlar bein. Denton seschlueta el da mintga responsabladad. Il pli bugen fui el lu el mund da ses siemis. Il buob falomber ei daventaus gronds e ferms. Era Ares ei carschida. Ella senuspescha da quei process, vul aunc buca daventar dunna, ama dad esser affon. Gauda il schurmetg dalla cuminonza. Daventar dunna vul dir vegnir empermessa e quei munta da stuer bandunar nossa tegia, baghegiar in'atgna tegia ed haver in'atgna existenza. Quei fa tema ad ella. Ares ei en miu cor sco mia atgna feglia. Schurmegiada sut miu tetg. Las enzennas dil temps stattan sin midadas e quei era per Ares.
Gleiti va il sulegl da rendiu e cuviera la cuntrada aunc cuort en in bi tgietschen.
Ils Muottans ein promts pil ritual d'unfrenda.
Ils umens giuvens serimnan amiez la culegna. Lu arvan els las portas grondas che meinan ord la culegna el liber. Tut ils habitonts serimnan e la canzun dalla sera vegn intunada. Cun festa coller dattan ils umens en il tact. Era jeu vegn ord mia tegia ed Ambra suenter mei.

Mo strusch ord esch sesa ella giun plaun e sepusa encunter la preit. Da cheu anora vegn ella ad observar il ritual e tarmetter oraziuns als dieus, damai che sias combas ein memia fleivlas per la processiun ordeifer la culegna.
Maanut ch'ei gronds e ferms vegn gest suenter mei ella processiun. Oz portel jeu il manti ch'ei previus per las ceremonias. El maun dretg portel jeu la guila, quella ch'il vegl dils vegls, il scolast dad Ambra, veva schau far. La guila ei adina el center dallas ceremonias. Igl ei Ambra che ha entschiet a nudar la via dalla Venus. Jeu sun quella che ha gravau la via cun lingias finas ed ornaments ella guila da bronz.
La guila ha gia accumpignau il vegl, suenter Ambra ed ussa mei. Era jeu vegnel in di a surdar ella. Buca nus eligin, la guila sezza decida tgi ch'ei vengonzs da purtar ella.
La guila sezza ei perdetga dil temps. Ella decida tgi che suonda. Quei sa mintgin cheu.
Cura ch'jeu aulzel la guila enta maun, entscheiva la processiun. Jeu vesel il fiug in tschancun pli lunsch naven el schurmetg dil vent. Las dunnas entscheivan a cantar. Ils umens repetan il cant sco in eco. Cunquei che tut las casadas ein pertuccadas da malencurada, porta mintga famiglia in'unfrenda per calmar ils dieus.
Il catschadur surdat allas flommas siu ballester, la veglietta metta il graun el fiug ed ils affons portan ragischs e miscalcas. Cura che tuts han surdau lur unfrenda, passel jeu vi sper il fiug, arvel miu scarnuz e derschel mias jarvas el fiug. Lu sesaulzel jeu, prendel la guila en omisdus mauns, aulzel la bratscha ed entscheivel il sault dil fiug.
Siat ga saultel jeu entuorn il fiug. Il cant dallas dunnas accumpogna mei ed igl eco dils umens tuna aunc ditg

en mias ureglias. Lu mon jeu en schanuglias, tschentel la guila sin tiara, sesbassel, seplachel per tiara e roghel l'oraziun dallas plontas. En miu intern daventel jeu plonta cun roma e feglia. Il fiug schluppegia, pren si tut las unfrendas. E suenter in mument da silenzi sesaulzel jeu e lasch svanir la guila sut miu manti. Sin quei mument ha tut spitgau. Gl'emprem entscheivan ils umens a saltar, suenter las dunnas ed il davos ils affons. Il fiug ed il ritual han dumignau da purtar glisch ella stgiradetgna dalla culegna. Las unfrendas ston haver plaschiu als dieus, pertgei sillas fatschas dils Muottans vesan ins in surrir.
Igl ei stau ina liunga notg, ina notg emplenida da glisch, ed il rir dils carstgauns ei vegnius purtaus cul fem si encunter tschiel.
Cura che la glina va da rendiu, regia silenzi, staunchels mo cuntents tuornan ils Muottans anavos en lur culegna. Tschendra ei tut quei ch'ei restau. Ils carstgauns ein mo cuortas umbrivas, lu van els nua che la glina va e retuornan nua ch'il sulegl sededesta.
Passond la porta gronda enviers mia tegia sentel jeu ei, lu vesel jeu ei. Ambra sesa aunc adina avon tegia sco la sera avon. Jeu seretegnel, lu cuorel jeu vi ed embratschel siu tgierp vit. Ils dieus han pretendiu in'unfrenda bia pli gronda. Els han lur atgnas leschas.
Schegie ch'jeu hai instruiu intensivamein Maanut, tendescha el adina puspei da renconuscher Ambra sco sia scolasta. Cun quella frida ei denton sia persuna da confidonza svanida ed ina fitgadadad giuvenila surpren il giuven.
Igl ei il di che la fontauna sontga drova schurmetg special, cura che nus purtein Ambra en fossa. Sco renconuschientscha han ils umens cavau ina ruosna sper in grond crap.

Las dunnas han purtau victualias pil viadi dad Ambra en l'auter mund.
Alzond la guila encunter tschiel entscheivel jeu cul cant da dolur.

Nua eis ti
cura ch'il di daventa notg

Nua eis ti
cura che neblas zuppentan il sulegl
sulet historias e fuormas
restan al carstgaun

Nua eis ti
cura che feglia vegn cotschna e croda
las plontas niuas
e roma restan

Nua eis ti
cura che veta seretrai
per encurir novas forzas

Nua eis ti

Adina enten ir
adina enten ruassar
adina enten esser
damondel jeu

Nua eis ti

Trests bandunein nus il santeri. Maanut ei sedeclaraus promts da star guardia sper la fontauna sontga. Tut persuls ha el priu cumiau da sia scolasta.

Maanut ei vilaus e trumpaus ed adina pli savens obedescha el buc a mes camonds. Persuenter va el tier ils vegls dils vegls per cussegl. Aunc eis el buca madirs, quei senta el sez. El ha aunc avon el il temps dallas plontas e mo jeu sun habla dad instruir el en quella caussa.
Ares ha tut in auter caracter. Sco il mescal tschetscha ella si tut las informaziuns. Ella empren spert e sa immediat applicar quei ch'ella ha viu ed udiu. Bufatg instrueschel jeu ella els fatgs da dunna, prendel ella cun mei tier las dunnas en pigliola e muossel co tractar blessuras e mals da tuttas sorts.
Il temps da vegnir empermessa semuossa pli e pli fetg ella postura dad Ares. Mirond sin ella stoi jeu beinduras patertgar vid Aliets. Tgisà, sch'ella ei gia empermessa? Sche gie, a tgi? Tgisà, sch'ella ei ventireivla? Forsa gia mumma?
Tgisà, sch'ella patratga aunc vida mei, sia mumma? Lai ella encrescher? Ei Tisios aunc cun ella ni ha el schau anavos ella enzanua? Mond sia via, siu destin, desistend da tut!

Jeu sun giun plaun e palpel suenter mia cazzola da maun per saver far empau clar. Adumbatten. Per l'emprema ga en mia veta schaiel jeu ina notg da stgir giuado e mirel encunter tschiel. Quel ei stellius. Buca tut las steilas glischan tuttina ferm, magari hai jeu il sentiment ch'ina ni l'autra sbrenzli gest mo per mei. Tgisà, rian ellas ora mei? Cun steilas hai jeu tochen ussa propi giu da far nuot. Mo enzaco enconuschel jeu ellas e quei sentiment aschi bein. Miu sentiment e miu patratg ein en quei mument buca dil medem meini ed jeu bi amiez.
Tgisà, sche las steilas vesan era mei aschi lunsch naven sco jeu ellas?

Cuort siarel jeu mes egls, hai il sentiment d'udir vuschs e vesel duas dunnas a scher en in èr da glina pleina. La veglia dad ellas raquenta dalla Venus, dad autras steilas e da lur muntada. La giuvna stenda sia bratscha e malegia lingias ell'aria.
Jeu arvel mes egls. Neginas vuschs enconuschentas, mo mia bratscha, miu maun che vul pigliar las steilas.
Jeu hai ina snavur da sum tochen dem. Igl ei tuttina buca l'empre-ma ga ch'jeu sun la notg sut tschiel aviert e mirel el firmament. Immediat stoi jeu aunc ina ga serrar mes egls. Quella ga vesel jeu ina dunna, co ella contempla sesezza ell'aua, co ella va cul det suenter mintga faulda en sia fatscha. Ei era vegniu adina pli biaras. La veta veva gravau ils fastitgs digl esser en sia fatscha.
Cura ch'jeu arvel puspei mes egls, s'encorschel jeu ch'jeu sun quella ch'enquera las fauldas en mia fatscha. Palpond cun miu maun sur mia vesta sentel jeu nuot che fuss semidau. E tuttenina sun jeu perschuadida che quei ch'jeu hai fatg atras ils davos dis ei tut auter che mo siemis.
Enten sesalzar vesel jeu ella. La cazzola dil tschiel, la steila, la Venus. Ella eis ei. Igl origin da tut las vias seformadas ad in punct.
Magari vegnan ins pér cun scarpitschar ella dretga posiziun per veser las caussas sco ellas ein.

42 onns

Jeu sun occupada cun gravar las davosas observaziuns dalla Venus ella guila. Uss eis ei cumpleniu. Ares ei vegnida empermessa ed ha gia in fegl che setegn incuntin vida sia schuba. Siu um Era ei immigraus en nossa culegna. Jeu sai aunc seregurdar bein. Ei era in di da plievgia. Buca lunsch naven da nus sesanfla la culegna, nua che Era ei carschius si. Siu bab ha tarmess el tier nus, perquei che lez veva ban-

dunau avon bia glinas nossa culegna per ir ad encurir ina dunna. Uss era siu fegl els onns da sez fundar famiglia e siu bab ei staus dil meini da stuer returnar a siu origin quei ch'era vegniu priu dad el. Il giuven era gronds e purtava ina cavellera liunga. Sia barba era denton aunc fina e disturbava plitost la fatscha marcanta. Mo scochemai ch'il giuven steva avon ins, sentevan ins ina dominonza che verteva negin cunterdir.
Sin Ares ha quella tenuta giu ina forza magica. Ils dis cuort suenter che Era era arrivaus veva Ares entschiet a leger giu da sias levzas mintga soli giavisch. Era da sia vart veva medemamein plascher dalla giuvna Ares. In um giuven jester ei per tut las giuvnas da nossa culegna in'attracziun e beinenqualina empruava da s'avischinar ad el. La fin finala ha Ares svegliau sentiments d'amur en Era. El ei vegnius culla finamira d'anflar siu plaz ella veta, ella culegna, ella cuminonza. Dominonts sco el ei ha el entschiet adina pli savens a malobedir a mi ed a mes camonds. El tschenta en damonda mias decisiuns e passenta bia temps cun Maanut. Ares ha bandunau mia tegia ed ei secasada cun Era en ina tegia nova agl ur dalla culegna. E tuttina vegn Ares stedi tier mei ed ensemen mein nus per jarvas e luvrein si ellas. Maanut stuein nus denton sfurzar adina pli e pli fetg da prender part da nies mintgadi, per ch'el sappi emprender co far tgei. Adina puspei admoneschel jeu el e declarel con impurtont ch'ei seigi da saver per tgei che tgei jarva seigi buna.

«Ella ei la cuolpa ch'il graun smarschescha! La plievgia, gia glinas plova ei mo pli, ils dieus audan buca sia vusch! Enstagl da plidar culs dieus sezuppa ella en sia tegia.»

Pér ussa contonschan ils plaids mei. Igl ei Era che plaida, el ei denton buca persuls, tenor las vuschs stattan aunc dapli umens avon porta. Gia dapi dis hai jeu buca bandunau pli miu dacasa. Quell'aura bletscha ha gest surviu a mi. Jeu erel aschi profundada da finir las gravuras ella guila ch'jeu sun gnanc s'encurschida con ditg ch'jeu hai fatg dad eremita.
Il graun? Gie, igl ei il temps ch'il graun ei madirs. Jeu hai negins dubis che nus sappien buca raccoltar ad uras. Tgei tratga quei giuvenot aunc bletschs davos las ureglias da far taluisa encunter mei?
En in gienà sun jeu en pei ed arvel igl esch.
«Durana, tgei dian ils dieus? Pertgei clomas ti buca la cuminonza pil ritual da bun'aura? Ei plova, gia dapi dis mo plova ei, ils giuvens ch'ein i oz tier ils èrs dian che tut smarscheschi gleiti.»
«Pazienzia, aunc laguota la tiara il bletsch.»
«Ti stos quietar ils dieus!»
«Jeu ditgel a vus, ei ha aunc temps!»
«Nus turnein, Durana, sche la plievgia cala buc, fagein nus il ritual da bun'aura!»
«Aunc camondel jeu, cura che nus celebrein tgei rituals!»
Cun quels plaids entrel jeu puspei en tegia e siarel igl esch davos mei, laschond ils auters ella dracca.
El vegn mintga di pli ferms. Enguordamein stenda el ora siu maun suenter la pussonza. El capescha d'incantar la glieud per sias ideas. E sa co tschorventar.
Quei mument vegn jeu pertscharta che Ares ei gia dapi dis buca pli stada tier mei.
Jeu sun stada talmein concentrada da ventscher mias gravuras ella guila ch'jeu hai piars scadin sentiment pil temps. Era, aschi maligns sco quei ch'el ei, ha tratg a nez quella situaziun per siu intent.

Maanut, naschius ell'enzenna dalla Venus, ei daventaus in bi e stateivel um. Sia memoria ei precisa ed el sa registrar tut ils raquents exactamein e lu raquintar vinavon els. En siu intern sezuppa in immens scazi da savida. Mo prender decisiuns ei per el enzatgei grev. Il pli bugen ha el, sche las decisiuns vegnan pridas per el. Ella rolla dad obedir sesenta el bein.
Sia fermezia ei sia vusch, sia memoria e la moda e maniera da raquintar. Igl ei quei che caracterisescha Maanut. Tut mias stentas da surdar ad el responsabladad per sias atgnas decisiuns ein vanas. Enzaco seschlueta el adina dalla responsabladad e dat giu ella ad enzatgi auter. Porta il futur bein el silla via dad esser quel ch'el duess esser?
«Maanut, igl ei temps pil ritual dallas plontas», confruntel jeu il giuven quella sera.
Sbassond il tgau rispunda el: «Jeu surlasch ad Era il ritual dallas plontas.»
«Pertgei tschentas ti tiu futur els mauns dad Era e partas cun el tia via?»
«Jeu damognel buca persuls quei pensum. Era ei curaschus e directs. El enconuscha bia rispostas e la glieud teidla sin el. Jeu sai buca cumandar! Jeu sun buca sco ti Durana. Jeu sun empau sco Ambra. Mia decisiun ei prida, jeu surlasch il ritual dallas plontas ad Era. Ensemen cun Ares eis el il tgamun perfetg per nossa culegna. Ares enconuscha tut las jarvas, las ragischs e las enzennas dallas steilas. Era teidla sin ella, el careza Ares e drova ella per daventar quel ch'el vul esser. Jeu sun sulet in crap da scarpetsch sin quella via.»
«Ti surlais tiu futur e destin ad Era?»
«Hai jeu ina letga, Durana? Miu destin ei da raquintar la savida, las historias e buca da far las historias.»
Quella ga sbassel jeu il tgau.

Maanut ha raschun en tut quei ch'el di. Igl ei sia atgna decisiun da surschar il ritual dallas plontas ad in auter. E cun quella decisiun ei era miu futur da druida signaus. Mo da quei gnanc sminava Maanut enzatgei, cura ch'el ha priu la decisiun per sesez.

(Giavischar, crer, retscheiver)
Enten arver mes egls croda ina steila. Miu giavisch sgola en quei batterdegl encunter tschiel, igl ei fenomenal da giavischar enzatgei. Cul patratg dil giavisch lain ins dar el, plein speronza.
Plaunsiu vegnel jeu en pei, fruschel miu ies rodund e semovel empauet. Il mal ei bunamein naven. Ed jeu zappetschel empau d'ina comba sin tschella per sentir mia membra. Tut en uorden, jeu sesentel bein e mon vinavon dretg dil trutg si. Ils reflecturs dalla baselgia veglia muossan a mi la via. Jeu suondel il mir baselgia tochen ch'jeu contonschel la porta dil santeri.
In crap gest gronds avunda per seser stat avon l'entrada dil santeri. Jeu sesel e mirel viado ella notg. La civilisaziun ha era duront la notg sias bialas varts. Las massa cazzolas che tradeschan il dacasa dils carstgauns. Quei dat in sentiment da segirtad. Tgei che tut quella glieud fa davos ils mirs da lur casas? Tgisà, sch'els ein ventireivels? Il carstgaun drova dapli glisch che stgiradetgna, schiglioc purtassen nus gie buca glisch el stgir. Carstgauns.
Havess enzatgi pretendiu avon in'jamna ch'jeu vegni a passentar bia temps persula e sesentir bein, a quel vess jeu detg ch'el batti. Aunc mai avon hai jeu passentau propi temps persula. Adina eran carstgauns dentuorn. Carstgauns ch'jeu amavel e tals ch'jeu pudevel buca ver diltut. Sch'jeu studegel, sun jeu quest'jamna per l'emprema ga insumma stada empau persula. Ed a mi ha muncau zun nuot. Jeu sun stada avunda a memezza. Magari drova ei pauc temps per vegnir pertscharts. Il sentiment da tonscher a sesez ei sco in balsam che medeghescha. E profund en mei sentel jeu che novs sentiments ein naschi. Jeu hai giu peda da tedlar sin memezza. Mes pli profunds

desideris han pudiu rumper la crosa. Ussa sai jeu tgei ch'jeu vegn a far proximamein.
Las steilas ein perdetga ed han saviu leger quei che mia bucca ha buca saviu dir. Mirond sin ellas tarmettel jeu in Dieus paghi encunter tschiel, ellas han regalau bia a mi.
Enten levar en pei vesel jeu ina tabla.
Jeu prendel la gliesta culla descripziun dils simbols ord miu sac dalla giacca e legel:

Crap quadratic avon l'entrada en santeri culla gravura d'ina crusch. La trav ost-vest stat per la levada dil sulegl igl emprem di da primavera e d'atun. Ella ei sco la trav nord-sid munida en sias fins cun pintgas scaluttas. La pintga crena viers sidvest visescha il punct al horizont al Péz Mundaun, nua che la glina va da rendiu en siu extrem meridiunal (mintga 18 ⅔ onns).

Mirond encunter tschiel vesel jeu la glina sur il cuolm da l'autra vart dalla val. Fuss il firmament in'ura, havessen las lontschettas gia fatg enqual tura il mument ch'jeu sun semessa sin via a casa tier Anna.
Aschi bufatg e plaunsiu sco quei ch'jeu emprovel dad ir da scala si, reussescha ei buc a mi d'evitar il tgulem dils scalems da lenn e salvar il silenzi. A mi para ei, sco sch'ils scalems tgulassan plein plascher d'annunziar il retuorn a casa.
Tgei cletg ch'els fan ei adumbatten, pertgei en casa resta ei stgir. Bufatg seschluetel jeu dad esch en e vesel ils calzers da Giusep en zuler.
«Finalmein!», ei miu davos patratg avon ch'jeu sedurmentel.

Cavel di Sonda

Il sulegl carsina mei. Jeu stoi haver durmiu sco in tais. Ni che Anna ni che Giusep ein levai hai jeu udiu. Nuot ha disturbau mia sien, gie gnanc semiau hai jeu questa notg. Tut en sien sedamondel jeu:
Sonda, eis ei oz sonda?
Ina ga il meins sto Anna luvrar la sonda, quei ha ella raquintau a mi. Tgisà, eis ei oz ina da quellas sondas che Anna ha dad ir a luvrar? Ni eis ella ida naven cun Giusep? Igl esch-stiva ei aviarts e sin meisa ei ina canastra plein launas e savetschas ch'ei tochen uss aunc buca dada en egl a mi. Jeu sai che Anna fa caltschiel, cun crutsch e schiglioc aunc bia auter. Dapi mes onns da scola hai jeu buc ina suletta ga priu savetschas da far caltschiel enta maun. Ina schlingia hai jeu fatg sco davos e suenter mess naven savetschas e launa.
Quella launa ei fina, propi in bi palpar. La melna, lu l'oranscha, fin, finezia. Tgisà, sai jeu aunc co quei va?
Jeu prendel duas savetschas ed entscheivel. Prender si, ir suto, vi entuorn e schar dar giu. Jeu hai emblidau nuot ed ei para sco dad ir cun velo, zaco emblidan ins mai quei. La detta semova tut automaticamein e mes patratgs vegnan entessi culla launa ellas onzas che selegian incuntin. Il fil da mia veta ei aunc buc a fin. La roda dil temps ei denton gia d'uriala en moviment. La launa dalla veta stat aunc a disposiziun. E las onzas prendan si plein pazienzia mes patratgs. Mias experienzas, tut quei ch'ei capitau, surdun jeu onza per onza a mia schlingia oransch-melna. Bein cunscienta con rumpeivels ch'il fil ei.
Ditg stoi jeu esser sesida cheu profundada en patratgs ch'jeu sun buca s'encurschida, cura che Anna ei turnada.

Gnanc la scala cun sia canera ha destadau mei ord mes siemis da bi clar di.
«Durana?» Pér cul clom ed il maun dad Anna sin mia schuiala sun jeu sco sedestadada ord miu far caltschiel.
«Biala launa, neve?»
«Bellezia, ed aschi fina!»
Pér ussa vegnel jeu pertscharta contas onzas che eran gia idas tras las savetschas.
«O mira Durana, quei dat gie prest ina schlingia!», di Anna e metta entuorn culiez a mi il bategl.
«Quei ei ina regurdientscha perfetga dil temps che ti has passentau cheu tier mei. Jeu drovel gie buca pli schlingias! Giusep ei ussa quel che scaulda mei, e tut quei hai jeu d'engraziar a ti. Ti eis miu portacletg.»
Jeu tegnel mia schlingia ed hai plascher da quei regal.
Igl ei sonda. In di sco biars auters en in onn. In che ha exact tuttina biaras uras sco tschels. E tuttina eis ei per mei la sonda ch'jeu entscheivel a filar vida miu futur.
«Anna, jeu hai priu ina decisiun, jeu vegnel ad entscheiver ina nova scolaziun.»
«E tgei has el senn da far?»
«Ti eis l'emprema, alla quala jeu confidel ei, sche tut gartegia sco jeu hai planisau.» Anna ei in tec trumpada ch'jeu vegnel buc ora diltut cul marmugn tgei ch'jeu quenti far. E tuttina vi jeu far tut las preparativas cun ruaus e pér tradir, cura ch'igl ei veramein definitiv, nua che mia veta professiunala meina mei.
«Ti, Anna, nua eis ti stada?», damondel jeu ussa mia amitga.
«Jeu sun stada sil trot cun Giusep.»
«E lu?»
«Jeu sun super happy! Pervia da tei essan nus ussa ensemen, engraziel fetg, jeu sun beada. Sas, era il Giusep era bia memia schenaus da far igl emprem pass. Nus dus eran s'inamurai mintgin per sesez!»
«Mo quei vesa gie in tschiec che vus essas s'inamurai in en l'auter.»
Ina risada suonda e nus s'embratschein da tut cor.

«Ed ussa, tgei fagein nus aunc oz? Atgnamein stuesses ti aunc veser dapli da nies vitg che mo il Parc la Mutta.» Gie, atgnamein ha Anna raschun, bia auter ch'il parc hai jeu buca viu aunc da Falera.
«Bien, lu mein nus ina ga en l'autra direcziun dil vitg e mirein tgei ch'el ha aunc da porscher.»
Strusch ord casa sependin nus en ina a l'autra e mein da via si. Anna entscheiva a raquintar da sia tatta, nua ch'ella ei carschida si. Anna ha mai empriu d'enconuscher sia mumma, lezza ei morta duront sia naschientscha ed ha priu en fossa il num da siu bab. La tatta ha stuiu cumbatter pil dretg d'educaziun dalla pintga ed ha surmuntau bia scarpetschs, tochen ch'ella ha la finala retschiert il dretg cumplein per la pintga Anna.
La tatta sto esser stada ina ferma dunna. Igl era buc aschi sempel da lezzas uras da surmuntar sco dunna persula tut quellas instanzas. Dalla tatta ha Anna era empriu las lavurs manilas, pertgei ella capeva da cumbinar il termagliar cul nizeivel. Aschia cumbinava la tatta il pratic cul giug ed involveva la pintga ellas lavurs dil mintgadi. Quei era in grond agid e levgiament per ellas ella veta da mintgadi. Tgei ch'igl eri lu cul tat, vi jeu saver. Lez era, sco Anna raquenta, vegnius per la veta da far lenna in unviern egl uaul. E quei gia baul sco giuven bab da famiglia. La lavur egl uaul era strentga da lez temps. Pinar plontas era ina lavur malsegira. Ina plonta era sederschida, il giuven selischnaus e vegnius suten. Profunda malencurada ha surpriu l'olma dalla tatta ch'era lu aunc fetg giuvna ed en speronza culla mumma dad Anna. Sas, da lez temps ei la Luisa stada ina buna petga per la tatta. Igl ei stau l'emprema naschientscha che la Luisa ha accumpignau sco spindrera. Ina vera emprova. Mia tatta veva mo buns plaids per la Luisa. Magari vegneva ei paterlau davos dies, mo mia tatta prendeva immediat partida per ella, sch'ella udeva da quei e scheva: «Luisa ei ina buna dunna!» Quei hai jeu udiu bia ga da mia tatta. Patertgond anavos croda ei si a mi che quella dunna ei adina ida tut agradsi. Mia tatta ei adina ida loschamein e francamein agradsi. Sch'ella mava culla sadiala a schubergiar scalas ni la dumengia a messa, mia tatta mava adina tut agradsi.

«Igl era il tuchiez da morts che menava magari ensemen la Luisa e mia tatta. Ellas vegnevan clamadas, cura ch'enzatgi mureva.
«Ils morts drovan igl agid da quels che vivan», veva mia tatta per disa da dir, «sco era ils affons aunc buca naschi drovan igl agid dil carstgaun per nescher», scheva ella, cura ch'jeu dumandavel, nua ch'ella mondi. Bia pli tard lu ha mia tatta raquintau a mi ch'ella mavi culla Luisa tier ils morts per rugalar els pil vischi.»
Gia d'uriala essan nus sin via e profundadas el discuors hai jeu nuota fatg stem dalla cuntrada.
«Lein seser in tec?»
«Bun'idea!»
Agl ur dalla via sesin nus giu el pastg e mirein giu sil vitg. Da cheu anora vesa il parc ora auter, zaco pli pigns.
«Tgei studegias?»
«El vesa ora aschi nunsignificonts!»
«Tgi?»
«Il parc, da cheu anora vesa el ora sco in sempel crest.»
«El ei puspei sedestadaus ord la sien avon ca. 70 onns, sch'ins vul dir quei aschia. Biars onns eis el ius en emblidonza, perquei ch'il svilup ei sedrizzaus ad autras valurs. Muort ils scavaments da signur Burkart silla Muotta ei in bienton vegniu alla glisch. Quei ch'ei vegniu anflau datescha dil temps da 1800–400 avon Cristus»
Jeu hai snavurs da sum tochen dem.
«Il pli grond scazi ch'ei vegnius anflaus ei ina guila da bronz. 83 cm liunga eis ella e plein ornaments.»
Jeu survegn strusch flad.
La guila!

Igl ei cumpleniu, las davosas gravuras, perdetgas dalla via dil temps, gravau, finiu, cumpleniu …

«He, Durana, has schliet? Ti vesas ora sco in spért!»
Anna tegn miu maun e plaunsiu sequietescha miu puls.

«Dat ei aunc autras historias dil parc?», vi jeu saver.
«Ins di che quei liug hagi forza magica. Il davos han ins anflau ina fontauna cun aua minerala agl ur dalla Muotta. Enqualin era segirs ch'ei detti sut il crest ina fontauna cun aua minerala custeivla.»
«E lu?»
«Igl ei vegniu votau sin vischnaunca per far emprovas, silsuenter ei vegniu furau per controllar. L'emprema furada ha buca purtau ils resultats giavischai, mo culla secunda furada han ins constatau ch'ei detti veramein ina fontauna sutterrana. La temperatura dall'aua ch'ins ha mesirau ei 12,4° C. Vinavon han ei controllau conta aua che culass ord la fontauna. Deplorablamein eran las valurs memia bassas per persequitar vinavon l'idea d'ina fontauna minerala.
Schegie ch'ei vegn pretendiu ch'ei devi in lag avon mellis onns giu el plaun sper la Muotta. Oz regorda mo aunc il num Paliu vida quel. Quella planira, nua ch'il plaz da ballapei ed il plaz da giug ein, senumna numnadamein Paliu.
Nies vitg ha aunc auters nums che dattan perdetga dil vargau. Aschia per exempel Muotta che vul dir ton sco crest, vau. Ni Giaus, Lavintgin, Terbetga. Tut quels nums stattan per in liug el vitg, senza saver propi danunder ch'ils nums vegnan.
Interessant ei il num dalla terrassa sigl ault dalla Muotta. Plaun dil Luf vegn quella numnada. Tenor raquents han ins pigliau leu il davos luf en Surselva. La reit ch'ei han duvrau da lezzas uras per pigliar il luf ei biars onns stada el clutger dalla baselgia veglia. Oz sesanfla quella en casa pervenda ed ei bunamein emblidada. Da quei temps era ei ina victoria da haver pigliau il luf. Oz ei quei auter. Mo ils lufs ein puspei cheu.
Sils cuolms han ei gia viu il luf. Enqualin pretenda ch'il temps seigi staus eri silla Muotta. Jeu perencunter creiel che quei seigi semplamein in bellezia liug cun sia historia.»
En quei mument sai jeu ch'ei fa negin senn da raquintar ad Anna mia historia culla Muotta. Ei vegn a restar miu misteri.

Pli tard, ei entscheiva gia a far brin, sesin nus en treis davos meisa e magliein raclette. Giusep ed Anna vulan exnum aunc ir a kino questa sera. Jeu vi denton passentar cheu il temps che resta aunc a mi en quei bi liug.
Damaun mon jeu a casa. Mon per contonscher novas finamiras. L'umbriva dil cumiau cuviera empauet miu plascher da quei che vegn a vegnir il proxim temps.
Ils dus inamurai dattan adia ed jeu restel anavos persula en cuschina e lavel giu la vischala.

Tavel di Dumengia

Quella dumengia fa negina honur al retg dils dis. Ina nebla spessa cuviera l'entira cuntrada. Mia tastga pachetada stat gia en zuler sin ina sutga ed jeu traiel giu il resti da letg e mettel tut ensemen. Co il temps passa e tgei ch'il temps ei habels da far cun ins. Ei sa esser ch'ins daventa in auter carstgaun entras quei ch'il temps porta.
Ord cuschina audel jeu gia il scadenem da vischala. Anna ei buc in tgau da sien. Ella era gia adina da bun'ura en pei. Ins munchenta aschi bia cun durmir, di ella, perquei siemia ella era mai. En scadin cass sa ella buca dad in soli siemi.
«Hallo, bien di!», tarlischa Anna sin mei.
«Bien di, in bien caffè?»
Seser da cumpignia davos meisa ed ensolver ei grondius. Sin ina pischutta suenter l'autra vegn strihau pischada e mèl suitga. Anna raquenta en in fort sur dalla sera cun Giusep e ch'ella hagi buca propi survegniu cun tut dil film. Anna ei buca pli da s'imaginar senza il rir sin sia fatscha dapi tschella sera.
Ina cuorta egliada sin mia ura tradescha che mia posta parta en in'ura.
«Anna, jeu mon aunc spert sin baselgia veglia avon che mia posta va.»
«Aschi baul vul ti aunc ir cheusi?»
«Gie, mo cuort per prender cumiau.»
«Duei jeu vegnir cun tei?»
«Na, na, jeu anflel la via tut persula. Ed jeu creiel che zatgi auter spetgi sin tei.»

Nus prendein cumiau cun ina ferma embratschada e l'empermischun da restar en contact ina cun l'autra. Anna seschlueta da scala si en sia combra, nua che Giusep dorma aunc stagn e bein.

Jeu bandunel la casa e mon dalla scala veglia da lenn giu. Suenter quels dis hai jeu survegniu bugen siu tun. El vegn a muncar a mi. E cun mintga pass prendel jeu cumiau.
Jeu decidel da traversar il parcadi ed ir dalla senda si encunter la baselgia da s. Rumetg.
Davos baselgia ei in pign trutg buca marcaus ed intuitivamein suondel jeu quel.
Dretg dil trutg sesanflan plumatschs da timian. Ins di ch'il timian seigi la porta als antenats. Tgisà, sche quei ei la verdad? Jeu mon vinavon ensiviars e vesel entgins calamandrins. Cuninaga vegn la Luisa endamen a mi ed jeu stoi rir.
Lu vesel jeu la fatscha rienta, ei para sco sch'ella tschaghignass sin mei. Quei maletg dalla fatscha rienta fa rir mei tut persula. Ina ramur, jeu semeinel e mirel silla dunna vestgida en ner, quella ga aschi datier sco aunc mai. Jeu hai gnanc temiu, mobein mirau directamein els egls ad ella, els egls stgir-blaus, sco sch'jeu mirass en in spieghel.
«Teidlas ti bugen historias?», audel jeu aunc e lu …

49 onns

Uss ein ellas cheu! Aschi biaras! Miu siemi ei daventaus verdad. Jeu sun buca tresta, plitost surstada ch'jeu hai emblidau ellas.
L'aua dalla fontauna sontga ei aschi ruasseivla ch'jeu vesel tuttas.
Las profundas entuorn mes egls, las pli finas entuorn miu baditschun.
Mias vestas ein strusch da veser e dattan a mia fatscha ina nova fuorma. Tut mias historias – las aventuras dalla veta, quellas udidas e quellas semiadas ein gravadas per adina en mia pial. Quella ga observel jeu ellas cun

ina profunda engrazieivladad enviers mia veta. Biars habitonts da nossa culegna ein buca daventai aschi vegls. Aschi biars hai jeu stuiu accumpignar sin santeri e dar ad els il davos salid. Fatschas da morts vesan ora auter che fatschas da vivents. Els dierman buc, els ein buc allerta, els ein cheu e tuttina buca cheu. Enten alzar mias survintscheglias svaneschan las fauldas e lain curdar ina cuorta egliada els egls dil vargau, mo cuort, pertgei cun alzar las survintscheglias sefuorman crenas dalla fatscha giu entuorn mia bucca, leu ein ellas pli profundas. Las bialas fauldas finas dil rir han fatg plaz a crenas profundas da mintga vart da mia bucca.
Bufatg ein els vegni, lu entiras sdremas, uss ein mes cavels tut alvs. Dretg e seniester pendan els da mia fatscha sco fils satels e buca sco antruras, cura che mes cavels eran spess e gross.
Igl ei il di ch'igl atun dat maun agl unviern, cura che Maanut parta il ritual dallas plontas cun Era. Era vegn buca staunchels da demonstrar sia dominonza duront il ritual. A mi fa ei mal da stuer mirar co Maanut stat ell'umbriva dad Era. Mo d'enzatgei sun jeu perschuadida: fontaunas tgeuas ein profundas e Maanut ei profundamein carstgaun.
Las davosas glinas ein paucs marcadonts stai sin viadi. Il davos ch'ei vegnius en nossa culegna ha saviu raquintar da pievels che van aunc pli lunsch els uauls per encurir fortuna, els ein buca pli cuntents da viver sulettamein cun brat ed il sempel puresser. Els vulan dapli. Adina pli enguords alla tscherca da fortuna, els vulan igl entir territori mo per els. Tgisà, sche quei ei il motiv che mo paucs anflan la via tochen tier nus? Pli e pli fetg stoi jeu patertgar vida mia cara feglia Aliets. Ei il firmament dad ella il medem sco il miu? Il desideri da veser aunc ina ga mia feglia rumpa bunamein il cor a mi.

Il blau dils egls ell'aua svanescha e la fatscha d'ina dunna mira sin mei.
La fuorma, ils egls, ei sto esser Aliets. Jeu siarel ils egls per cuort suenter puspei arver els. L'aua ha laguttiu tut ils maletgs e fuorma pintgas undas. Jeu hai grondas stentas da levar en pei, pertgei tut mia membra dola, e tuttina jeu hai decidiu.
Igl ei stgir, cura ch'jeu bandunel mia tegia. Schurmegiada d'egliadas marvigliusas cavel jeu in foss ella tiara. Jeu enzugliel la guila en mia megliera teila e tschentel ella lien. Lu reciteschel jeu in'oraziun en tut las direcziuns dil tschiel e cuvierel la guila cun tiara.
Mo in bien maun sa menar la guila. Sch'ei duei esser, anflan buns mauns la guila, schiglioc eis ei meglier, sch'ella resta leu, nua ch'jeu hai tschentau ella. Igl amulet d'ambra ch'il vegliuord ha regalau a mi da buoba tschentel jeu en ina pintga scadiola d'arschella cun jarvas frestgas. Quei ei miu regal per Ares, schegie ch'ella ei buca vegnida instruida el ritual dallas plontas, sun jeu perschuadida ch'ella ei quella che tegn il fil dil futur enta maun.

Jeu pacheteschel paucas caussas en miu fazalet. Bia dapli bandunel jeu questa notg ed aunc dapli spetgel jeu d'anflar cun miu cumiau.
Ins sa bandunar la cuminonza cun siu consentiment, ins sa denton era semplamein svanir. Per mei hai jeu decidiu da svanir. Igl ei buc ina fuigia, era buca la tema dil malguess. Igl ei la davosa speronza da veser aunc inaga mia feglia. Il desideri en mei ei gronds, pli gronds che d'obedir a pretensiuns enviers mei. Igl ei bien aschia sco quei ch'igl ei. Ed jeu sedecidel da bandunar la culegna tras la porta pintga, la porta d'animals manedels. Sin tuts quater seruschnel jeu el liber ed ora egl uaul.

In toc naven level jeu en pei e sentel cun mintga pass levgiament en miu cor.
Igl uaul ei spess, buca d'anflar ina via. Intuitivamein sedecidel jeu dad ir en direcziun dall'alva dil di. Caglioms train vid mia vestgadira, scarpan ella, igl ei sco sch'ei fuss ils mauns dad Ares che vulan tener anavos mei. Per ella panzel jeu, ad ella vegnel jeu a muncar. Jeu hai dau tutta savida, fatg tut miu pusseivel per ella.
Mia entira veta hai jeu passentau el liug da mia naschientscha. Enconuschel mintga crap e mintga plonta. Jeu enconuschel ils loghens, nua che jarvas medegontas creschan, nua ch'il graun semadira e nua che l'aua sontga sbucca ord la tiara. Jeu sai denton buca, nua che l'aua sontga flessegia, sch'ei dat zanua auter aunc autras jarvas e sche las steilas glischan tuttina al firmament, lunsch naven da mia culegna. Enzatgei denton sai jeu. Jeu hai priu la dretga decisiun.
Igl ei in temps magic, ussa ch'jeu mon. Il temps denteren. Igl ei il temps ch'ins auda las olmas dallas plontas. Mias ureglias han culs onns anflau l'udida per quei lungatg.
Jeu sun buca disada da traversar uaul aschi spess. Ils onns han spussau miu tgierp. Jeu vegnel mo plaunsiu vinavon, schegie che miu spért ei gia bia pli lunsch.

Ei entscheiva a plover ed jeu enquerel in crap per star a suost cun in cagliom. Stauncla e spussada semettel jeu a mischun e prest sedurmentel jeu.
Igl esch dils siemis sesarva e las ragischs dil suitger tschappan mei, train vida mei, vulan trer mei ella tiara, lunsch el reginavel dalla mumma tiara. Jeu hai bunamein viu ella, mo miu desideri da veser aunc ina ga mia Aliets ei pli ferms che da passar avon la fatscha

dalla dieua profunda. Las ragischs lain suenter, ellas mo pli carsinan miu tgierp e la feglia conta la canzun.

Igl ei semtgau

La veta ei
in carsinar dil vent
magari bufatg
magari git e ferm

Ed eisi mureri
e tiu cor semtgaus
lu croda in fegl
e pren cun el ti'olma

La veta ei
in flad dil perpeten
magari schurmegiont
magari exponiu

E stat il vent eri
e tiu cor semtgaus
lu croda in fegl
e pren cun el ti'olma

La veta ei
la benedicziun dil temps
magari ventira
magari tristezia

E stat il vent eri
e tiu cor semtgaus
lu croda in fegl
e pren cun el ti'olma

«Femna!»
Ina vusch enconuschenta.
«Femna, tgi eis ti?»
Jeu stoi haver durmiu ditg, pertgei ei ha calau da plover ed il sulegl tschorventa mei.
«Mumma, la dunna sededesta.»
Umbrivas s'avischinan e cuvieran il sulegl, aschia ch'jeu sai arver mes egls. Ina mattatscha stat en schanuglias sper mei e buca lunsch naven ei ina dunna. Jeu enconuschel ella, igl ei Aliets!
«Aliets?»
«Ti sas miu num?», damonda la dunna e seplacca giu sper mei. Jeu mirel en ses egls, igl ei mia feglia, mia Aliets.
Jeu sun aschi fleivla ch'jeu sai strusch plidar.
«Mia feglia, mia Aliets.»
«Mumma!»

Ups, ha quella fatscha sil crap ussa propi tschaghignau sin mei? Nua ei la dunna en vestgadira nera? Ei freda da suitga nera. Jeu mirel entuorn. In'egliada sin mia ura tradescha ch'jeu hai aunc temps. Mes sentiments han ils davos dis veramein fatg cambrolas. Ed ussa sun jeu bein plein impressiuns e sentiments. Sentiments ein buca veseivels, els fan magari tuttina cun ins tgei ch'els vulan. Jeu volvel il dies alla fatscha sil crap e mon en direcziun dalla baselgia. Cun mintga pass sesentel jeu engrazieivla. Quei liug ha regalau bia a mi.
Profundada en patratgs mondel jeu sper il mir santeri da via giu.
«Durana!»
Jeu mirel anavos. Sin scala sper il mir santeri stat ella.
Enta maun porta ella enzatgei grev, igl ei buca la sprezza cotschna.
«Durana, jeu hai spitgau sin tei.» Cun quels plaids tonscha ella a mi la cofra. Il curom brin ei daventaus loms culs onns. Nundumbrei-

vlas lingias ein da veser. Las tschentas per ligiar ensemen la cofra ein ornadas cun duas fiblas.
«Ti has priu la dretga decisiun. Ti eis vegnida clamada per quei mistregn e ti suondas il clom.» Jeu stoi haver mirau silla Luisa culs dètgs egls e cun bucca aviarta, pertgei ella ri da quei schenau e di: «Ussa va tier ils vivs, tier la veta, jeu mondel tier mes morts.»
«Engraziel.» Enzatgei auter havess jeu buca saviu dir.
Jeu semeinel e mon tras l'allea da plontas da via giu.
E las plontas fan spalier per mei e lain passar mei dad in mund en in auter.
Cuort suenter sesel jeu egl auto da posta.
Sper mei la cofra da hebamma.

Register dallas fontaunas

Cudisch Falera: La historia dil svilup d'in vitg grischun muntagnard
Ignaz Cathomen
Isidor Winzap

Die Megalithe der Surselva Graubünden
Ulrich und Greti Buchi

Vom richtigen Zeitpunkt
Die Anwendung des Mondkalenders im täglichen Leben
Johanna Paungger Thomas Poppe

Flayer Parc la Mutta Falera
www.parclamutta.falera.net

RAGISCHAU

Ragischs, aveinas
nundumbreivlas
zanistradas, misteriusas
exponidas
serradas el nuot

niuas
enqueran valeta

Aunc ei ell'aria
il fried da tiara
ch'ei tegn
ei veta
fretg
schurmetg

Ferm, furius
buffa drastic
l'olma dil vent
siara vias
scarpa pègns
per il sulegl veser

Glisch drova uss la tiara
dolur schi bia ha laguttiu

Per regurdar
vegn tut scriviu
scriviu da niev
adina

Aunc rent'il stgir
vid las ragischs
regorda
als encuriders

Mo glisch
la glisch
drova quei liug

per ils cors
muentar

Mutta Falera 2014